JN107831

貢がれ姫と冷厳の白狼王

獣人の万能薬になるのは嫌なので全力で逃亡します

惺月いづみ

23452

角川ビーンズ文庫

Contents

貢がれ姫と冷厳の白狼王
獣人の万能薬になるのは嫌なので全力で逃亡します
人物紹介
ヴォルガ
獣人国家ウルズガンドの
白狼王
ニーナ
森で育てられた
人間の王女

スコルド

ヴォルガの兄。
穏和で麗しい

ハティシア

ヴォルガの妹。
心優しい少女

ソウエン

ニーナの師匠であり
育て親

ファルーシ

ヴォルガの側近。
柔和な青年

ウルズガンドの三賢狼

灼賢狼	金賢狼	蒼賢狼
ゲーリウス	ファレル	フレキア

本文イラスト／駒田ハチ

一章　運命の日

銀の星がちりばめられた夜天の下。

どこまでも続く純白の雪原を、少女はひた走る。

耳が痛いほどの静けさと、肌を切るような冬の空気。

吹きすさぶ寒風が髪を散らし、銀糸のレースに縁取られたドレスが大きくひるがえった。

硝子のように鋭い氷雪に、絹の裾が千々に裂かれても。

靴を失くした裸足の足に、氷片が突き刺さり傷ついても、少女は構わずに走り続ける。

しかし、そんな必死の抵抗を嘲笑うかのように、背後から迫る獰猛なけだものは、その華奢な身体を易々と捕らえ、踏み敷いた。

白銀の毛並みをした、巨大な狼だ。

恐れ慄く少女の前で、白狼は双眸を光らせながら、喉をそらせて咆哮する。同時に、その身が眩い光に包まれ、美しい青年の姿へと変貌した。

雪よりも白く輝く白銀の髪。夜の静謐と獣の獰猛さを併せ持つ双眸は、夜天に座す金の凍月。

人間の姿に似ながらも、獣の耳と尾を持つ異形の怪物――獣人の国の王。

心を持たない冷酷な怪物は、美しい姿で人間を欺き、その血肉をなによりも好み、喰らうという。

恐怖に震える少女の腕を、獣人の王は躊躇いなく捕らえ、自らの腕の中に引き寄せた。

月色の瞳が冷たく細まり、笑むように歪んだ紅唇の端で、鋭利な牙が光る。残忍に、命を奪うためのそれが少女の白い喉元に触れた、そのとき――

――手元にある本の頁は、ここで終わってしまっている。

途切れてしまった物語の先を、真紅の髪の少女――ニーナは、毎日のように思い浮かべてきた。壁際の本棚にたくさん並んだ本の中でも、一番好きな御伽噺だ。主人公がニーナと同じ、森に捨てられた天涯孤独の少女だというところが特に気に入っている。

森の守り神に育てられ、癒しの力を授かったこの少女は、ある日、森の中で怪我をした王子様を助け、生まれて初めての恋に落ちる。二人は仲を深め、やがて結婚を約束するが、常冬の王国を支配する悪い獣人の王に癒しの力の存在を知られてしまい、彼の王国へと連れ去られるのだ。逃げれば喰らうと脅されても、少女は愛する王子様のもとへ必死に帰り着こうとする。だが、そんな切なる想いを獣人の王は嘲笑い、白銀の巨狼に身を変じて追い詰める。

「きっと、次の巻では王子様が駆けつけて、悪い獣人の王の魔の手から、少女を救い出すのよね。ちゃんと結末まで読みたいけど……でも、やっぱり駄目っ！」

バタン！　と、迷いを振り切るように本を閉じ、勢いよくテーブルを立つ。

晩秋。深く色づいた森の木々が、最後の朽葉を散らす季節。朝霧に冷えた丸太小屋の室内を、窓からこぼれ差す夜明けの光が照らしている。その燃えるような暁の天よりも、なお鮮やかなニーナの真紅の瞳は、揺るぎない決意に煌めいていた。

もう決めたのだ。

わかりきっている物語の結末を知るよりも、ずっと昔からの夢を叶えるのだと。

「長かったわ……！　森で育って十五年。師匠の課題を全部達成したら、絶対にこれを頼むんだって決めてたんだから。今まで散々断られてきたけど、今度こそはどんな手を使ってでも、うんと言わせてみせる……っ!!」

はねっけのある真紅の髪を、革のリボンでぎゅっと結い上げたとき。

耳慣れた足音が近づいて、丸太小屋の扉が開いた。

「ただいま、ニーナ。どうした、今朝はずいぶんと早起きだな？」

現れたのは、伸ばした灰色の髪を前髪ごとひっつめた壮年の美丈夫だ。師匠こと、名をソウエンというニーナの育て親だが、名前どころか父と呼ばせてもらえたことすらない。

襟元から覗く鋼のような肉体は、彼がかつて世界を逍遥していた旅人であり、旅の果てに辿り着いたこのアルカンディア神聖王国で、王に仕える騎士として勤めていた証でもある。

だが、根っからの自由人のため、堅苦しい都暮らしは性に合わないと、引退後は森の奥深くに小屋を建てて引きこもり、悠々自適の隠遁生活を大いに楽しんでいた。そこに、十五年前、森に捨てられていた赤子のニーナが転がり込んだというわけだ。

ニーナは師匠の手から鱒が入った魚籠と竿を受け取り、満面の笑みを浮かべた。

「おかえりなさい、師匠！　今日の朝ごはんは、師匠が大好きな熊肉のステーキよ！」

「熊肉？　確か、備蓄はなかったはずだろう。朝っぱらから熊狩りにでも行ったのか？」

「違うわ。——この子を狙って、小屋に近づいてきたところを弓で仕留めたのよ！」

扉が開く音に反応して、部屋の奥からすっとんできた雪色の毛玉——小さな狼の子どもを抱き上げて言う。

「この前、羆に襲われていたところを助けたって言ってたでしょう？　獲物を横取りされて怒っていたから、絶対に取り返しに来ると思って、待ち伏せしたの！」

「おいおい！　獲物を奪い返しに来た羆を仕留めたのか!?　また腕を上げたじゃないか。肝の据わったいい狩人になったもんだ！」

「そうでしょう？　焼き立てを食べさせてあげるから、座って待っててね」

上機嫌でテーブルにつく師匠を横目に、掴みは成功だ、と心の中で拳を握る。

あとは胃袋をガッチリと掴んで、陥落させるのみ。羆を狩るのに着ていた狩猟服の上にエプロンを着け、台所に立つ。革長靴の靴紐にじゃれつく狼の子をあやしながら、分厚い熊肉をじっくりと炙り、切りわけて木皿に盛りつけていく。

冬眠前でたっぷりと脂肪を蓄えた熊肉はどこを切っても柔らかく、ナイフを入れれば熱い肉汁が弾けるほど脂が乗っている。仕上げに、師匠の好物である苔桃の塩漬けを添え、テーブルの上にドンと置く。彼は天色の瞳を子どものように輝かせ、早速齧りついた。

「美味いっ！　肉質は最高だし、さっぱりした苔桃の甘酸っぱさとの相性も抜群だな！」

「喜んでもらえてよかったわ！　いっぱい食べてね！　まだまだ、たくさんあるから」

二人で極上の熊肉を味わいながら、床の上で舌を出している狼の子どもにも餌を与えてやる。木の実や穀物を擂り潰し、細かく刻んだ羆の肉を加えた、ニーナ特製の離乳食だ。

お気に召したのか、嬉しそうに振りまわす尻尾が可愛らしい。

「そのチビ助。拾ってきたときはずいぶんと弱っていたが、もうすっかり元気になったな。名前はつけたのか？」

「ううん、つけるつもりはないの。この子は狼だから、大人になったら自分の番を探す旅に出るものでしょう？　ひとりで獲物を狩れるようになったら、森に帰すつもり」

「そうか。それにしても、狼の子どもまで懐くとは、ニーナは本当に動物に好かれるな。最初は翼を痛めた小鳥。それから、栗鼠に、狐に、山岳山羊に、野生馬……植物を育てる才能がある者の手を〝緑の手〟と尊ぶが、お前には動物を育てる才能があるらしい」

きっと面倒見がいいからだろうが、としみじみと呟く師匠に、思わず笑みがこぼれる。

ニーナからしたら、彼の方がよっぽど育てる才能を持っているのに。

（なにしろ、こんな辺鄙な森の奥で、赤ん坊だった私をここまで育てて……鍛え上げてくれたんだから）

山賊も裸足で逃げ出すほどの、猛獣蠢く広大な樹海。

もしも、自分になにかあったとき、非力な子どもでは生き抜いていけない。そう考えた師匠は、彼が旅で得た様々な知識をはじめ、弓術や釣り、仕掛け罠など狩猟による食料調達技術を、惜しむことなくニーナに教えてくれた。師匠が出した課題を達成するたびに、ご褒美として旅の合間に集めた本が貰えるのだが、そのどれもが、ニーナにとって大切な宝物だ。

植物や動物の図鑑、学術書、胸躍る冒険譚や戦記、そして、華やかな宮中で繰り広げられる、甘い恋物語――森での暮らししか知らないニーナにとって、物語の世界を旅することは、なによりの楽しみだった。

だが、課題はどれも難易度が高い。一朝一夕で達成できるものは一つもなく、ニーナは師匠との暮らしの中で、彼とともに身体を鍛え、鍛錬を積んで技術を磨いていったのだった。

そして、ついに、残る課題はただ一つ。

これを達成したら、望むものは本ではない――本物の、森の外にある広い世界だ。

「――っ、師匠、あのね！」

高鳴る鼓動が背中を押す。

これまではいくら頼んでも、実力不足、残りの課題を達成したらの一点張りで、相手にしてはもらえなかった。だが、今は違う。

汗ばんだ手をぎゅっと握りしめ、ニーナはその願いを口にした。

「〝森に棲む羆を百頭狩ること〟！　このステーキにした羆で百頭目よ。とうとう、師匠からの課題を全部達成したの。だから、お願い！　私、この森を出て師匠と旅がしてみたい!!」

「全部だとっ!?　本当に全部か？　あっ、あれは？　〝渓谷の底に投げ入れた石を拾ってくること〟！」

「そんなの、五歳のときにはとっくに達成してたわよ！」

「それじゃあ、あれは!?　〝真冬の湖を泳いで渡り、対岸に隠された木札を見つけて来ること〟！」

「それは、八歳の冬ね。水が半分凍ってて、大変だった」

「〝一日に百本の矢を的の中心に射ること〟!!」

「十歳。――もうっ！　本当に全部達成したんだってば!!」

「はっはっはっ！　わかってるさ、冗談だ。可愛いお前の成長を見過ごすもんか！　よく頑張ったな。これでお前も一人前の狩人だ。――だが、旅か。しかしだな、ニーナ……」

「断らないで、師匠っ!!　今までは、この大森林を抜け出す力も、旅をする技術もなかったから、無理だって言われるたびに諦めてた。でも、今の私になら、森中を飛びまわることだってできるわ！　私、一度でいいから、自分の目で外の世界を見てみたいの。ここことは違う場所で、いろんなものを見て、たくさんの人に出会いたい。——師匠に貰った物語の、主人公みたいになりたいの！」

「……そうか」

椅子を立ち、前のめりに訴えるニーナを、師匠はじっと見つめ返してくる。まるで、その澄み切った天色の瞳の中に、ニーナの顔を刻みつけるかのように。

不意に、その目が細められ、くしゃりと微笑んだ。

「焦らなくても、お前の旅はもうじき始まるさ。だから、どうかそれまでは俺の側にいてくれないか？」

「私の旅……？　それってどういう意味？　師匠は一緒に行ってくれないの？」

「ああ。残念だが、俺はお前とは行けないよ」

「ど、どうして⁉　師匠は旅が好きだったじゃないの。こんな森の奥よりも、もっといいところがたくさん見つかるかもしれないわ！　旅をやめてしまったこと——私を拾ったことを、後悔していないの⁉」

「そんなもの、するわけがないだろう。ニーナ、少し落ち着きなさい」

皮膚の硬い大きな手のひらが、ニーナの真紅の髪をかき混ぜるように撫でていく。昔から、我儘を言ったり、泣いてぐずったりしたときに必ずされる仕草だ。

だが、子ども扱いはされたくなかった。

これは我儘などではない。ニーナが長い間、願い続けてきた夢への懇願だ。

師匠の手から逃れるように椅子に座り直し、興奮のあまり荒立っていた呼吸を整える。

師匠はそんなニーナを一人残して、部屋の奥にある彼の自室へと姿を消した。皿の上の熊肉のステーキは、まだ半分以上残っている。

(……もしかして、怒らせた？　でも、あのおおらかな師匠が、あれくらいで怒るなんておかしいわ)

考え込むうちに、扉が開いて師匠が戻ってきた。彼はニーナの側にかがんで目線を合わせると、絹で織られた小さな布袋を差し出した。結び口の紐は長く、首から下げられるようになっている。

「こいつは、俺の生まれ故郷に伝わる旅の御守りだ。いつかそのときが来て、助けが必要になったら中を見なさい。それまで、肌身離さず身につけておくこと」

「御守り？」

「ああ。俺はもう、自分の旅の終わりを見つけちまったから、お前と一緒には行けないよ。そいつが俺の代わりだ」

穏やかながら、師匠の言葉はいつになく真剣だった。

「たとえば、ずっと眺めていたい景色。ほうっておけない誰かの側……この世界の誰もが、そういうものを探すために旅をしているようなものだ。たとえ、難所にさしかかって進めなくなっても、どう歩いていけばいいのか、なにを旅の終わりにすればいいかは、旅をする中で段々とわかってくる。俺にとって、それはお前だった。旅をしていたとき以上の幸福を、ニーナは毎日俺に与えてくれた。だから、後悔なんかしていないさ」

「師匠……」

ニーナにとって一世一代の、夢を叶えるための交渉だった。

駄目だと言われても、簡単に引き下がるつもりはなかったのに、まさか一人で行けと言われるとは思わなかった。

師匠が、これまでに見せたことのないような寂しげな顔をしている気がして、ニーナはこれ以上の言葉をのみ込んだ。その澄んだ目の色とおなじ、鮮やかな天色に染められた御守りを手渡しながら、彼は静かに瞼を閉じる。

「ニーナ。今年の初雪が降ったら、お前もとうとう十五歳になるんだな……おめでとう」

「……ありがとう、師匠。わかったわ。そのときっていうのが来るまで、大切に持っておくわね」

胸に膨らむ不安を押し込めて、ニーナは手の中の御守りをぎゅっと握りしめた。

北からの寒風に急かされるように、鳥達が梢を渡っていく。

その日の昼過ぎ、畑仕事に精を出していたニーナは、刈り取った薬草を丸太小屋の軒下に干しながら、朝の師匠の態度を思い返していた。首にかけた御守り袋を取り出して、手のひらに置いてみる。重さはさほどない。外から触った感触から、中身は紙片のようだと知れた。

「誕生日プレゼントのつもりだったのかしら。そんなの、これまで一度もくれなかったくせに。さっきの態度といい、どうしちゃったのよ、師匠……」

いつでも底抜けに明るい彼に、あんなに悲しげな顔をさせてしまうなんて。

いつか、この森を旅立ち、自分が生きる場所を探すことを夢見てきた。

ご褒美に貰える物語に心を旅立たせるだけでは、もうとっくに足りなくなっていたのだ。

おそらく、師匠もまた、それを感じ取っていたのではないだろうか。

窮地を救った狼の子どもに、名前をつけなかったニーナと同じように。

（いつか、別れるときが来るから。だから、師匠は一度も〝お父さん〟と呼ばせてくれなかったの……？）

定まりかけた考えが、ふわり、と空から降り落ちてきた白いものに遮られた。

――雪だ。

冴えた風に乗って、小さな雪華が舞っている。

「初雪だ！　十五歳の誕生日、おめでとう。ニーナ……！」

ニーナは自分の誕生日を知らない。代わりに初雪が降った日を祝うことにしているのは、師匠がニーナと出会った日に、その年初めての雪が降ったからだ。差しのべた手のひらに雪華のひとひらが舞い降りたとき。森の奥から、獣の咆哮がかすかに聞こえた。

羆でも、狼でもない、地面に丸太を打ちつけるような、聞いたことのない足音が近づいてくる。

「なに……？」

足元の小石が跳ねている。地面に振動を感じるほどの音の重さに異変を悟ったニーナは、手にしていた御守りを素早く懐に入れ、小屋の表へと急いだ。

「そんな、まさか……！」

玄関口に、蒼ざめた顔の師匠がいた。森を見つめたまま呆然と呟いた彼は、駆けつけたこちらの姿に気づくなり、さらに血相を変えて怒鳴った。

「ニーナ！　早く、小屋の中へ入れっ!!」

だが、言葉に従うよりも先に、丸太小屋の周りの木々がメキメキと音を立てて倒された。梢の向こうから姿を現したのは、天を遮るほどの巨獣である。毛足は長く、雪のように白い毛並みに包まれた姿は雄牛のようだ。左右に張り出した四本もの角で、走行の邪魔になる森の木々をなぎ倒して来たらしい。謎の巨獣は次々と現れ、あっという間に小屋の周辺を取り囲んだ。

（轡を着けているわ……！　背に誰か乗っているの？）

首が痛くなるほど見上げた目線の先から、黒い影が飛び降りて来る。フードつきのマントをすっぽりと被っているが、身体つきからして男性だ。他の巨獣の背からも現れ、全員で十人あまり。これまで師匠以外の人間に会ったことがなかったニーナは、つい警戒を忘れて彼等の姿に見入った。

フードの男達は素早く隊列を整えると、なにを思ったか、ニーナに向かって一斉に跪いた。

「突然の無礼をお許しくださいませ。――姫様」

「は……？」

（ひ、ひめさま……？）

理解のできる言葉――しかし、あまりにも突拍子のない言葉に頭が真っ白になる。

こちらの反応に構わず、フードの男は粛々と続けた。

「我等はウルズガンドの国王陛下の勅命により、めでたくも十五歳を迎えられました姫様を、王宮へお招きするために馳せ参じました。どうぞ、獣車の輿にお乗りくださいませ」

「お、お乗りくださいって……あの、私がお姫様だなんて、なにかの間違いじゃないの？　私は捨て子で、そこにいる師匠に拾われて――きゃあっ⁉」

「詳しいお話は後ほど。御無礼をお許しください」

男はニーナに近づき、問答無用の強引さで横抱きにした。

待ってくれ、と師匠が慌てふためいた様子で叫ぶ。

「何故、今日なんだ……！　期日までは、まだ間があるはずだぞ⁉」

「許可は得ている。今年は冬の訪れが早い。これ以上遅れれば国境壁が雪に閉ざされてしまうため、予定が繰り上がったのだ。どのみち、いずれは引き渡すのだから変わりなかろう」

「……っ！　そんな横暴を許してたまるかっ!!」

にわかに殺気立った師匠から逃れるがごとく、男はニーナを抱えたまま、ひと蹴りで巨獣の背へと跳躍した。なんて身軽さだと目を丸くするうちに、巨獣の背に据えつけられた、宝石箱のように煌びやかな輿の中に運び入れられてしまう。

「ちょ、ちょっと待ってよ！　これは一体どういうことなの、師匠――っ!!」

慌てて外に飛び出そうとするが、目と鼻の先で扉が閉められた。力ずくで開こうとしても、頑丈な造りでびくともしない。

「師匠っ!!　――もうっ！　貴方達は一体なんなのよ!?　ウルズガンドってなに!?　私をどこに連れて行くつもりなのっ!?」

叫んでも答えはない。

輿の中にはニーナの他には誰もおらず、壁面に窓すらなかった。だというのに、細部にまで施された彫金の見事さ、座面に敷かれた白貂の毛皮の艶やかさに至るまで、つぶさにわかるほど明るい。何故だろうと天井を見上げ、そこに広がる蒼天に愕然とする。

「これ、もしかして硝子……？」

本の知識はあっても、実際に目にするのは初めてだ。氷のように透明で、火にくべれば自在に形を変える美しい鉱物――その希少さ故に高価であり、物語でも、王族や貴族のみが触れることを許される特別な品として登場する。

森暮らしのニーナにとっては空想の世界のものでしかなかったそれが、雪華を刻んだ無数の細工窓となって、惜しげもなく天井にちりばめられているのだった。

「綺麗……！　すごいわ、まるで氷の中に花が閉じ込められているみたい！　感触は、磨いた樫の木のようね。とても硬くて冷たいわ……わあっ⁉」

爪先立って手を伸ばし、天窓のひとつに触れたとき、輿全体が大きく揺れた。ニーナの身体が座面に投げ出され、丸太を叩きつけるような足音が響き始める。巨獣が走り出したのだ。

「そ、そうだわ。硝子に興奮している場合じゃなかった。私がお姫様だなんて、わけがわからないわよ……確か、ウルズガンドという国の王様の命令で、王宮に連れて行くのだと言ってたっけ」

親に捨てられた少女が、王子様と出会い恋に落ち、迎えに来た馬車で王宮に――まるで、課題達成のご褒美に貰った物語のような展開だ。まさか、自分も王子様と恋に……と想像した瞬間、意図せず顔が熱くなった。

「いやいや、無理無理！　冷静に考えたら色々と無理よ⁉　生まれてこのかた森から出たこともないのに、いきなり王宮に連れていかれて王様に会うなんてどうしたら――っていうか、そんなロマンティックな状況じゃないわよね、絶対！」

――そうだ、御守りだ。

助けが必要になったときに中身を見ろと、師匠が言っていたではないか。きっと、今がそのときに違いない。

ニーナは懐に忍ばせていた御守りをひっぱり出し、革紐を解いて袋を開いた。

中身は、折り畳まれた小さな紙片――どうやら、師匠からの手紙のようである。

高鳴る鼓動とともに辿り始めた文章は、こんな風に始まっていた。


〝愛するニーナへ。

この手紙を読んでいる頃には、お前はもう俺の手元にはいないのだろう。

突然のことに驚いているだろうが、まずは冷静になりなさい。

単刀直入に状況を伝えると、お前は捨て子ではない。

この王国、アルカンディア神聖王国の姫君として生を受けた王女だ。

しかし、この国では、王家に生まれる血色の髪と瞳を持つ姫は、獣人との争いを収める救国の聖女であると信じられており、十五歳を迎えた冬に隣国である獣人国家、ウルズガンドの《白狼王》へ、《贄姫》として貢がれる決まりになっている。

そのため、お前は王家の姫君として名づけられることなく、騎士である俺のもとに預けられた。俺は、出生の秘密を知らせることなく贄姫を育て、ときが来ればウルズガンドからの使者に引き渡すよう命を授かっていたんだ。

贄姫の血肉は、獣人に大いなる力を与え、あらゆる怪我と病を治す万能薬になるとされている。このままでは、貢がれた先で白狼王に喰い殺されてしまうだろう。
日に日に可愛らしくなっていくお前を育てるうちに、俺にはどうしても、その残酷な運命を受け入れることができなくなってしまった。
ニーナのことを、本当の娘として愛してしまったからだ。
だからこそ、出生の秘密を守るためと偽って王都を去り、あの大森林の奥地で暮らすことにした。
逃げるためじゃない。この先になにが起きても生き延びることができるように、俺の持てる知識と技術のすべてをお前に教えこみ、鍛え上げるためだ。〟

「…………なに、これ」

手紙を読み進めるうちに、全身から血の気が引いた。

悪い冗談であって欲しい。

だが、師匠は冗談や悪ふざけでこんな真似をするような人間ではない。

贄姫、白狼王、獣人、生贄——食い入るように見つめても、手紙に綴られた文字は変わらない。しかし、予想外にもほどがある。

「……っ、とにかく、続きを——」

手紙の一枚目を読み終え、あまりのショックに放心していたニーナだが、意を決して手紙をめくり、二枚目の内容に目を落とした。

〝人間の王国アルカンディアと獣人の王国ウルズガンドは、種族間のいがみ合いが絶えず、数百年にもわたる紛争状態にあった。今ある平和は、贄姫であるニーナが生まれ、その譲渡を条件に停戦が結ばれたおかげだ。贄姫をウルズガンドに引き渡さなければ、新たな争いの引き金になるだろう。情に流され、逃がすわけにはいかなかった。

しかし、苛酷な運命を生き延び、自分の足で進んでいけるように、力をつけてやることはできると思った。

ニーナは本当に強くなった。

今のお前になら、未踏の地を旅することもきっとできる。

ウルズガンドの北方に位置する大山嶺の頂、〝氷晶の牙〟を越えた先には、俺すら旅したことのない広大な大地と海が広がっている。

だから、けっして諦めるな。

ウルズガンドの国境壁を越えさえすれば、譲渡は成立し、国同士の約束は果たされる。その後に贄姫がどうなろうと――たとえ、ウルズガンドの追手を振り切り、どこかへ逃げてしまっても、アルカンディアは一切関与しない。

お前が自由を手にするためには、きっとこれを好機とするしかない。

ニーナ、これが最後の試練だ。

お前は自由になれる。

逃げて、生き延びて、幸せになりなさい。

ニーナが持つしなやかな強さが、呪われた運命に打ち勝つことを心から祈っている。

　　　　　　　　　　　　　　　　　　――お前を愛する父より〟


手紙を読み終えたニーナは、驚愕に打ち震える身体を必死にかき抱いた。

(師匠の様子がおかしかったのはこのせいだったのね。白狼王……獣人の国の王なんて、物語の中にしか存在しないと思ってたのに。それに、私が生贄だなんて……！)

手紙の内容が真実なら、師匠とはあの瞬間を最後に、二度と会うことができなくなったということだ。それまでの暮らしを捨て、十五年間もの歳月を、ニーナを育てるためだけに費やしてくれた父に、さよならも、ありがとうも、言えなかった。

「師匠の馬鹿……なにが愛する父よ！　お父さんなんて、今まで一度だって呼ばせてくれなかったくせに……！」

輿の扉が閉じられる瞬間、最後に目にした師匠の顔をしっかりと覚えている。

彼は目に涙を溜めて、それでもなお強く微笑んでくれていた。

きつく閉じた瞼の奥から、熱い涙が滲んでくる。ニーナは深く息を吸いこむと、手の甲でぐい、と目元をぬぐって顔を上げた。

獣人の国、ウルズガンドの白狼王の生贄にならずに生き延びること。

それが、これまで自分を育ててくれた〝父〟の願いなら。

これまで与えてくれた知識と技術は、すべてこのときのためのものなら。

――やるべきことは一つしかない。

「逃げて、生き延びて、幸せになればいいのね。上等じゃない。相手が白狼王だろうが、なにがなんでも逃げ切って、生き延びてやるわ……！」

決意に燃える真紅の瞳には、いつしか孤高に生きる獣のような、強い光が宿っていた。

〝ウルズガンド〟。

古い言葉で、〝狼の群〟を意味するこの国は、周囲を円環状の大山嶺にかこまれた、常冬の王国である。

人間の姿に似ながらも、獣の耳と尾を持つ獣人。

数多くの種族が存在する獣人種の中でも、狼人種の獣人達が暮らすこの国の王は、代々白雪と見紛う毛並みを持つことから白狼王の名で畏れられている。

日暮れ前。大勢の臣下達を率い、贄姫を出迎えるために城門前に現れた白狼王――ヴォルガ・フェンルズ・ウルズガンドは、夕闇に舞い散る雪華に月色の瞳を上げた。

「降ってきたな……」

「陛下、ここは冷えます。どうか、宮中でお待ちください」

背後からの声に、白銀の髪の間に生えた獣耳がぴくりと動く。ヴォルガは振り向くと同時に牙を震わせ、いかにも不機嫌そうにグルル、と唸った。

「構うな、ファルーシ。俺は外で待つと言ったはずだ。あと、口調を直せ。お前のその喋り方は、むず痒くてかなわない」

「――はいはい。わかったから、怖い顔で睨まないでくれ。君にまで体調を崩されるわけにはいかないんだ。ここのところ、遅くまで執務室にこもっているだろう?」

ファルーシと呼ばれた獣人の青年は、人当たりの良い面立ちを困ったようにかしげた。眦の柔らかな翠緑の瞳。肩のあたりで切りそろえた髪と、ぴんと立った獣耳は、背後で揺れる尾と同様、明るい小麦色をしている。

ファルーシはヴォルガの側近であり、幼少の頃から信頼を置く腹心だ。臣下というより親友同士として育った間柄のため、ヴォルガは彼に改まった態度を求めない。ファルーシもまた、公の場以外では砕けた口調で接していた。

眠れるものか、とヴォルガは唸る。

「アルカンディアの王から譲渡の申し出を受けて以来、長年待ち望んできた贄姫の到着だ。これで、ようやく望みが叶う……だろう、ファルーシ」

「ああ、わかっているよ。じゃあ、せめてこれを羽織ってくれ」

差し出されたのは、雪原を思わせる白銀の毛皮をあしらった外套である。代々受け継がれてきた王の証を身につけることを、ヴォルガは頑なに拒み続けてきた。だが、季節や体格に合わないといった言い訳はもう通らない。してやったりと言いたげな顔のファルーシを睨みつけ、ヴォルガは渋々とそれを羽織った。白銀の外套を纏う彼の姿は、二十二歳という年若い王でありながらも荘厳で麗しく、集まった臣下達から感嘆の声が漏れた。

「気が利くな。後でたっぷり褒美を取らせてやる」

「お気持ちだけで結構だよ。――さて、どうやら獣車が到着したみたいだね。ヴォルガ、わかっていると思うけど」

近づいてくる獣車の足音に獣耳を向けながら、ファルーシが真剣な顔つきになる。

言わんとすることを悟り、ヴォルガはうなずいた。

「贄姫は、己の運命を知らない。俺達もけっしてそれを知らせない、だったな」

「そう。贄姫は、その命をもって白狼王に力を与える神聖な存在だ。これは、彼女が最期を迎える瞬間まで心穏やかに過ごせるようにという配慮であり、彼女の命を奪う側である僕達が示せる最大限の敬意でもある。けっして乱暴な真似をしないこと、怯えさせないことを約束してくれ。特に、君は器量が良いくせに顔が怖いから」

「余計なお世話だ。……わかっている。条約で取り決めた通り、無駄な危害は加えない。丁重に王宮に迎え入れてもてなすさ」

〝氷晶の牙〟――神峰の端にかかっていた真紅の夕陽が、その白い牙の内に飲みこまれていく。標高の高い山岳地帯にあるウルズガンドの夜は長い。今宵は贄姫の到着を祝い、盛大な宴が開かれる予定だ。

残照の一筋に照らされて、舞い散る雪華が真紅に染まった。形を覚える間もなく溶けていく。

ヴォルガが差しのべた手のひらの上で、形を覚える間もなく溶けていく。


「贄姫か……。憐れだと思うのは、傲慢なんだろうな」

呟きとともに、薄暗い夕闇の向こうから獣車が現れた。しかし、なにやら様子がおかしい。猛スピードで到着したのはたった一頭のみで、手綱を握る御者役の姿しかない。

迎えにやらせた他の従者達はどこへ行ったのか。異変を察したヴォルガは、即座に獣車へと駆け寄った。輿を運ぶのはヌークと呼ばれる巨大な山岳牛である。険しい山脈も半日で越える強靱な脚を持つが、無理な走行を強いられたためか興奮している。その背には、もぬけの殻となった輿があった。

どういうわけか、扉がない。

「一体何があった……!?　まさか、贄姫を奪われたのではないだろうな!?　護衛は充分に付けたはずだぞ！」

「いいえ、陛下！　贄姫様が自ら逃亡なされたのです……っ！」

暴れるヌークを必死でなだめながら、御者が悲愴な声で状況を告げた。

「アルカンディアとの国境壁を越え、針葉の森に差しかかった辺りで、輿の扉が内側から蹴り破られました！　輿から飛び出した贄姫様は、リスのように大木を駆け上がり、枝から枝へと飛び渡って、あっという間に逃げ去ってしまわれたのです……っ！」

「なにっ!?」

耳を疑うとはこのことだ。他の従者達は、逃亡した贄姫の捜索のために、針葉の森に残ったという。ふざけるなと声を荒らげなかったのは、御者の態度があまりにも真剣だったためだ。しかし、人間であるはずの贄姫に、リスの真似事などできるはずがない。

十五年前、血色の髪と瞳を有して生まれた贄姫は、物心がつく前に母親から引き離され、人里離れた森の奥で密かに育てられた。自身が敵国の王の贄として貢がれることはおろか、俗世も知らない純粋無垢な少女である——と、アルカンディアからの書状には記されていた。そんな少女が、鍵のかけられた輿の中から、どうやって逃げたというのか。

ヴォルガは暴れ続けるヌークの背に飛び乗って、輿の中を覗き込んだ。座面に敷かれていたはずの、白貂の毛皮が剝ぎ取られている。内側から扉が蹴り破られたと御者は言うが、華奢な少女にそんな真似ができるだろうか。本来扉があるべき部分を調べたヴォルガは、あることに気づき、目を見張った。

「扉の金具が外されているだと……？　贄姫がやったのか」

ふと、頭に浮かんだのは純粋な疑問だ。どうして彼女には、そこまでして逃げる必要があったのか。迎えに遣わせた従者達には獣人であることを隠させ、くれぐれも丁重に王宮へ招くよう命じた。彼等に怯えて逃げ出したとは考えにくい。

「——っ、まさか！」

深く考える前に、答えを確信した。

——知っているのだ。

贄姫は、己の運命を知っているに違いない。

ヴォルガは輿を飛び降りるなり、吼えるように鋭く命じた。

「ファルーシッ!!　贄姫を追う！　総員を率いて俺に続け！」

「ええっ!?　それってどういう――ま、待ってくれ、ヴォルガッ！」

ファルーシの目の前で、ヴォルガの身体が純白の光に包まれた。

見る間に巨大な白狼の姿へと変貌したヴォルガは、ファルーシの制止を聞かず、降りしきる雪の中を猛然と走り出す。

獣人は本来、人間に似た姿に獣の耳と尾が生えた獣人の形態と、獣の姿の両方に身体の形を変えることができる。獣の姿になる場合、獣人だけが持つ〝獣気〟と呼ばれる気の流れで衣服ごと身体を包みこみ、変貌する。この技を〝獣化〟といい、獣化中は運動能力及び、視覚、聴覚、嗅覚などの身体機能を極限まで高めることが可能になる。

だが、膨大な獣気を必要とするこの技を扱えるのは、今ではヴォルガただ一人だ。

『よりにもよって針葉の森とは、厄介な場所で逃したものだ……！』

ヴォルガは重厚な石造りの建物が並ぶ王都の街並みを一陣の風のごとく駆け抜け、氷雪に覆われた平野部に出た。蹄の跡は雪原を越え、その縁に洋墨を垂らしたような針葉樹の大森林、針葉の森へと続いている。

針葉の森は、隣国アルカンディア神聖王国との境に横たわる広大な樹海だ。父王の崩御後、即位したヴォルガは両国の間に国境壁を築き、人間の侵入を厳しく禁じた。山岳部の傾斜に沿い、複雑に根をうねらせる大樹の森は暗い上に足場が悪く、天然の城砦の役目を果たしている。

しかし、同時に、多くの行方不明者を生んでいる魔の森としても有名だ。柔らかな肉を好む野獣に襲われれば、無垢な少女でしかない贄姫などひとたまりもない。

一刻も早く捕らえなければと、ヴォルガは真っ直ぐに平野を渡り、森の中に飛び込んだ。

幸い、迎えに遣わした従者達の隊列を見つけるのに、そう時間はかからなかった。彼等はその場に現れたヴォルガの姿を見るや、悲鳴をあげて平伏した。

そこに、馬に乗ったファルーシが駆けつける。

「ヴォルガ！　夜間のこの森は危険だ。じきに灼賢狼ゲーリウス様が到着する。贄姫の捜索は彼が率いる狼牙兵師団に任せて、王宮に戻ってくれ！」

『無理な相談だな、ファルーシ。三賢狼などあてにできるものか！　私欲を満たすためなら平気で他人の命を利用する、卑劣極まりない連中だぞ。……それに、お前にもわかっているだろう？　俺にはどうしても贄姫が必要なんだ』

「充分に、わかっているつもりだよ……！　でも、君はウルズガンドの王だ。王は群を率いるものだ。こんな風に、単独で突っこむ真似はするべきじゃない」

『単独で動いたつもりは——』

ない、と後方を振り向き、ヴォルガは沈黙した。巨大な白狼と化したヴォルガの俊足についてこられたのは、旧知の仲であるファルーシだけのようだ。

「あのねぇ。わかっていないようだから言わせてもらうけど、獣化した君に兵達が追いつけるわけがないだろう?」

『ぐ……っ!』

呆れ混じりに嘆息する彼に、グルル、とヴォルガは歯列を噛み締める。

『ついて来られない者を待っている時間はない……まだわからないのか、ファルーシ。贄姫は自分が贄にされることを知っている。だからこそ、扉を壊してでも逃亡したんだ!』

「な……っ!? まさか、そんなこと――」

ありえない、と狼狽するファルーシを尻目に、ヴォルガは毛並みを逆立て獣気を高めた。五感がさらに研ぎ澄まされ、周囲の空気が冴え渡る。それまで深い闇の底に沈んでいた針葉の森が、まるで真昼のように鮮明に浮かび上がった。

同時に、嗅ぎ慣れない匂いにも気がついた。人間の匂いのようだが、戦場で嗅いだ不快さはない。むしろ蠱惑的な、自然と惹きつけられてしまう不思議な香りだ。

『ありえない話ではない。偶然耳にしたか、あるいは何者かが漏らしたか――なんにせよ、贄姫が、この場所で獣車の輿から飛び出したのは間違いないようだな』

鼻を高く上げ、空中に線を描くように遺臭をなぞっていく。蹴り飛ばされたという扉の側に、血色の髪が一本落ちていた。さらに追っていくと、すぐ近くの針葉樹の幹に靴底で木肌が削られた跡があった。遺臭はいつしか鮮明な映像となり、獣化したヴォルガの目には、血色の髪をなびかせた小柄な少女が、目を見張る俊敏さで輿から飛び出し、小さな足で巨木を駆け上がっていく姿がありありと見えた。

にわかには信じ難い光景だが、とヴォルガは感嘆のため息を吐く。

『なるほど、確かにリスだな……！　いつから人間は、こんなに身軽になったんだ』

枝から枝へ飛び渡ったという御者の報告通り、遺臭はかなり高い位置の枝先へと続いている。ヴォルガの体軀ではとても登れない。匂いを頼りに追うのは無理だ。

ならば、と今度は雪に覆われた地面に伏せた。針葉の森の梢は、連日の雪を抱えている。枝の上を走れば、その振動で雪は落下し――

『……見つけたぞ』

点々と落ちた雪塊は積雪を窪ませ、獲物の行方を示す足跡となる。

『追跡する！　来い、ファルーシ！』

「ああもう！　相変わらず一匹狼なんだから！　――皆、ご苦労。そのまま周辺の捜索を続けてくれ！　私は陛下を追う。後続の灼賢狼様にも伝えるように！」

ヴォルガは白狼の姿で森を駆け、ファルーシは馬で後を追った。わずかな痕跡を頼りに雪の森をひた走り、やがて、二人は切り立った峡谷の縁へと辿り着いた。

落雪の標は、縁で途切れている。ヴォルガは、呆然と谷底を覗きこんだ。

『まさか、この谷に落ちたのか……!?』

〝奈落谷〟――またの名を〝断罪の渓谷〟。かつて罪人の処刑地として使われた、垂直に近い断崖絶壁に挟まれた大地の裂け目である。

底が深すぎて、獣気で視力を高めても闇しか見えない。足を滑らせたか、あるいは喰い殺されることを恐れて自決したか。

崖の縁には確かに滑落した跡があり、輿の座面から持ち去られた白貂の毛皮が岩場に引っかかっていた。間違いなく、彼女はここから谷へと落ちたのだ。ファルーシもまた、絶望的な顔で闇の底を覗き込んだ。

「おしまいだ……！　断罪の渓谷に落ちたら、獣人だって助からない。ましてや、人間の女の子なんてひとたまりもないよ！」

『……は、……ははっ！』

「ヴォルガ？」

唐突に笑い出したヴォルガに、ファルーシはぎょっとする。自暴自棄になったのかと慌てる彼を横目に、ヴォルガはクックッと喉奥で笑いを噛み殺した。

『まったく、なんて奴だ』

あれを見ろ、とヴォルガは鼻先で崖の側面を指す。

『崖から突き出たあの岩場の位置で、滑落痕が止まっている。贄姫はわざと転落したんだ。――転落したと見せかけて、岩場を利用し、別の場所から這い上がった』

「なんだって⁉」

ヴォルガ自身も信じ難いが、推測通り、谷沿いに進んだ離れた位置に、這い上がった痕跡を見つけた。雪上に残された痕跡から獲物の動きを想像するに、贄姫は足跡を残さないよう、すぐさま手近な樹に駆け上がり、ふたたび枝を飛び渡って逃げたらしい。

逃げ去った方向は、真北だ。

「すごい……！」

『それに、さっきは気がつかなかったが、贄姫のこの遺臭……羆の血肉の臭いが混じっている。それも、皮膚の奥深くまで染みこむほどの膨大な数だ。気を引きしめろ、ファルーシ。俺達が追っているのは、純粋無垢な少女などではない』

「いちかばちかで飛び出してみたけど、外が森だなんてツイてるわ！」

清涼感のある香りが、冬の空気をいっそう鋭く研ぎ澄ます。

ニーナは雪の積もった針葉樹の森を枝から枝へと飛び渡り、真っ直ぐに北を目指していた。

知っている。幾重にも重なった梢のせいで、星を頼りに進むことはできないが、方角は森の木々が教えてくれるのだと。教えてくれたのは師匠だった。躊躇うことなく枝先へと駆け、次の枝に飛び渡ったところで足を止めた。幹に背を預け、はあっと白い息を吐く。

冷気に肺がしめつけられる。普段よりも、息が切れるのがずっと早い。

（あの硝子窓のおかげで、影の動きが測れて良かったわ。輿に乗っていた時間は半日ほど

なのに、ここは真冬のように寒いし、雪も積もってる。きっと、標高が高い場所なのね）

ニーナが住んでいた森からはるか東へ行った場所に、白の円環山脈と呼ばれる大山嶺がある。大抵の無茶は笑って許してくれた師匠が唯一、危険だからけっして近づくなと言い含めた山岳地帯を、輿を運んでいた巨獣は易々と越えたらしい。

ここに来るまでの道中、一度だけ、輿の進行が止まったことがあった。続いて、重い扉が開くような音が響いたため、国を隔てる関――師匠の手紙に書かれていた国境壁を越えたのだと、ニーナは確信したのだ。

同時に、逃げるための行動を開始した。森での生活に適した狩猟服には、便利な道具がいたるところに収納してある。腰のポケットから取り出した小さなナイフで輿の扉を留めている金具を慎重に外し、扉がぐらつき始めたところで手を止めた。

この扉の外に出たら、そこがどんな場所でも構わない。けっして足を止めることなく進むのだ。

巣から飛び立つ雛鳥が、天に臆さぬように。

――行こう、と勢いよく扉を蹴り破り、輿の外へと大きく飛び出したニーナは、目に飛びこんできた針葉樹の大木に迷うことなく飛びついた。そのまま幹を駆け上がり、手近な枝へと飛び移る。枝先に向かって走り、別の木の枝へとすぐさま跳躍した。異変に気づいた男達の喧騒が、みるみる後ろに遠ざかっていく。

目の前に広がっていたのは、巨大な針葉樹の森だった。

柱のように聳え立つ木々を飛び渡りながら、ニーナの口元に笑みが浮かんだ。

これならいける。

絶対に逃げ切れる。

何故なら、ここは森だからだ。

森の中で、ニーナに敵う獣などいない。


——そして、現状、見事に追手を振り切り、逃げおおせている。

(それにしても、あの人達は本当に獣人だったのかしら？　服に隠れていたから耳も尻尾も見えなかったし、御伽噺みたいに獣の姿にもならなかったけど)

ニーナを抱き上げた男の腕は、確かに人間のものだった。言葉も聞き取れたし、獣の臭いがしたわけでもない。師匠の手紙の内容を疑うわけではないが、こればかりは自分の目で見定めるまで信じることはできない。

〝獣人〟——美しい人間の姿をしながらも、獣の耳と尾を持つ異形。

獰猛な獣の姿に変身することができ、夜に乗じて人間を攫い、その血肉を好んで喰らうという——しかし、それはあくまで想像上の怪物だ。物語では定番の悪役でもあり、師匠から貰い受けた恋物語に登場する〝悪い獣人の王〟も、主人公の少女を攫って喰らおうとし、おそらくは助けに来た王子に倒されるという、悪そのものの象徴として描かれていた。

自分は今、そんな怪物が実在し、彼等が支配する国にいるのだ。師匠が手紙で知らせてくれなかったら、今頃は——と考え、ブンブンと首を振る。

（冗談じゃないわ！　きっかけはともかく、ようやく森を出られたんじゃないの。夢も叶えないうちに食べられて、たまるもんですか……！）

深呼吸をひとつ。息を整えて、ふたたび枝の上を走り出す。相手は狩りが得意な獣人達だ。追跡されないよう痕跡を残さずに逃げたいが、躊躇っている時間はない。

（今なら、闇と梢が姿を隠してくれる。夜が明ける前に、北にある〝氷晶の牙〟を越えなくちゃ……！　大丈夫、師匠の課題をすべて達成した私になら、絶対にやれるはずよ！）

しかし、ニーナが次の枝に飛び渡ったとき、予期していなかったことが起きた。

唐突に、森の景色が途切れ、視界が開けたのだ。

「……っ！　こ、こは……」

皓々と輝く月の光の下、どこまでも、見渡す限りに続く純白の雪原が広がっていた。

銀砂のような星々がちりばめられた、藍色の夜天。はるか彼方に連なる峻険な雪嶺。強い寒風に磨き上げられた世界は透明に澄んで、舞い散る雪華が月明かりに煌めいている。

——それは、ニーナが長い間ずっと夢に見ていた、森の外の世界にしかない光景だった。

「凄いわ、なんて、綺麗な所なの……！」

思わず、その美しさに吸い寄せられた。高鳴る鼓動が警鐘のように響くのに、樹を下り、森を出て雪原に近づいていく足を止めることができない。

こんな雪原に足を踏み入れたら最後、拭い去れない痕跡を残すことはわかっていた。

けれど、生まれてずっと鬱蒼と生い茂った緑の世界に閉じ込められていたニーナにとっては、抗うことなどできない衝動だった。

あの場所へ行ってみたい。

子どもの頃から夢焦がれてきた森の外の世界へ、自分の足で飛び出したい――

「あ……っ⁉」

だが、雪原に駆け出す寸前、一陣の風とともに、真っ白な影が目の前を遮った。

雪原と同じ白銀の毛並みをした、信じられないほど巨大な狼だ。光る双眸でニーナを捉えたまま、狼は躊躇いのない足取りで距離を詰めてくる。

その堂々たる姿に、何度も繰り返し読んだあの御伽噺が頭をよぎった。

白銀の狼に身を変じ、逃げる少女を無慈悲に追い詰める、獣人の王。

想像上のものでしかなかった存在に、目の前の巨狼がぴったりと重なった瞬間――白銀の巨軀から、ふわりと白い光が溢れ出した。

光は狼を包み込み、瞬く間に姿を変貌させていく。

「な、に……？」

艶やかになびく白銀の髪。満月を嵌めこんだような金の瞳。

金糸の刺繡が美しい純白の騎士服に、白銀の毛皮をあしらった外套を身に纏った精悍な青年――しかし、彼の髪の間には、白銀色の狼の耳が生えている。加えて、その背で揺れる、豊かな毛並みの尾に確信した。

人に似て非なるもの。

この青年は、間違いなく〝獣人〟なのだ。

彼は光る瞳でニーナを見つめ、形の良い唇を開いた。響く声音は低く、落ち着いている。

「――私は、獣人の国ウルズガンドの王、ヴォルガ・フェンルズ・ウルズガンド。美しき人間の姫よ、よくぞ我等の国へ参られた。恐れることはない。そなたを心より歓迎する。我等とともに、王宮へと参られよ」

白皙の美貌は、整いすぎているあまり感情が読み取れない。厳かなその言葉を聞きながら、ニーナはただただ茫然とした。本当は、まだどこか半信半疑だった。けれど、物語の中だけの存在だと思っていた獣人がこうして目の前にいる。まるで、物語の世界に入り込んだような倒錯感だった。師匠の手紙に書いてあった獣人の王――《白狼王》。

彼がそうなのかと尋ねようとしたが、頭を振って思いとどまった。

自分を喰らおうとしている相手と、馴れ合う気はない。

「――ふざけないで!!　なにが歓迎よ、優しいふりをしたって騙されないわよ！　私は贄姫で、貴方は私を喰い殺そうとしているんでしょう!?　全部知ってるんだから！」

叫んだ瞬間、それまで凪いでいたヴォルガの双眸が鋭く眇められた。

ザッ、と背後の茂みが大きく揺れる。

「今だ、捕らえろ！」

しまったと思ったときにはすでに遅く、ニーナの身体は背後の森から現れたフードの男達により、雪の地面に押さえこまれていた。信じられないほどの力だ。体格差も大きく、力任せに押さえつけられれば、あっという間に身動きが取れなくなってしまう。

「は、放して……放してよっ!!」

長年の夢が叶ったことで、逃げる判断を怠ったこと。想像していたよりもずっと人間に近く、美しい獣人の姿に警戒を緩めてしまったこと。それらすべてが、敗因となった。

それでもまだ、最後の希望を信じて抗う。

「放してって言ってるじゃないっ!!」

結んでいた髪がほどけるほど、なりふり構わず暴れるニーナの側にヴォルガが膝をつき、強引に顎を取った。上向かされて視線が合う。金の双眸に宿る光は、彼の背後に照る凍月よりも冷ややかだ。

「諦めろ。これ以上抵抗するなら、腱を切るぞ」

「やれるものなら、やってみなさいよ! ここまで必死に追ってくるんだもの、貴方には私が必要なんでしょう!? そんなことをしたら、今度こそ谷に飛び込んで死んでやるから!! ——ぐっ!!」

雪の地面に無理矢理に頭を押さえつけられ、真紅の髪が鮮血のように散った。

ブーツが脱がされ、膝まで服がたくしあげられる。知らない男の手が脚に触れ、肉を切られる恐怖に全身が戦慄いた。

──あんまりじゃないか。

どんなに過酷な課題にも取り組めたのは、達成したその先にある夢を叶えるためだったのに。十年以上かかって、ようやく外の世界に飛び出したのに。贄姫なんてわけも分からないものにされて、命を奪われてしまうなんて。

そんな運命、受け入れてたまるものか。

「私は、絶対に諦めないわ！　たとえ脚を失っても、必ず逃げ切ってみせる……っ!!」

ひたり、と刀剣の刃があてがわれる。

肌から伝わる硬質な感触に、襲い来る痛みを覚悟した。その瞬間、足首が冷たい重みに覆われた。

ガチャン、と金属音が響く。

──枷をはめられたのだ。

恐怖と緊張から一気に解放され、脱力するとともに全身から冷や汗が噴き出した。

「……連れていけ」

放心した頭で見つめる先で、ヴォルガは凍るような表情のまま踵を返した。

二章《贄姫》

「おのれ、そういうことか……っ!!」

天色の小さな布袋を握り締め、ヴォルガは胸の内に滾る怒りを爆発させた。夜半の静寂を引き裂いて、ウルズガンド王宮の玉座の間に、猛獣さながらの咆哮が響き渡る。

状況は最悪だった。

ヴォルガの予想通り、贄姫は自身が贄にされるべくこの国へ貢がれたことを知っていた。何者かの入れ知恵があったことは明らかだったが、小袋の中に隠し持っていた手紙の内容は、その予測をはるかに超えていた。生き延びて、幸せになれ——養い親の切なる願いを託されたあの贄姫は、十数年もの鍛錬の成果を遺憾なく発揮し、王宮に連れ帰った後も、幾度もの逃亡を試みているのである。

『たとえ脚を失っても、必ず逃げ切ってみせる……っ!!』

あのとき彼女が叫んだ言葉は、虚勢でもなければ、はったりでもなかった。その豪胆さは舌を巻くほどだ。たかだか十五歳の少女であるにもかかわらず、獣化したヴォルガの姿に怯えすらしない。どれだけ牙を剝こうとも、彼女は目をそらさず射貫いてきた。

燃え立つ暁の天のような、激しく煌めく真紅の瞳。

その瞳に込められた強い覚悟の前には、もはや腱を切るという脅しなど、なんの意味も成してはいない。

（一度目は、雪原で捕らえた贄姫を王宮に連行する道中だった……！　脚に枷をつけたことで油断していたこちらの隙を突き、服に隠し持っていたかぎ針を足の指で操り、枷を外して夜の森に消えた。二度目は、逃走した彼女をふたたび捕らえ、ようやく連れ帰った後。夜着に着替えさせ、隠し持っていた武器および道具をすべて押収した上で部屋に閉じ込めたが、見張り番が食事を運んだときには、既に姿を晦ませていた……っ！）

三度目は、部屋の椅子に縄で縛りつけて閉じこめた。二度目の失敗を踏まえ、室内にも見張りをつけたが、年頃の美しい乙女に頬を染めながら「用を足したい」と請われれば、縄を解かないわけにはいかなかった。拘束を解かれると同時に、贄姫は急所に蹴りを見舞って逃亡したという。

――そして、迎えた四度目。もう容赦するものかと両手両脚に枷をつけた上で縄で縛りあげ、尖塔の天辺にある独房に贄姫を押しこんだヴォルガである。

これでもう逃げられまいとタカを括っていたが、そんな油断を嘲笑うかのように、数刻後には易々と枷を外し、身を縛っていた縄を使って尖塔の壁を伝い下りていた。

その後も、贄姫の逃亡は息をつく隙もなく続いている。手口は場数を重ねるごとに巧妙さを増し、並の兵達では追跡すらままならない。そのため、逃亡の知らせが入るたびに、獣化できるヴォルガが自ら捕らえに出た。

そして、最終的にはやむを得ず、極寒の地下牢に鎖で繋ぐよう命を下したのだ。
譲渡の際に結んだ条約上、貢がれた贄姫に対して不必要な苦痛を与えることは禁じられている。側近のファルーシには手荒すぎると強く咎められたが、たった一晩でこうまで立て続けに逃げられては仕方がなかった。脅し通りに腱を切るわけにもいかず、喰らう者への影響を考えると、安易に薬で眠らせるわけにもいかない。

準備を整えるためにも朝まで待ちたいが、もしも、また贄姫が逃亡したとしたら、次はどんな手段を用いればいいのか――牙を噛み締め苦悩するヴォルガに対し、この場に召集された三人の重臣達は、他人事のような冷淡な面持ちを並べている。

三賢狼――ウルズガンド建国時より王家に仕え、王に次ぐ権力を有する助言機関として国政を支えてきた御三家の族長達。

中でも、最古参の緋髪の老将、灼賢狼ゲーリウス・アレズ・マーヴォルスが、見かねた様子で苦言を呈した。

「――なればこそ、生きて捕らえず、殺すべきだと申し上げているのでございまする。アルカンディアとの戦では自ら先陣に立ち、数え切れぬほどの人間を牙にかけてこられたではありませぬか。たかが小娘一人殺めることに、今さらなにを躊躇しておいでか」

「……ゲーリウス」

ヴォルガはにわかに双眸を眇め、深い皺に囲まれた鈍色の隻眼を睨みつけた。

「〝逆らう者は殺せ〟と言うのか？　傲慢なお前らしい物言いだな。確かに、殺めるのは容易い。だが、伝承に正確に沿うためには、贄姫には自ら命を捧げさせる必要がある。それを無視し、こちらの都合で一方的に命を奪った結果、失敗した場合の責任は当然、お前が取ってくれるのだろうな？」

「……っ」

「安直な考えは即座に改めろ。ゲーリウス、そもそも贄姫の度重なる逃亡の原因は、お前が指揮する狼牙兵師団の失態にある。灼賢狼一族は武技と狩猟を司る、ウルズガンドの武の精鋭であるはず。たかが小娘一人ろくに捕らえられないとは、〝王の牙〟が聞いて呆れる」

「……お言葉ではございまするが、長きにわたる戦乱で、ウルズガンドは獣気に優れた多くの仲間を失いました。生き残った者達は憔悴し、弱体化の一途を辿っております。狼牙兵師団の面々も、例外ではございませぬ。夜目も鼻も利かず、俊敏さすら欠く中で、夜を徹しての狩りなどできようはずがありませぬ」

「そんな言い訳が通用すると思っているのか⁉　贄姫といえど、相手は人間だぞ！」

「否、殊にその身体能力において、あの少女がただの人間の枠に収まらぬことは、陛下ご自身が最もわかっておいでではございませぬか？」

鈍色の隻眼が、剣呑な光を湛えてヴォルガを見返してくる。

幼い頃から、この目が苦手だ。

三代の王に仕えた老将の目には、年を追うごとに憤懣が蓄積されていく。彼が忠義を捧げるべき理想の王――亡き父王の姿に、今の自分はほど遠いのだと思い知らされる。

積もり積もった憤懣の底に潜むのは、明らかな敵意だ。喉元に刃の切っ先をあてがうような、およそ臣下が主君に向けるべき視線ではないが、この場にそれを咎める者はいない。残る二名の賢狼達もまた、同様の眼差しをヴォルガに向けていた。

陛下、とゲーリウスが喉奥で唸った。

「恩情をかけるべき相手は正しく見極められよ。――過ちを、繰り返さぬためにも」

「過ちだと……っ!?」

最後に放たれた一言が、起爆剤のように激しい怒りを熾す。哮る獣の怒気とともに玉座を立った瞬間、白銀の獣耳が、予期せぬ物音にビクンと反応した。

「まさか、またか……っ!?」

重なる悲鳴、騒々しい足音、飛び交う怒号――鼓膜を打つそれらに瞬時に状況を察し、ヴォルガは三賢狼をその場に残して地下牢へと走った。

あそこから逃亡するなど、ありえない。

この王宮の地下牢は、身体の芯まで凍りつくような石と氷の牢獄だ。通路は細く、出入り口は一箇所。常冬の王国に生きる獣人でさえ、わずかな時間で動けなくなる極寒のはずである。そう思うのに、駆ける足は乱れる鼓動とともに速まっていく。

辿り着いた地下牢の入り口には、信じがたい光景が広がっていた。

「なんだと……」

開け放たれた地下牢への扉から、気絶した牢番達が次々に運び出されている。

いずれも、体格の良い男達だ。あんな華奢な少女が、どうすれば彼等を昏倒させられるというのだろうか。

茫然と、その場に立ち尽くしていたヴォルガだが、ふと奇妙な違和感を覚えた。

しかし、その正体に気づく前に、先に現場に駆けつけていたファルーシが顔面蒼白で現れた。

「ヴォルガ！　に、贄姫がまた逃げ出したんだ！」

「見ればわかる。一体どうやって逃げた、地下牢だぞ……」

「そ、それが、牢番の話によると、鎖に繋いだ贄姫が、急に激しく咳きこみ始めたらしい。そのまま意識を失ったんで、服毒を案じて鎖を外した途端、顎を蹴り上げて逃げたみたいなんだ……」

「死んだふりに騙されたのか……？　情けない、それでも狩りに秀でたウルズガンドの獣人か！　他の牢番はなにをしていた、単独で見張るなとあれだけ命じておいただろうが！」

「牢番は五名、いずれも手練れの者達ばかりだよ？　でも、贄姫を捕らえようと狭い通路に押しかけて、詰まって身動きがとれなくなったんだ。……で、そんな彼等を飛び越えざまに、後頭部を蹴って気絶させていったそうだ。嘘か真か、壁や天井を走ったらしい」

「…………」

壁や天井を走る。ファルーシの言葉が嘘でも比喩でもないことは、ヴォルガ自身が身をもって知っていた。森の中を逃げ回る贄姫を追った際、彼女は樹の幹を軽々と駆け上がり、枝の裏側でさえ走り抜けて見せた。あの細い脚のどこにそんなバネが備わっているのか。もはや、身軽という一言では済ませられない俊敏さだ。

「幸い、兵隊の報告によれば、王宮周辺の雪に新しい足跡はなかったそうだよ。贄姫はまだ王宮内にいる。総出で保護しよう。君は、部屋に戻ってくれ」

「──いや、贄姫は俺が追う」

「駄目だ！　君はなんでも背負いすぎるよ。いくら獣気に優れていても、君一人ですべて解決していては国は立ちゆかないぞ！」

「言われなくてもわかっている。だが、追って捕まえるだけの俺でさえ疲れているんだ。獣気に乏しい上、深夜まで見張りを続けている兵達の疲労は相当のものだろう。少し休ませてやれ」

静かな返答に、ファルーシは残りの小言を飲みこんだ。「兵達が心配ならそう言えばいいのに、言葉の扱いが雑なんだから……」とぼやく彼を無視して、ヴォルガは腹の下に力を込める。身体の底から獣気が高まり、嗅覚が研ぎ澄まされていく──

地下牢から漂う鉄格子の匂い、凍てつく氷柱、冷え切った石、見張り番の兵士達。知っている匂いを省いていけば、あの蠱惑的な贄姫の香りを見つけ出すことは容易かった。

「──はずれだ、ファルーシ。贄姫は、すでに王宮内にはいない。地下牢には水路が流れている。あそこから外に逃げたようだ」

「あれは地下水脈から引いた氷水だよ!? 人間の女の子が飛びこめるもんか! 大体、どこに通じているかもわからないのに!」

「尖塔の天辺から逃げる際に見たはずだ。この王宮の敷地は湖上に張り出している。水路の先は湖だ。その証拠に、地下牢の外に出た遺臭がない」

「む、無茶苦茶だ……! そんなことをして、溺れ死んだらどうするんだ!」

「狩りをするときは、獲物の気持ちを深く想像しろ。あの姫は捕まったら喰い殺されることを知っている。溺れて死ぬか、喰われて死ぬかを選択した上で、溺れずに生き残る可能性に懸けたんだ。――湖岸を捜索してくる」

言うなり立ち去ろうとしたヴォルガは、ふと、あることに気づいて足を止めた。運び出されていた牢番達を見たときの、違和感の正体である。

「ファルーシ……これまでに、贄姫に殺された者はいたか?」

「いいや、気絶させられただけだよ。首の急所を狙われはしたが、大した怪我すら負っていない」

「……なるほどな」

いかにして贄姫を捕らえておくか。ヴォルガの頭に、ある策が浮かんだ。

それはとても有効な手であると同時に、卑劣で残忍な手段でもあった。

だが、もはや形振りを構っている余裕はないのだと、反発する感情を凍らせていく。

「ヴォルガ……？　お願いだから、手荒な真似だけはしないでくれよ。これ以上、悪い噂を立てられたくないんだ」

不穏な空気を悟ったファルーシに、ヴォルガは「わかっている」と視線を合わせることなく言い捨てた。

「手荒な真似はしない。枷も鎖も役に立たないのなら、別のもので繋ぎ止めるまでだ」

「放してっ！　放してって言ってるじゃないっ!!」

摑まれている腕が痛い。長さのある爪が喰い込むたびに呻いたが、ヴォルガの拘束は緩まない。濡れ鼠になったニーナを引きずって、彼は無言で大理石の廊下を突き進んでいく。

地下牢の水路から湖へと逃れたニーナを、この執念深い白狼王はまたしても追って来た。身を切るような極寒の湖を泳ぎ切り、湖岸に着いてわずかも進まないうちに、追跡してきた彼にあっけなく捕らえられてしまったのだ。

（なんて嗅覚なの……！　どんな獣でも、湖を渡った獲物なんて追えるはずないのに！）

嗅覚や視覚といった五感の鋭さは勿論のこと、真に恐ろしいのは、ヴォルガが持つ狩人としての感性だった。

これが獣人なのかと、心の底から震えが走る。

人間の知性と獣の身体能力、その両方を有した無敵の怪物だ。

「――身支度を整えてやれ」

ポイ、と放りこまれた先は浴場だった。湯浴み係の女官達に、こうして引き渡されるのは何度目だろう。夜天を望む硝子天蓋と、花の咲き誇る室内庭園を有する贅沢な浴場だ。なみなみと張られた湯で身体を温められ、良い香りのする香油で隅々まで磨き上げられる。逃げるたびに連れて来られているせいで、女官達の動きも慣れたものだ。

身支度を終えたあと、待ち構えていたヴォルガに腕を摑まれて、ふたたび廊下を引きずられていく。

(きっとまた、あの寒い地下牢に逆戻りね。拘束も警備も、逃げるたびに強固になっていくわ。これだけ逃げても殺されないことには理由があるんだろうけど、聞いても答えてくれるわけがないし)

はるか頭上の、嫌味なほどに端整な美貌を睨み上げる。逃げたニーナを捕らえ、こうして連行する間も、ヴォルガは凍りついたような無表情を崩そうとしない。一言も言葉を交わさないのは、こちらに余計な情報を与えないためだろう。――と思うのは、以前に読んだ騎士物語で、敵国の捕虜になった主人公が尋問を受ける場面からの受け売りだ。

怒らせた隙をついて拘束を逃れたかったが、ニーナが思いつく限りの悪口雑言を叫んでも、氷の美貌は揺るぎもしない。重い息を吐き、ひとまずは足取りに従うことにする。

間もなくして、足音が増えていることに気がついた。ヴォルガの従者か、ニーナの後ろを身なりの良い獣人の青年がついて来ている。眦の下がった柔らかな面立ち。肩の線で揃えられた小麦色の髪に、同じ色の獣耳。人間離れした美貌と冷たい眼光のヴォルガと比べると、ずっと親しみやすい印象だった。彼は、ニーナと視線が合うと、憂いのこもった眼差しを返した。

連れて行かれた先は、地下牢ではなかった。

今まで通ったどの廊下よりも美しい、白銀の絨毯が敷かれた先にある硝子の扉。

見上げるほどに大きく、美麗な花々の彫刻が細部まで施されたその扉は、鏡面になっているために見通せない。鏡も、硝子と同じく初めて目にした。手のひらほどの品でもとんでもない値がつくことは、本の知識で知っていた。

それが、これほどまでに大きな一枚鏡とは。

——だが、まだ驚くのは早いとばかりに、開かれた扉の向こうから、眩い光が溢れ出した。

「わあ……っ!!」

天井を覆う、大粒の硝子のシャンデリア。

まるで真昼のような明るさと、荘厳なその煌めきに、思わず嘆声がこぼれる。

なんて豪華な部屋だろう。雪白の大理石で造られた室内は、見回し切れないほどの広さだ。奥の壁一面に大窓が取られ、月光に映える白峰と藍色の夜天が絵画のようだ。完璧に配置された数々の調度品は、テーブルや椅子、ソファに至るまで、すべてが硝子製だった。

（すごい……！　物語では、獣人の王が棲んでいるのは、〝雪と氷に閉ざされた、冷たい石の城〟だったのに。こんなの、本の内容と違い過ぎるわ！）

「今夜は、この部屋で過ごせ」

「え……っ⁉　こ、こんな豪華な部屋で⁉」

しかし、すぐに驚いている場合ではないと思い直す。豪華な部屋をあてがう理由は、ニーナを騙すために違いない。『危害を加えるつもりはないから逃げるな』とでも、言いくるめるつもりだろう。

今さら、そんな言葉を信じるものかと身構えていると、摑まれていた腕が離れていった。

同行した青年を呼び寄せて、ヴォルガは感情の籠らない声音でこう告げた。

「次に逃げれば、この者の首を切り落とす」

「え……っ？」

「明朝、お前を喰らう。それまで、ここで大人しくしていろ」

「ち、ちょっと待って！　この人の首を切り落とすって、こ、殺すってこと……？」

「それ以外の意味があるのか？　お前が逃げればこの者が死ぬ。どちらの命を選ぶかは、お前が決めろ」

言うなり、ヴォルガは踵を返して部屋を去ってしまった。

重い扉が閉まる音が、枷をつけられたときの響きによく似ていた。

（殺す……？）

茫然と立ち尽くしたまま、言われた言葉を何度も反芻する。そして、突きつけられた条件の残酷さを理解したとき、激しい嫌悪感に全身が戦慄いた。

――あの白狼王は、自分の臣下の命を枷に使ったのだ。

「あ、貴方は、それでいいの!? 私が逃げたら殺されるのよ!? いくら王様に命令されたからって、そんなことで死んでもいいって言うの!?」

小麦色の髪の青年は、獣耳と尾が生えている他は人間と変わらない姿をしている。自分の命が理不尽な天秤にのせられているにもかかわらず、穏やかな目だ。波のない湖のような、翠緑の瞳だった。

「……僕達には、どうしても貴女の命が必要なんだ。だから、絶対にここから逃がすわけにはいかない。僕の命一つで繋ぎ止められるなら、喜んで差し出すよ」

「――っ！ おかしいわよ、そんなの……っ！」

ニーナが逃げれば、他の誰かが殺される。

その事実は、想像以上に重い枷となった。目に見えない鎖で、身体中を縛り上げられている心地がした。ヴォルガも、この青年も、本気でニーナの命を奪おうとしている。

青年は、入り口の扉の前に佇み、動く気はない様子だった。

(……落ち着くのよ。殺すなんて、はったりかもしれないじゃない)

しかし、もしも、その言葉が嘘でなかったら。

ニーナの選択が、青年の命を奪うことになるのだとしたら。

自分が助かるために、他の誰かを殺すのだ。
――ニーナが彼を殺すのだ。

「……う……ぐっ！」

胸の奥底から、吐き気がこみ上げた。突きつけられた選択肢の残酷さを考えるほど、頭の芯が深く疼く。ニーナは青年の視線から逃れるように部屋の隅へ走り、カーテンの陰にうずくまった。

（……寒い）

だが、いくら身体を抱きしめても、震えは一向に止まらない。

どうすればいいか、わからなかった。

生きるために他の生き物を殺すことは、今まで何度も繰り返してきた。森で獲物を狩り、その肉を食べ、殺して奪った命の数だけ、ニーナは生きてきたのだ。

今回も同じはずだ。生き延びたいのなら、今すぐにでもこの窓を飛び出して、迷わずに逃げるべきだ。それなのに、どうしても身体を動かすことができない。

もし、ここで青年を見捨てて、彼の命を犠牲にしてしまったら。

自分がどうしようもなく醜い生き物になって、二度と、もとの自分に戻れなくなってしまうような気がした。

＊

いつの間にか、窓の外が明るくなっていた。

薄蒼く染まった空気の中で、夜間に降り積もった新雪が、夜明けの光に照り映えている。はるか遠く、北の空に聳える雪嶺の稜線が、金の陽光にゆっくりと縁取られていく――

（結局……あれから一睡もできなかった）

こんな風に、ひとときも目をそらすことなく夜明けの天を眺めたのはいつぶりだろうと、ニーナは重い瞼を擦りながら考えた。

一日の始まりが、こんなにも綺麗なものだなんて知らなかった。

陽が昇り、世話役の女官達が部屋に現れた。一晩中、凍玻璃に張りついていたせいで、身体が冷え切って動かない。彼女達はそんなニーナを暖炉の側で温め、髪を梳き、柔らかな風合いの毛織のドレスを着付けていく。

温かい朝食も運ばれてきたが、空腹なのに食べる気がしなかった。硝子の皿の上で湯気を立てる鹿肉から目をそらしたとき、どこか懐かしい香りが鼻腔をくすぐった。

見ると、逃げれば殺すと言われたあの獣人の青年が、ティーテーブルでお茶を淹れている。

彼はニーナと視線が合うと小さく微笑み、椅子を勧めた。

「おはよう。食事が食べられないなら、代わりにどうかな」

表情は穏やかだが、青年の眼差しから憂いの色は消えていない。

ニーナは、震える唇をぎゅっと噛みしめた。

「……毒でも飲ませるつもり？」

「いいや。これは香草茶といって、この国で広く好まれている飲み物だよ。温かいうちに、どうぞ」

言いながら、彼は毒味のつもりか別のカップに同じものを注いで飲み干した。

生まれて初めて目にする、獣人の国の飲み物だ。大丈夫だろうかと訝しみながら、どこかで嗅いだ覚えのある香りに誘われた。

席につき、恐るおそる口をつけてみる。

「……美味しい。ふんわりと甘くて、爽やかな野花の香りがする。不思議ね。はじめて飲んだのに、そんな気がしないわ」

「気に入ってもらえて、よかったよ。香草茶は、長く厳しい冬を乗り越えられるように、春に摘んで乾燥させた草花や果実をお茶にして楽しむ風習なんだ。このお茶に使った花の香りには、不安や悲しみを和らげ、平穏を与える効果がある」

少しでも君の心が落ち着くように、と呟く青年に、ニーナは名を尋ねた。

「ファルーシ」と彼は答えた。

「……ファルーシ。貴方はきっと優しい獣人だろうから、言っておくわ。私が逃げなかったのは、私がそう決めたからよ。だから、この先、私の身になにがあろうと、貴方のせいだなんて思わないで」

「……っ！」

ニーナの言葉に、翠緑の瞳が戦慄いた。

「どうして、そんなことを……僕が枷になっていなければ、逃げられたかもしれないのに」

「枷にされたのが貴方じゃなくても、私は逃げなかったわ。……それに、私はまだ」

まだ、諦めたわけじゃない。

そう口にする前に扉が開き、白銀の髪の獣人が姿を現した。

――ヴォルガだ。相変わらず、隙一つない冷厳な態度だ。彼は部屋に入るなり、感情の一切が窺えない金の眼差しでニーナを貫いた。

「逃げなかったのだな」と呟かれた、その声のあまりの冷たさに、抑えていた怒りが堰を切った。

「……逃げられるわけないじゃない!!　私は貴方とは違うのよ！　自分のために他人の命を犠牲にする、貴方のようにはなりたくなかったの……っ!!」

一晩中、胸の中で渦巻いていた気持ちを言葉にした瞬間、必死で押し殺していた涙が溢れ出した。

「卑怯者っ!!　人間を喰い殺すなんて、そんな酷い真似をしてまで、貴方はどんな力が欲しいっていうのよ……っ!?」

一度涙を許してしまったら、嘆く心を止めることはできなかった。

頬を伝う雫を拭うこともせず、泣いて、泣いて、ひたすらに涙をこぼすニーナを、ヴォルガはなにも言わずに見つめ続けている。

まるで、自分に与えられた罰を受け入れるかのような、揺るぎない眼差しだった。

やがて、溢れていた涙も涸れ、抵抗する気力も失くした頃、ニーナの手にヴォルガの手のひらが重なった。

それでいい、と彼。

「お前は、俺を憎めばいい……いくらでも、憎めばいいんだ」

ヴォルガは放心したニーナを連れて部屋を出た。廊下を通り、王宮のさらに奥まった場所へと誘っていく。

彼の歩みが止まったとき、辿り着いたその場所で、喰い殺されてしまうのだろう。

(――怖い)

歩くたびに、足が震えた。叶うなら、今すぐにこの場からいなくなってしまいたかった。

しかし、ヴォルガに続いて廊下を歩むニーナの背後には、ファルーシがついて来ている。

「……ここだ」

入れ、と促されたのは、銀砂をまいたような雪の庭に囲まれた白亜の離宮――その最奥の寝室だった。

外は真冬だというのに、室内は驚くほど暖かく、純白の薔薇をはじめとする大輪の生花で飾られている。壁面を埋め尽くす、数えきれないほどの本の背表紙。見たこともない玩具や、絹のドレスを着た美しい人形達に囲まれて、部屋の中央に寝台が置かれていた。

高い天井から下がるレースの天蓋に手をかけ、ヴォルガは静かにそれを開いた。

「――妹のハティシアだ。今年で十歳になる」

絹の寝台に横たわった少女の姿に、ニーナはハッと息をのんだ。

部屋に差す光に透けてしまいそうな、骨と皮ばかりの身体だった。枕に乗った顔は蠟のようで、瞼を閉じた双眸も、頬も、薄い皮膚が骨格に沿って落ち窪んでいる。灰白の髪は艶を失って乾ききり、枯れた花びらのように縮んだ獣耳は、すでに役割を果たしていない。ただ、萎んだ唇からこぼれるかすかな呼吸だけが、必死に生を訴えていた。

〝――贄姫の血肉は、獣人に大いなる力を与え、万能薬になるとされている。〟

師匠から託された手紙の文面が蘇った。

ずっと、不思議だった。

王という身分にありながら、ニーナが逃げるたびに、ヴォルガが自ら捕らえに来たのは何故なのか。

仲間の命を枷に使ってまで、ニーナを喰らわねばならない理由はなんなのか。

心の中で、これまでのすべてが繋がった。

「貴方は……妹を助けるために、私を」

「……そうだ。お前の養い親がこの手紙で伝えた通り、ウルズガンドには千年の昔より伝わる贄姫の伝承がある。その血肉は獣人に大いなる力を与え、万病を治す万能薬になると。俺は、その奇跡の力で、ハティシアの命を救いたい」

　ヴォルガは懐から天色の小さな布袋を取り出し、ニーナに手渡した。

　ここに来る前に、師匠から贈られた御守りだ。

「ハティシアは、生まれたときから不治の病に侵されている。獣人でありながら獣気が極端に少なく、虚弱で、食事すら満足に取ることができない。長年、国中の医師が原因と治療法を調べてきたが、獣気は回復せず、底を尽きかけている。いずれは死に至るだろう」

「獣気、って……？」

　聞きなれない言葉に思わず問い返した。これまで散々、ニーナの言葉を無視し続けてきたヴォルガである。返答は期待できなかったが、ニーナを向いた月色の双眸は真摯で、蔑むような冷たさは感じられなかった。

「……獣気とは、獣人の力の根源だ。神の聖域を守護するために獣神より与えられた、獣人のみが持つ力のことを言う。獣気を高めれば、身体能力や五感、自己治癒力を大幅に向上させることができるが、逆に、減少すれば能力を失い、体調を崩してしまう。通常は、肉を食べれば回復するが、ハティシアの身体は肉を受け付けない。ここ数年は、意識を保つことすら危うく、発熱と昏睡を繰り返している有様だ。――だが、それも今日までだ」

　ヴォルガは長身をかがめ、ニーナの前に跪いた。

まるで神にでも祈るがごとく、縋るような眼差しを向けてくる。

「情け深きアルカンディアの姫君よ。どうか、名前を教えてくれ」

「……ニーナよ」

「ニーナ。俺は、お前に感謝している。この世界に生まれて、今まで育ってくれたことに。なによりも、己の命よりも我が同胞の命を尊んでくれたことに。だから、理由も知らせずに殺めるのではなく、その身で繋ぐ命の形を伝えたかった。どうか、我が妹ハティシアのために、その命を捧げて欲しい。生まれてすぐに母親を亡くし、生きる苦しみしか知らない妹に、たくさんの世界を見せてやって欲しいんだ」

こちらを見つめるヴォルガの顔が、ぼんやりと霞んで見えた。

死ぬのは嫌だ。

食べられるのは嫌だ。

でも、ニーナが贄姫として命を捧げれば、この妹姫は助かるのだろう。

とっくに涸れたはずだと思っていた涙が、ふたたび頬を流れていく。

この身が犠牲になることで、ここにいる幼い妹姫の命が救われるのならば。

ニーナがこの世に生を受けたことに、大きな意味が生まれるのだろうか……。

そっと、淡雪にでも触れるような優しさで、ヴォルガの指先がニーナの眦から涙を拭い取った。長く伸ばされていたはずの爪が、短く整えられている。そんな些細な変化に、確かな優しさを感じ取ったとき。

かすかな呼吸を繰り返していたハティシアが、なにかを呟くように唇を動かした。

「ハティシア……！　目が覚めたのか……？」

ヴォルガの声に、ハティシアは睫毛を震わせ、薄い瞼をほんの少しだけ持ち上げた。

彼女の視線が、食い入るようにニーナに注がれる。

「──おに、い、様……ど、うか、もう……おやめ、ください……」

「──……っ」

「なに……？」

「誰しもが……望むままに生まれ、生きることなど叶わないもの……。でも、わたくしは、己の運命を、最後まで愛したい……誰も、犠牲になど……したく、ないのです……」

「ハティシア……駄目だ、そんな言葉を口にするな！　お前はまだほんの子どもなんだ。死など受け入れるべきじゃない……！」

悲痛な叫びだった。

事情を知らされたばかりのニーナの胸にも、深く突き刺さるほどに。

誰も犠牲にはしたくない。自分が助かるために他者の命を奪いたくない。

ハティシアが発した言葉に、昨晩、死の影に怯え続けた自分自身の姿が重なった。

ニーナがたった一晩でも耐え難かったあの恐怖に、このわずか十歳の少女は、生まれたときから絶えず晒されてきたというのか。

そして今、自らの命が危うい状態にあるにもかかわらず、ニーナを犠牲にするまいと訴えてくれている。

触れれば折れてしまいそうな腕を伸ばして、苦しげな呼吸の合間から、贄姫を殺さないで欲しいと懇願するハティシアの姿に、心が震えた。

「おに、様……お願いです……っ、――う、くぅ……っ！」

「ハティシア!?」

骨の浮いた白い手が、ヴォルガに向かって力無く伸ばされる。

しかし、指先が触れる前に痩せた身体が大きく痙攣した。

たちまち、呼吸もままならないほど激しく咳きこみはじめる。

ヴォルガは即座にハティシアを抱き起こすが、いくら背をさすっても治まる様子はない。

「ファルーシ、医師を呼べ！　――息をしろ、ハティ!!」

ファルーシが寝室を飛び出し、それまで静寂に包まれていた離宮内が慌ただしくなる。

ヴォルガは必死の呼びかけを続けるが、すでにハティシアの意識は失われているようだ。

彼の腕の中からだらりと垂れ下がった、あまりにも細く、白い腕を見たとき、ニーナの心の中に、灯がともるように燃え立つ想いが生まれた。


（この子を――ハティシア姫を、救いたい……！）

突き動かされるように動いた身体が、ヴォルガに抱き抱えられたハティシアに駆け寄った。その手を取り、強く握りしめる。

どうして、自分がそうしたのかはわからない。

ただ、ハティシアの強張った冷たい手を両手で包み力を込めたとき、ニーナは自分の手のひらから、眩い光が溢れ出すのを見た。

暁の天に差すひと筋の光条を思わせる、透明で清浄な光だった。

（なんて、綺麗な光……）

見とれるうちに、光はニーナの手のひらからハティシアの手を伝い、腕、肩、胸へと、溶けるように吸い込まれていく。そして、突然、その身体が弓形に跳ねた。

「——っ、は……ぁっ！」

水面から顔を出すときのように、小さな唇が勢いよく空気を吸い込んだ。

苦しそうな嗚咽を交えながらも、ハティシアはもとの正常な呼吸を取り戻していく。

「よかった……」

何が起きたのかはわからない。しかし、ともあれ一命を取り留めることができたのだと、ニーナは深い安堵の息を吐き出した。

——だが、その瞬間、視界が大きく傾いた。

（あれ……？）

足元に空いた穴へと、真っ逆さまに落ちていくような浮遊感。全身から急激に抜けていく力をどうすることもできず、硬い石の床へ倒れ込むままに身を任せるしかない。

不思議と痛みはなかった。

意識を手放す寸前、ふわり、と柔らかな感触が肌に触れ、陽だまりのような優しい香りに包まれた気がしたが、それがなんなのかはわからなかった。

「――私、生きてるの……？」

目を覚ましたとき、ニーナは天蓋付きの豪華な寝台に寝かされていた。

驚いて身を起こした拍子に、真っ白な絹のシーツが肌をすべり落ちる。記憶にある毛織のドレスではなく、襟や袖に綺麗な花模様が刺繍された、温かな夜着を着せられている。

身体に異変はなく、どこかが欠けている様子もない。

試しにほっぺたを摘んでみても痛いので、やはり、生きているのだ。

窓から見える天は分厚い雪雲に覆われているが、明るさから察するに、昼に近い時刻だろう。

（私、あれから一体どうしたのかしら……）

自分のために、ニーナを殺さないで欲しい。

そう必死になって訴えるあまりハティシアの容態が悪化し、呼吸困難に陥ってしまったことは覚えている。思わず駆け寄ったニーナは、彼女の手を握りしめた。

そのとき、手のひらから眩い光が溢れ出して――

「……まさかね。きっと、気を失ったせいで変な夢でも見たんだわ」

それが証拠に、いくら手に力を込めてみても、これといった変化はない。なにはともあれ、寝室の外に出て状況を確認してみようと、寝台を降りると同時に扉が開いた。

現れたのは、ファルーシだ。水差しを手にした彼は、ニーナと目が合うと翠緑の双眸を見開いた。

「気がついてよかった！　あれから丸一日、気を失っていたんだよ。気分はどうかな？」

「丸一日？　……ねぇ、私はどうして殺されなかったの？　ヴォルガはハティシア姫のために、命を捧げて欲しいって言ってたのに」

「詳細は、後でヴォルガが話すよ。ひとまず、着替えと食事を用意しよう。この国に来てから、なにも食べていないだろう？」

「で、でも私は――」

ググゥ――ッ、と盛大に鳴ったお腹が言葉を遮った。つべこべ言わずに食べさせてもらえと、お腹に文句を言われたような絶妙なタイミングである。ずっと、贄姫として喰い殺されるという恐怖を感じていたせいで、忘れていた空腹感が一気に押し寄せてきた。

（ひ、人前でお腹を鳴らすことが、こんなに恥ずかしいなんて知らなかったわ……！）

真っ赤になるニーナに、ファルーシは朗らかに笑う。

「あははっ！　了解した。最高級の鹿肉をご馳走するよ。ウルズガンドは狩りが盛んな国だから、肉料理の美味しさには自信があるんだ」

言うなり、彼は寝台横のテーブルに水差しを残して去っていった。

ドレスへの着替えを終え、焼きたての鹿肉のステーキをはじめとする豪勢な肉料理をお腹いっぱいに堪能した後。寝室に隣接した応接間にて、ファルーシと二人、ヴォルガの訪れを待っている。一昨日の夜、ニーナにあてがわれた、あの豪華絢爛な賓客室である。

(ヴォルガは一体、どういうつもりで私を生かしたのかしら……)

尋ねたいのは山々だが、またあの冷たい目に睨まれるかと思うと、正直、答えを聞くのが怖い。

ソファの隅で身を硬くするニーナに、ファルーシが申し訳なさそうに声をかけた。

「時間がかかってしまって、すまないね。どうやら、会議が長引いてしまっているみたいだ。待っている間にお茶でも淹れよう」

実は先ほど、彼が王の側近であることを明かされた。側近自らお茶を振る舞うのは、王宮従事者に紛れて贄姫の血肉を狙う獣人達から守るためと、単に香草茶の調香が、彼の趣味であるからだという。だが、心優しいファルーシのことだ。きっとニーナの不安を和らげる目的もあるのだろう。

ファルーシは銀のスプーンでいくつもの茶葉を選び取り、釣鐘形の硝子器に集めていく。香りを慎重に確かめ、ポットに移し、お湯を注いで待つ——洗練された手際を眺めるうち、甘やかな菫花の香りが漂い始めた。

「はい、どうぞ。熱いから気をつけてね」

「ありがとう。とってもいい香りね。まるで菫花の花畑にいるみたい。昨日のとは違う香りだけど、やっぱりどこか懐かしいわ。どうしてなのかしら……」

「茶葉を見てみるかい？　僕達獣人は嗅覚が敏感だから、香りによる精神的な影響を強く受ける。懐かしさや思い入れを感じる香りは、特に心への作用が大きいんだ。君は人間だけど、もしかしたら似たような作用があるのかもしれないね」

ティーワゴンにズラリと並んだ茶葉に、ニーナは目を丸くした。ここにあるのはほんの一部で、千を軽く超える種類の茶葉があるのだと、ファルーシは得意げに話した。

「今淹れた菫花は、ウルズガンドの国花でもあるんだよ。春の訪れを告げ、希望を与えるその香りには、荒立つ心を穏やかにする鎮静の効果がある」

「菫花の香りにそんな効果があるなんて、知らなかったわ。――ちょっと待って、よく見たら、香草茶の茶葉って薬草なのね？　どうりで懐かしい香りがすると思った！」

「ヤクソウ？」

「薬に使える草のことよ。香りだけじゃなく、湿布や軟膏にして傷を治したり、煎じて飲んだりすることで、様々な不調を治すことができるの。菫花にも、飲めば不眠、塗れば打ち身に効果があるわ」

他にも、薬草は調味料や肉の臭み取り、食料の防腐剤や虫除けになったりと、森での生活には欠かせなかった。

師匠の課題で、薬草図鑑に載っている薬草を百種類集めたニーナは、丸太小屋の裏に畑を作り、それらを育てて利用していた。刈り取って軒下に干しておくと、いくつもの薬草の香りが混ざり合い、風に乗って小屋の中まで漂ってくる。

香草茶の香りが懐かしかったのは、きっとそのせいだ。

「そうなんだ。獣人には草の薬を使う習慣がないから、知らなかったよ。この菫花の香草茶は、ハティシア姫のお気に入りでね。……ただ、獣気が失われて、鼻が利かなくなってからは、すっかり飲まれなくなってしまったけれど」

ハティシア姫——悲しげに口に出されたその名前に、躊躇いながらも尋ねた。

「ファルーシ……ハティシア姫の容態は、大丈夫なの？」

「姫のことが心配かい？」

「……うん。彼女は、自分が死にかけているのに、私の命を助けようと必死になってくれたわ。贄姫の血肉は、万能薬になるのよね？　もし、血にも効果があるのなら、ハティシア姫が元気になるまで流し続けたっていい。どんなに考えたって死ぬのは嫌だけど、私のせいで誰かが死ぬのも嫌だって思い知ったから。できることがあるならしてあげたい」

「ニーナ、君は——」

「容態は無事に安定した。今は落ち着いて眠っている」

ファルーシの言葉を、淡々とした低音が遮った。

いつからそこにいたのか、扉の前にヴォルガが立っていた。言葉の内容に安堵するものの、相変わらず表情は険しい。冷厳という言葉は、きっとヴォルガのためにあるのだ。それに、彼がニーナに向ける視線には嫌悪感というか、深い憎しみが潜んでいる気がする。

彼はなにを伝えるために、ここへ来たのだろう。

今度こそ、ニーナを殺めるためだろうか？

——だが、それなら、どうして眠っているうちにそうしなかったのだろう。

考えを巡らせながら身構えていると、ヴォルガはゆっくりと対面の席に腰を下ろした。月色の双眸が、ひたとニーナを見据える。

「——お前は一体、ハティシアになにをした？」

「なにって……？」

「とぼけるな。お前が、気を失ったハティシアの手を握りしめたとき、その両手から眩い光がほとばしるのを確かに見た。あの光は、なんだ？」

「……っ⁉　あの光、貴方も見たのね？　やっぱり、夢じゃなかったんだ……！」

ヴォルガの話によると、光がハティシアの身体に吸い込まれた直後に、彼女は息を吹き返したのだという。そして、反対に、ニーナは気を失ってしまったのだ。

「その後のハティシアの容態は、これまでにないほどに回復している。熱も下がり、なによりも、底を尽きかけていた獣気が増えている。——だが、王家に伝わる贄姫の伝承には、そんな光のことは記されていなかった。お前には、獣人の獣気が増やせるのか？　どうすれば、その力を使うことができる？」

「ちょ、ちょっと、待って！　問い詰められたってわからないわよ！　そもそも私は自分が贄姫だってことも、師匠の手紙を読むまで知らなかったんだから。その伝承には、どんなことが書かれているの？」

知る必要はないと一蹴されてしまうことは覚悟の上だったが、ヴォルガは、それもそうだなと意外にも納得した様子で頷いた。

思えば、ハティシアの部屋でも、彼はニーナの問いを邪険にすることなく真摯に答えてくれた。もしかすると、きちんと向き合えば、意外と話の通じる相手なのかもしれない。

少し長くなるが、と前置いて、ヴォルガは話し始めた。

「贄姫は、ウルズガンドとアルカンディアの両国間に平和をもたらすために、北の獣神によって選定される神聖な存在だ。最初の贄姫が選ばれたのは、今から約千年前だと言われている」

――千年前。神の宝である硝子を奪うため、獣神の聖域であるウルズガンドの征服を企んだアルカンディアの悪王が、聖域の守護者たる獣人の長《白狼王》に瀕死の傷を負わせた。

巨大な有角の白狼神であると同時に、冬の化身でもある獣神は怒り狂い、アルカンディアを雪と氷で凍りつかせた。人々は常冬と飢餓に苦しみ、困り果てた悪王は、獣神に許しを請うた。ウルズガンドとの争いをやめ、二度と聖域を侵さないとの誓いを受け入れた獣神は、同時に、罰を与えた。

血色の髪と瞳を持つアルカンディアの王家の姫が、十五歳を迎える冬。彼女を《贄姫》として、ウルズガンドの白狼王に貢ぎ、その血肉を捧げるようにと。

ほどなくして、贄姫が白狼王へと貢がれた。彼女の血肉を喰らった白狼王が強大な獣気を得て、死の淵から息を吹き返したことから、贄姫の血肉は獣人に力を与え、あらゆる病を治す万能薬になると伝えられている。

「大切なのは、この伝承がただの言い伝えではなく、実話だということだ。伝承の白狼王はウルズガンドの初代国王であり、彼の血は王家に受け継がれている。贄姫が白狼王に貢がれた後、数百年にわたる平和が訪れた。アルカンディアで、贄姫が平和と安寧をもたらす救国の聖女と信じられているのはそのためだ。だが、その後、アルカンディアがふたたび聖域を侵したために紛争が再勃発し、解決の糸口がないまま争い続けてきた。――お前が、この世に生を受けるまではな」

「私が……？」

「そうだ。新たな贄姫が生まれて数年後、その譲渡を中心に据えた停戦条約が締結された。友好的な関係が築かれることこそなかったが、両国間の紛争は収まり、現在は冷戦状態にある。――仮初とはいえ、二つの国に平和をもたらしたのは、お前の功績だ」

「そう言われても……私はただ、赤ん坊の頃に森に捨てられて、拾ってくれた師匠と一緒に暮らしていただけだと思っていたからよくわからないわ」

少なくとも、ニーナにとってはそうだった。

たとえ、隠された真実があったのだとしても——師匠が贄姫の監視と引き渡し役を命じられていたのだとしても、ともに過ごした幸せな日々が変わるわけではない。

師匠には本当に感謝している。今も、彼が与えてくれた本の知識がなければ、ヴォルガの話の半分も理解できなかっただろう。

「ウルズガンドの贄姫の伝承……確かに、光のことはなにも伝わっていないのね。どちらかといえば、私が大好きだった御伽噺の方が似ているわ」

「御伽噺？」

「そう。森の神様から癒しの力を与えられた、不思議な少女のお話よ。森で怪我をした王子様を助けた少女は恋に落ち、二人は結婚を約束するんだけど、癒しの力の存在を知った悪い獣人の王が、彼女を常冬の王国に連れ去ってしまうの。最後には、王子様が少女を助け出し、二人はいつまでも幸せに暮らすのよ！　……たぶんね」

悪い獣人の王、というくだりで、白銀の獣耳がピクリと動いたが、見ないふりをした。

伝承と違い、この御伽噺に出てくる獣人の王は悪の象徴だが、〝常冬の国を支配し、白く巨大な狼に変身できる〟という設定から、間違いなくウルズガンドの白狼王を題材にしているのだと思う、と強く主張するニーナに、ヴォルガはなるほどな、と呟いた。

「確かに、古い伝承が御伽噺や物語の題材にされることは、よくある。――だが、最後のたぶんと言うのはなんだ？」

「続きを読む前に攫われたから、結末を知らないのよ！　――とにかく、この御伽噺に出てくる獣人の王が白狼王なら、少女の方は贄姫でしょう？　もし、私の手のひらから溢れた光のおかげで、ハティシア姫が一命をとりとめたのだとしたら、少女が持っていた癒しの力みたいなものが、私にもあるのかもしれないわ。貴方が言うように、獣気を回復する力がね」

（――今なら、頼めるのかもしれない）

深く息を吸い、高鳴る鼓動を抑える。

震えそうな手を握りしめて、ニーナは対面に座すヴォルガの双眸を真っ直ぐに見つめた。

ヴォルガが贄姫を求めたのは、不治の病に苦しむハティシアのためだった。

だから、もし、ニーナを喰い殺さなくても、彼女を救うことができるのなら――

「ヴォルガ、お願いがあるの！　ハティシア姫に使ったあの光の力で、彼女を元気にしてみせる。だから、その代わり、私の命を助けると約束して欲しいの……っ!!」

「……お前は、本当に、なにがあっても生きることを諦めないのだな」

「当たり前じゃない！　私には夢があるのよ。物語の主人公みたいに旅をして、いつかは自分の本当の居場所を見つけたいって、ずっと願ってきたんだから！　それを叶えるまでは、絶対に死ねないわ!!」

「――夢、か」

そのとき、それまで凍るような無表情を貫いていたヴォルガの双眸が、ほんの一瞬だけ、ふわりと和らいだように見えた。しかし、確かめる前に片手で顔を覆い、うつむいてしまう。ふたたび顔を上げたときには、その表情は冷たかった。

「――いいだろう。こちらも、もとよりそのつもりだったからな」

「ほ、本当にっ!? 嘘じゃないわよね!?」

「ああ。だが、お前の話を聞く限りでは、力が使えたのは偶然で、方法もわからないのだろう？」

「そうね……でも、考えてみれば、昔から動物を育てるのが得意だったわ。どんなに弱っていても、私が世話をするとすぐに元気になったの。ここに来る前は、狼の子どもだって育てていたのよ？　だから、私にハティシア姫の世話をさせてもらえないかしら。そうすれば、また偶然力を使えるかもしれないし、使い方だってわかるかもしれないわ！」

「かもしれない、ばかりだな」

「いいじゃない。可能性があるってことは、希望があるってことなんだから！」

「……まあいい。ハティシアの世話についてだが、具体的にはなにをする？」

「たとえば、料理とか。私は、薬草を使って料理を作るのが得意なの。ハティシア姫に食べられるような薬草料理を作るから、彼女に毎日食べさせてもらえない？　幸い、薬草は香草茶の茶葉に使われているみたいだから、この国にもたくさんあるし！」

「ヤクソウ……？　ああ、人間が使う草の薬か。獣気は肉を食べないと回復しないから、それで治すのは無理だと思うが。なにより、肉類をはじめ、ハティシアが食べられるものは少ない。身体に合わないと吐き戻して、体調を崩してしまう。妙なものを食べさせるわけには——」

「そこは、僕が手伝うよ」

　そう口を開いたのはファルーシだ。思わぬ介入に、ヴォルガが驚いて言葉を切る。ニーナにとっても意外だった。まさか、王の側近である彼が口添えをしてくれるとは。

「医師や女官達、料理長にも協力させる。それなら問題ないだろう？」

「ファルーシ……珍しいな。人一倍疑り深いお前が、会ったばかりの相手に肩入れする理由はなんだ？」

「情だよ。昨夜、君が迫った残酷な選択に対して、彼女が選び取ったものを知っているだろう？」

　ファルーシはにっこりと微笑むと、右手を胸に、ニーナに向かって恭しく一礼した。

「ニーナ。君は、自分の命が危険に晒されようと、僕の命を選んでくれたね。その選択が、どれほど苦しい葛藤であり恐怖だったのか、あの場にいた僕は知っている。僕達はなんとしてでもハティシア姫を助けたい。でも、もし、姫の命と一緒に君の命が助かる方法があるのなら、その道を選びたいと願う。僕、ファルーシ・シルフズ・コルンムーメは、君の力になるよ」

「ありがとう……嬉しいわ、ファルーシ！」

まるで、神聖な誓いのような言葉だった。種族の違う獣人の国にいるのだ。誰一人、味方になってくれる者などいないと思っていた。

ヴォルガはしばらく思案げに黙りこんでいたが、やがて、いいだろうと首肯した。

「ニーナ。お前を、王女専属の世話係に任命しよう。——そして、彼女を無事に回復させた暁には、願い通り、その命を助けることを約束する」

「……っ！　ありがとう……っ!!　私、絶対にやってみせるから！」

ほんのわずかな希望でもいい。

ただ死を待つのではなく、生きるために、夢を叶えるために、できることがあるのが嬉しかった。希望は見出した。なら、後は知恵を絞ってやり抜くだけだ。

ニーナの部屋を去った後。彼にしては非常に珍しく、白銀の尾を揺らして歩くヴォルガの後ろで、ファルーシは苦笑した。

「やれやれ……人のことが言えるのかい、ヴォルガ。君が大切な姫の世話係を、あの子に任せるとは思わなかったよ」

「ハティシアのためだ。それ以外の理由はない。贄姫のものとはいえ、血肉は血肉……ハティシアが口にした際、拒絶反応を起こしてしまう危険はあった。あの少女に獣気を回復させる力があるのなら、そちらを使わせた方が安全だろう」

「はいはい、わかってるよ。君にとっては合理的な判断を下した結果なんだろう？」

「当たり前だ。……それに、あの少女を傍に置けば、ハティシアも少しは生きることに前向きになってくれるかもしれない」

サッと、会話を打ち切るように毛足の長い尾を払い、ヴォルガはふと足を止めた。

ファルーシを振り向いたその眼光は、息をのむほどに鋭い。

「――贄姫の力のことは、ひとまず俺達の間だけに留めておくぞ。三賢狼に知られたら、利用し尽くされて飼い殺しにされるのが目に見えているからな。特に、お前の父親は喜んで首輪を嵌めるだろう。だが、たとえ命が助かったとしても、あの少女はそんな生き方を望んではいない」

「夢があるって言ってたものね。それじゃあ、表向きは、試しに飲ませた贄姫の血を、ハティシア姫が受けつけなかったことにしたらどうかな？　姫はそのせいで体調を崩したものの、奇跡的に一命を取り留めた。今後、姫のご体調に変化があった場合は、贄姫が考案した薬草料理の効果だってことにしておけばいい」

「いい建前だな。それなら、力のことも上手く誤魔化せる」

「夢、か……」と呟き、ヴォルガは先ほどのニーナの言葉を反芻した。

物語の主人公のようになりたいのだと、真紅の瞳を迷いなく輝かせる贄姫。

穢れのない子どものような、その美しい眼差しを思い出すと、つい唇が弛んでしまう。

続く言葉は、ヴォルガ自身でも驚くほどに柔らかだった。

「贄姫は、森で育てられた純粋無垢な少女……か。確かに、その言葉に間違いはなかったようだ」

三章　裏切りと契り

数日後。ニーナはヴォルガとファルーシに連れられて、ふたたび白亜の離宮へと赴いた。

踏み出す足を震わせるのは、先日とはまた違った緊張感だ。ハティシアのために、毎日夜遅くまで厨房を借りて、薬草を使った料理を試行錯誤し続けてきた。

おかげで満足のいくものに仕上がったが、口にしてもらえるかどうかはわからない。

なにしろ、ハティシアは物心ついた頃から、身体に合わないものを食べるたびに体調を崩すことを繰り返してきたのだから。

（……どうしよう。元気にはなって欲しいけど、これを食べたせいで、またあんな風に苦しませてしまったら――）

膨らむ不安に、廊下を歩く足が止まってしまう。振り向いたヴォルガは相変わらずの無表情だが、側近のファルーシは対照的に「きっと、大丈夫だよ」と優しく微笑んでくれた。

ありがとうと笑い返しながら、この二人が幼い頃からの親友同士だなんて信じられないと独りごちる。薬草料理を試作していたとき、ファルーシがこっそり教えてくれたのだ。

ヴォルガのことも、目つきは悪いし無愛想だが、根は面倒見が良く、悪い奴ではないと言う。

確かに、親友であるファルーシャ、妹のハティシアにとってはそうなのかもしれない。だが、ニーナに対する冷ややかな視線や諸々の態度を思うと、素直には信じられないのが正直なところだ。

離宮に着き寝室に入ると、ハティシアは先日と同じようにレースの天蓋の奥で眠りについていた。ヴォルガがレースを持ち上げ、そっと声をかける。

「おはよう。ハティシア、体調はどうだ？」

（驚いた……！　確かに、最初に会ったときよりも、ずっと顔色が良いわ）

一目見てわかるほどの体調の変化に、ニーナは目を丸くした。

痩せていることには変わりないが、蠟のようだった白い頰に、わずかながらも赤みが差している。小さく縮みきっていた獣耳も白い毛で覆われ、ヴォルガの言葉に反応してぴくりと動いた。

意識のある時間も、以前よりずっと増えたらしい。

それらはすべて、ニーナの手のひらから溢れ出した光がハティシアの獣気を増やしたからだと、ヴォルガは考えているようだ。

――だが、あの日以来、なにをどう試してみても手のひらが光ることはなかった。そこで、ひとまずはニーナが提案した通り、薬草料理を食べさせてみることにしたのだ。

「……ぅ、ん……」

ハティシアの銀の睫毛がかすかに震え、うっすらと瞼が開く。

「……ヴォルガお兄様、おはようございます。今日も、とても気分が良いですわ……。贄姫様、お兄様からお話を伺いました……わたくしなどのために、ご尽力いただいたこと、感謝の念に堪えません……」

「そんな！　私の方こそ、貴女にお礼を言いたかったんだから。私のことを助けようとしてくれて、本当にありがとう！」

ニーナの言葉に、ハティシアの目が嬉しそうに細まった。

ニーナが彼女の世話係に着任したことについては、事前にヴォルガが伝えてくれている。しかし、あの不思議な光のことや、回復しつつある獣気については伏せられている。すべての事情を知っているのは、ヴォルガとファルーシ、ニーナの三人のみだ。ニーナに専属の女官や侍女がつけられない理由もそうだが、力のことが知れ渡れば、贄姫を狙う輩が現れる可能性が生じてしまう。

そのため、離宮には現在も人払いがされており、助力を頼んだ王女付きの女官達や医師達にも、厳しく箝口令が布かれていた。

「ハティシア。お前の世話係に着任したニーナが、人間が使う草の薬を用いて療養のための食事を作った。今朝は、それを食してみて欲しいのだが……一口だけでも構わないから、食べてみてはくれないか？」

こうしてハティシアに語りかけるとき、ヴォルガの声音や眼差しは、驚くほど優しくなる。

ハティシアは枕の上の頭をわずかに頷かせたものの、その表情は暗かった。きっと、慣れないものを食べるのが怖いのだろう。

「心配しないで、ハティシア姫。草の薬といっても、使ったのはウルズガンドで馴染みのある、香草茶の茶葉なの。ファルーシに聞いたんだけど、昔はこの部屋にある本を読みながら、香草茶を楽しむのが好きだったのよね？」

「はい……。ですが、わたくしは獣人でありながら、ほとんど獣気を持ちません……ろくに鼻も利かないので、せっかくの香草茶が無駄になってしまいます。ですから……わたくしのことは、もう……」

「ハティシア姫……？」

「──どうか、姫などとお呼びにならないでくださいませ……！　両国の平和のために御身を捧げ、王女としての使命を立派に果たされた贄姫様と違い……わたくしは、ただの役立たずなのです……！　獣人でありながら肉を食すことができず、ヴォルガお兄様をはじめ、たくさんの者達に迷惑をかけて生きてきました。これ以上、なにも犠牲にはしたくないのです……！　死を受け入れる覚悟は、できております……！」

「──っ！　それは違うわ！　運命を受け入れることと、生きるのを諦めることを一緒にしては駄目！」

思わず声を大にすると、ハティシアは目を見開いた。

このとき初めて、彼女の瞳の色を見た。朝の光に輝く、銀色に澄んだ瞳だった。

――興奮させれば、また先日のように容態が急変するかもしれない。

そんな不安が胸を過ぎったが、言い返さずにはいられなかった。

きっとこの言葉こそが、ハティシアが長年抱えてきた苦しみ、そのものなのだ。

「ハティシア姫が体調を崩したとき、ヴォルガは必死に貴女の命を繋ぎ止めようとしたわ。食事の試作を始めたときもそうだった。王であるヴォルガや、側近のファルーシまで厨房に立って、夜遅くまで手伝ってくれた。彼等だけじゃない。この王宮で働くたくさんの獣人達が、知恵を絞って助けてくれたのよ。みんな、貴女の回復を心から願って、信じているわ。誰一人として諦めていないのに、貴女が真っ先に見限ってどうするの⁉」

「……っ！」

「死を受け入れる覚悟なんか、一生しなくていいっ‼　贄姫として生まれた私と違って、ハティシア姫には生きて欲しいと願ってくれている人がたくさんいるんだから！　みんなが諦めない限り、諦めて欲しくないっ‼」

ポロポロと、眦からこぼれ落ちる透明な雫が、絹の枕に吸いこまれていく。

痩せた頰を伝うそれを、ヴォルガの指がそっとすくい取った。

「……ハティシア。無理はさせないと約束する。だから、一度だけ機会をくれないか？」

「……っ、はい……！」

ハティシアが頷くのを見届けて、ニーナは寝室に運び入れたティーワゴンから、用意していた香草茶の茶葉を取り出した。

松の実、乾燥させた松葉、マグワートの葉、マリーゴールドの花、肉桂の樹皮、胡桃の実——いずれも、胃腸の働きを助け、身体を温めて血の巡りを良くする効能があるものばかりだ。それらを炒って香ばしさを増し、香草茶の優れた煎じ手であるファルーシに頼んで、獣人が好むように香りを整えてもらった後、硝子製の擂鉢に移していく。

次に、温めたミルクを入れたポットを手にすると、ハティシアが、あっと声を上げた。

「贄姫様……あの、ヌークのミルクをお使いになるのですか……?」

「ううん、違うから安心して。これはウルズガンド特産のウルク豆で作った、〝豆乳〟という飲み物よ。ヌークのミルクは、お肉と一緒で身体に合わないのよね? でも、これなら飲めると思ったの」

ヴォルガによれば、ハティシアは生まれて間もなく母親を亡くしており、充分な乳を飲めずに育ったのだという。そのせいか、乳母はおろかヌークのミルクすら受けつけず、麦や野菜で作った重湯でなんとか命を繋いできたのだ。

ウルク豆、と言う言葉に、ハティシアはキョトンとする。

「ウルク豆……あの、ヌークの餌の……ですか?」

「そう! ヴォルガに聞いてびっくりしたのよ。ウルズガンドにはお豆を食べる習慣がないのね。あんなに大きくて立派なお豆なのに、育てるのは畑を肥やすためで、穫れたものは家畜の餌にしか使わないなんて、もったいない話だわ!」

ウルク豆。ウルクとはウルズガンドの古い言葉で〝雪のような〟という意味があるそうだ。初雪が降る頃に収穫される、雪霰にも似た純白の豆である。

ちなみに、〝雪のような（毛色の）獣〟という意味で、狼のことをウルヴァというらしい。ヴォルガと響きが似ているのは、彼の名に〝偉大な狼〟という意味があるからだ。この話を聞いたとき、名前の由来はあの狼の姿なのかとヴォルガに尋ねたら、急に不機嫌になって「さあな」と流されてしまった。

怒るようなことを聞いたわけでもないのに、彼の機嫌は本当に理不尽だ。

「ウルク豆の豆乳は、パンやクッキーは勿論、スープやシチューに加えても絶品なのよ！ヌークのミルクを豆乳で代用できれば、食べることのできる料理が増えるでしょう？」

「はい……！　不思議ですね……固いウルク豆から、ミルクそっくりの飲み物を作ることができるなんて……」

「身体にも、とっても良いのよ。お豆はお肉と一緒で筋肉がつきやすい食べ物だから、獲物が獲れないときは肉の代用にもするの。それに、お肌もしっとりして綺麗になるんだから！」

「まあ、お肌まで……！」

不安げだったハティシアの表情が、すっかり緩んでいる。緊張が解けたところで、ニーナは硝子製の擂鉢を待ち構えていたヴォルガに手渡した。これらを細かな粉末状になるまで擂っていくのだが、それは彼の役目なのだ。

「ヴォルガお兄様……!?　いけません、王が自らそのようなことをなさっては……！」

「大切な妹のためだ。とはいえ、料理などしたことがないから、これくらいのことしかできないが」

充分だ、と手早く擂り潰されていく材料を見ながらニーナはほくそ笑む。出来も大切だが、それ以上に、ヴォルガがハティシアのために作ることにこそ意味があるのだから。

ほどなくして、細かな粉末状になったものを受け取り、温めた豆乳を加えて、トロトロになるまでよく混ぜていく。別の器に移し変え、好みで蜂蜜を足したらでき上がりだ。

「さあ、これで完成！　まずは一口、ゆっくり噛むように飲んでみて」

うなずくハティシアの唇に、銀の匙ですくった器の中身を運んでいく。

しばらく咀嚼したあと、小さな喉がこくんと波打った。

「――っ、おいしい……！」

「よかった！　気分はどう？　気持ち悪くない？」

「はい、平気です……！　それに、不思議です。香草茶の香りなど、もうとっくにわからなくなっていると思っていましたのに……。とても華やかで芳しい香りがします」

おいしい、という言葉に、ほっと胸を撫で下ろす。嗅覚が弱ったハティシアにも香りがわかるよう、材料を香ばしく炒ったのは正解だった。

ハティシアの食事療法のために、真っ先に思いついたのがこのお茶だった。ニーナが体調を崩したときによく師匠が枕元で擂っては飲ませてくれた薬膳茶を再現したものだ。元は師匠の生まれ故郷で、風邪薬代わりに飲まれていたものらしい。

一生懸命、自分のために作ってくれたからこそ、なによりも美味しいと思えた。だから、ハティシアのための茶葉を擂る役はヴォルガに任せようと最初から決めていたのだ。

「ありがとうございます、お兄様……とても、とても、おいしいです……！」

「ハティシア……！　そうか、美味しいか！」

「すごいよ！　そんな言葉、今まで一度も仰ったことがないのに！」

ヴォルガとファルーシが揃って瞠目する中、ハティシアにせがまれるままに匙を動かしていく。死を覚悟していた幼いハティシアが、着実に生気を取り戻していくのが嬉しかった。

（――さて、これでひとまずは安心ね。でも、やっぱり、お肉を食べないと獣気は増えないらしいのよね……）

体力がついてくれれば、少しずつ肉も食べられるようになるだろうか。目を輝かせて食事を楽しむハティシアの様子を見ると、早く元気になれるよう、祈らずにはいられなかった。

（どうか、ハティシア姫が少しでも早く元気になりますように……）

「――っ⁉　おい、ニーナ……！」

不意に、隣で様子を見ていたヴォルガに鋭い調子で呼びかけられた。同時に、その白皙の美貌が間近に迫り、びっくりするあまり匙を落としそうになる。

「な、なに⁉　私、なにかした⁉」

「……いや」

どうやら怒っているわけではなさそうだが、なにしろ距離が近すぎる。身長差のためにはるか遠くにあったはずのヴォルガの顔が、息のかかる距離にある。そのことに、自分でもわけがわからないほどに恥ずかしくなった。

思えば、生まれてこの方、ニーナは師匠以外の異性と接したことがない。

異性――それがたとえ、種族の異なる獣人だとしても、耐性などあるはずがない。驚き慌てる鼓動を抑え、平然を装う術など持ってはいないのだ。

一方のヴォルガは、そんなニーナの大変な心境に気づく様子もなく、なにかを注意深く確かめるように月色の双眸を張り詰めている。そして、しばらくしてなんでもないと嘆息した。

「……すまない。どうやら、俺の見間違いだったようだ」

「み、見間違い……!? 一体、なにを見たって言うの……！」

「後で話す。――それよりも、すごいな。用意した一皿分、すべて食べてしまうとは」

ニーナの手元の皿に目を落とし、ヴォルガがしみじみと呟いた、そのとき。

『キュ――ッ！』

「……きゅ――？」

「な、なんだ今の妙な音は!? ハティシア、大丈……ハティシア？」

ピクン、とヴォルガの獣耳が反応した先で、ハティシアが真っ赤になるほど頬を染めていた。

「どうした、ハティシア⁉　まさか、また熱が」

「ち、ちがうのです、お兄様……っ！　あの、その……わ、わたくし、このようなことは初めてで……っ！」

わたわたと、見るからに慌てる言葉を遮るように、ふたたび、『キュ――ッ！』と同じ音が鳴った。今度ははっきりと、その音源がハティシアのお腹であることに気がついた。

彼女の顔が、茹で上がるようにますます赤くなる。

「まさか……空腹なのか⁉」

「もも、申し訳ございませんっ！　わたくしったら、な、なんて、はしたない……っ！」

「恥ずかしがることなんてないわ。足りないなら、食べればいいの！　おかわりはたくさんあるんだから！」

人前でお腹を鳴らす恥ずかしさは身をもって知っているが、ニーナにとっては、おいしいからもっと食べたいと言われているようで嬉しかった。

――そして、その後。

ハティシアは用意した薬草料理を、なんと二回もおかわりするという快挙を成し遂げた。

「まさか、初日からこれほど食してくれるとはな……」

ニーナも勿論、ヴォルガもファルーシも、誰も予想していなかった。無理をしている様子もなく、生まれて初めて食事を美味しいと思えたと喜んでいたハティシアの姿に幸せな気分になり、大満足で離宮を後にしたニーナである。

あてがわれた賓客室に送り届けられ、早速、次の料理の考案に取り掛かろうとしたところで、ヴォルガが「少しいいか」と、神妙な顔で声をかけてきた。

彼はなにやら警戒した様子で部屋を見回した後、慎重に口を開いた。

「――実は、お前がハティシアに食事を与えていたとき、指先から匙を伝うように、かすかに光が流れ込んでいたような気がしたんだ」

「えっ⁉ それじゃあ、ハティシア姫がおかわりするほどお腹が空いたのって……！」

「ああ。贄姫の力による、獣気の増加の効果と見て間違いないだろう。おそらくは、お前が手ずから食事を与えることで力が働いたんだ。身体は大丈夫か？ 以前のように、気絶する様子はなさそうだが」

「だ、大丈夫……！ でも、ごめんなさい。私、ちっとも気づいてなかったわ。ハティシア姫に薬草料理を食べさせていたときは、とにかく、早く元気になって欲しいと思っていたんだけど……もしかして、それがよかったのかしら？」

どうして力を使った張本人が気づいていないのだと、呆れて小言を言われるものと思っていた。しかし、そんな予想に反して、ヴォルガの表情は穏やかだ。

「初めて力を使ったときも、そうだった。ニーナがハティシアを想って心を込めてくれたからこそ、力が働いたのかもしれないな……。だが、そのこと以上に、今日は嬉しかった。ハティシアが、あんな風に食事を楽しんでくれたのは生まれて初めてだ。兄として、そして、この国の王として心から感謝する。――ありがとう、ニーナ」

（え……？）

そのとき。柔らかな言葉とともに、ふわり、とヴォルガの双眸が細められた。

それは、彼がこれまでハティシアにしか向けることのなかった、穏やかな笑顔だった。

険しい顔ばかり見ていたせいか、不意打ちの微笑みに、ひとりでに頰が熱くなる。

こみ上げる恥ずかしさに思わずうつむいた。

「ニーナ」という一人の人間として、初めてヴォルガに認められたような気がした。

驚きと喜びに高鳴る心臓を抱えながら、どういたしまして、と呟くのが精一杯だった。

――もしかしたら、ヴォルガはニーナが思っているほど、〝悪い獣人の王〟ではないのかもしれない。

「おはようございます、ニーナお姉様！　薬草を使った薬湯のおかげで、ポカポカと身体が温かく、ぐっすり眠れましたわ！」
「私もよ！　やっぱり、寒い冬の時期は薬湯が一番ね！　とはいえ、森では手足を桶に浸すぐらいしかできなかったから、あんなに広い薬湯に浸かったのは初めてだけど」
朝食を手に寝室に入るや、眩しい笑顔を向けてくるハティシアに、思わず笑みがこぼれる。

――ハティシアが最初の薬草料理を食べた日から、早一ヶ月が過ぎた。

相変わらず、贄姫の力の使い方は謎のままだが、ハティシアの回復ぶりは誰が見ても明らかなほどだ。ひと月前まで寝たきりだったのが嘘のように、痩せていた頬には赤みが差し、身体つきにもふんわりとした少女らしさが現れはじめている。髪は白銀の艶を取り戻し、丸みのある獣耳や尻尾も、よく動くようになった。

小さな尾をパタパタと揺らして「ニーナお姉様！」と懐く様子は、森に残してきた狼の子どものように無邪気で可愛らしい。

まだ寝台から出られないものの、自分の力で身体を起こせるし、雰囲気も明るくなった。

今では、寝たきりだった時間を取り戻すように、彼女の得意な裁縫を教えてくれたり、部屋にあるたくさんの本を、ニーナと一緒に楽しんだりしている。また、豆乳を使った野菜のスープや、ウルク豆の搾りかすで作った柔らかいパンなど、食べられる物の種類も増えた。

――だが、そんな事態の好転を遮るかのように、ウルズガンドの地に、本格的な厳冬期が訪れてしまったのだ。ニーナがこの国に来た頃は、まだほんの初冬。それでも充分な寒さだったにもかかわらず、日を追うごとに気温は下がり、積もった雪は氷塊と化して、瞬く間に大地を覆い尽くした。

吐く息すら凍りつく、雪と氷の世界。

常冬の王国の異名を知らしめる、大寒波の到来である。

特に、夜半の寒さは格別で、いくら暖炉に薪をくべても身体が冷えて眠れない。昨夜、ハティシアにそんな愚痴をこぼしたら、自分も同じだと嘆息混じりに教えられた。

『ウルズガンドの獣人達が、この凍てつく大地を生き抜くことができるのは、獣神から授かった獣気の賜物なのです。獣気に満たされていれば、さほど寒さを感じなくなるのですわ』

ニーナの薬草料理と贄姫の力のおかげで、ハティシアの体調は順調に回復し、底を尽きそうだった獣気も少しずつ増えつつある。しかし、この厳冬期の寒さには敵わない。

そこで、食事に使っている薬草を浴場の湯に浸し、薬湯を作ってみることにしたのだ。

きっかけはさておき、王女の世話役を任されたニーナである。料理を作るだけが世話役の仕事ではない。ハティシアと一緒に広々とした薬湯を満喫するとともに、女官達に入浴の手順を教わり、湯浴みの世話を見事にやりこなしてみせた。

すうっと息を吸い込んで、ハティシアは銀の瞳をうっとりと細める。

「最近は、前よりも香りがわかるようになってきたのです。甘く、爽やかな林檎の香りに包まれて、清々しい気持ちで眠れました！」

「林檎の香りを嗅ぐと、よく眠れるんだってファルーシが言ってたのよ。今回は血の流れを良くして身体を芯から温めるために、生姜や肉桂を組み合わせてみたわ。林檎の果汁には、風邪予防や保湿の効果もあるから、お肌がすべすべになったわね！」

二人で喜び合っていると、寝室の扉が開いてヴォルガが現れた。今朝は会議があるために、来るのが遅れると伝えられていたのだ。最近は特に忙しそうだが、食事を運ぶ時間にはこうして必ず顔を出しに来る。

「すまない、来ていただいて嬉しいです。思ったより、会議が長引いてしまった」

「いいえ、来ていただいて嬉しいです。それよりも、聞いてくださいませ。ニーナお姉様と一緒に入った薬湯のおかげで、お肌の調子がとても良くなったのですよ！」

「肌の調子が？　――そうか、それは良かった」

険しかった顔が、ハティシアに微笑みかけられた途端に、ふにゃりと柔らかくなる。

またこれだ……と、ニーナは朝食の準備をしながら、内心で嘆息した。

この一ヶ月間、ヴォルガを観察していて気がついたのだ。冷たく無愛想で冷厳な彼が、ハティシアがいる前でだけ、その態度を一変することに。

ニーナと交わす会話も、二人でいるときとは月とスッポン、お花畑と凍てつく雪原だ。けっして馴れ合ったり、仲良くなったり、距離が縮まったわけではない。

ハティシアがいる前で険悪な空気になることで、心配をかけまいとする配慮の結果だ。それが証拠に、彼女の寝室から一歩でも外に出ると、ヴォルガの表情は凍りつき、口数は減り、態度は素気なくなる。ハティシアが初めてニーナの薬草料理を食べたときの、穏やかな笑顔と感謝の言葉はなんだったのか。

（気持ちはわかるわよ？　長い間、不治の病に苦しんでいた妹が、やっと元気になったんだもの。でも、態度の差があからさま過ぎて腹が立つわ！　確か、なにかの本で読んだのよ。妹にだけ異常に優しい人のことを……シ……シ……シ、ス……シスコ——）

「ニーナ！」

ハッとした瞬間、ヴォルガに手元を支えられていた。心配げな視線が、すぐ近くにある。

「皿を落としそうだったぞ。どうした、心ここにあらずといった様子だが？」

「な、なんでもないわ……！　ちょっと、考えごとをしてただけ！」

慌てて皿をテーブルに置き、ヴォルガと距離を取ろうとするが、何故か、彼の手が離れない。それどころかぎゅっと握り込まれて、予期せぬ行動に心臓が飛び跳ねた。

「ひゃ……っ!?」

「——ふむ。この寒さにもかかわらず、指先まで温かいな。ハティシアの顔色も、普段よりもずっと良いようだ。薬湯の話は事前に聞いていたが、香草茶……薬草を浸した湯に入るだけで、かなりの効果があるのだな？」

その溺愛ぶりを隠そうともせずに、彼は言う。あっさりと離された手に拍子抜けしつつ、そもそも、どうしてヴォルガの一挙手一投足に振り回されているのかと思い直した。

（……そうよ。ハティシア姫が元気になったら、私はこの国を去って、旅立つんだから。ヴォルガの態度が冷たかろうが優しかろうが、どちらでも構わないじゃない）

「——そ、そうでしょう？　たとえるなら、温泉みたいなものなのよ。山の中に湧いているお湯なんだけど、浸かると疲労回復や傷を治す効果があるの」

「なるほど、温泉と同じ原理か。ウルズガンドには、〝炎の庭(エルダーガーデン)〟と呼ばれる広大な温泉地がある。南方の火山帯に位置し、温泉一つが湖と見紛(みまが)うほど大きい。貴族の避寒地(ひかんち)や、先の紛争での怪我(けが)人の保養地として栄えている地域だ」

「湖と間違うくらい⁉　すごいわ、そんな大きな温泉、見たことない……！」

「我が国の自慢(じまん)の観光地だ。昔、ハティシアを連れて行こうとしたが、容態が悪化してしまったために諦(あきら)めてしまった。だが、薬湯なら、王宮にいながら保養ができるな」

嬉しそうに目を細めるヴォルガに、結局はハティシアなのかと苦笑いしたときだ。

当のハティシアが、驚(おどろ)くような言葉を口にした。

「炎の庭と言えば、スコルドお兄様はお元気でしょうか？　ニーナお姉様のおかげで、こんなにも元気になったのです。スコルドお兄様にも、ぜひお伝えしたいですわ！」

「兄上に？　ああ、そうだな。狩(か)りの時期も近づいてきたことだし、早いうちに知らせを届けよう。今年はなんとしてでも、兄上に参加していただかなければ」

「――ま、待って、二人とも！　スコルドお兄様って誰(だれ)⁉　ヴォルガの上に、もう一人お兄さんがいるの？　この国の王様はヴォルガなのに？」

「生まれた順に王になるとは限らない。ウルズガンドでは、王が次の王を定める習わしだ。兄上は、その……脚(あし)が不自由な御身(おんみ)でな。外を出歩かれることはほとんどないんだ」

言葉を選ぶように言い、ヴォルガは月色の双眸(そうぼう)を陰(かげ)らせた。

なにやら事情ありげな彼とは対照的な明るさで、ハティシアが続ける。

「炎の庭は、スコルドお兄様が治めておられる御領地なのです。肥沃な土地と地熱のおかげで冬でも花々が咲き誇り、様々な植物の栽培が盛んなことから〝庭〟と呼ばれているのです。お花がとっても好きな方で、この部屋に飾られている生花も、居城の温室で育ててくださったのですよ。わたくしがこんな状態ですので、お会いしたことはほとんどないのですが……」

　いつも、優しい言葉を綴った手紙を添えてくれるのだと、ハティシアは幸せそうに語った。良いお兄さんね、と微笑みながら、内心で冷や汗をかく。

（スコルドお兄様。ハティシア姫には悪いけど、できることなら会いたくないわ！　ヴォルガに瓜二つの冷血漢か、輪をかけてタチの悪い猫かぶりだったらどうしよう……っ！）

「わたくしも、スコルドお兄様にお手紙をしたためます。狩りの場でお会いするのが、本当に楽しみですわ！」

「ハティシア……その、楽しみにしているところに水を差したくはないが、お前はまだ、寝台を出ることもできないだろう。だから――」

　言いにくそうにするヴォルガの言葉を、すっ、と差し伸べられた細い手が遮った。

「――ヴォルガお兄様、ニーナお姉様。実は、お二人にお見せしたいものがあるのです。御覧いただけますか？」

　意味深に微笑み、ハティシアは寝台に身を起こした姿勢から、床に向かって両足を伸ばした。意図を察したヴォルガがその手を取ると、なんと彼女はゆっくりと降り立ち、ふらつきながらも一歩、また一歩と歩き出したのだ。

「ハティシア……っ⁉　信じられない、いつの間に歩けるようになったんだ⁉」

誇らしげに微笑む彼女を、ヴォルガが堪らずに抱きしめる。

苦しいですと笑いながら、ハティシアはパチリと銀の片目をつぶってみせた。

「昨晩、ニーナお姉様と薬湯に入った後、足に力が入るようになっていることに気がついたのです。お二人を驚かせたくて、夜の間にこっそりと練習したのですわ！」

――贄姫の力だ。

口に出しそうになるのを寸前で堪えた。ヴォルガに視線で訴えると、わかっていると首肯される。薬湯に入ったときは身体が湯に浸かっていたから、手のひらの光に気がつかなかったのだろう。そういえば、入浴を終えて部屋に戻った後、急に疲れて眠くなったのを覚えている。気絶ではないにせよ、朝まで熟睡したのは確かだ。

「と、とにかく、元気になってくれて嬉しいわ！　この調子で回復していけば、春には走れるようになってるかも！」

「楽しみですわ！　ウルズガンドの春は、唄に詠われるほど美しいのです。いつか、生まれたこの国を見て歩きたいと願っておりました。ぜひ、ニーナお姉様もご一緒に！」

「勿論よ！　春になったら、一緒にいろんなところへ出かけましょう。さっき話していた温泉地にも行ってみたいし――ねぇ、ヴォルガ。いいでしょう？」

どのみち、ハティシアが元気になっても、この雪と氷が解けるまでは旅立つことなどできない。春まで待つのなら、一緒にウルズガンドを見て回るのも楽しそうだ。

なにしろこの国は、ニーナにとって初めての〝外の世界〟なのだ。食べられそうになった嫌な思い出だけでなく、楽しい思い出も残したい――そんな気持ちから出た言葉だったのだが、ヴォルガからの返事はなかった。不審に思って見上げると、優しげにハティシアを見つめていたはずの彼が、険しい顔で瞠目している。

「ヴォルガ、どうしたの……？」

「――駄目だ」

短く呟かれた言葉に、高揚していた気持ちが一瞬で冷めた。

――駄目？　駄目とは一体、どういうことだ。

「ど、どうして……⁉　春になる頃には、きっと――」

「ニーナ、少し黙れ。お前は、贄姫だ。自分の立場を忘れて、叶えられない約束をするべきではない」

「……っ！」

見えない牙のようなその言葉は、ニーナの心臓に喰らいつき、深々と突き刺さった。

『彼女を無事に回復させた暁には、願い通り、その命を助けることを約束する』

一ヶ月前、ヴォルガは確かに、そう約束してくれたはずなのに。

「そ、んな……！　ハティシア姫はこんなに元気になったのよ？　なのに、約束を守ってくれないの……？」

「こちらにも色々と事情がある。――この話はもう終わりだ。来い、部屋に戻るぞ」

「い、嫌っ！」

腕を掴まれ、強引に引かれた。振り解いて逃げようと思うのに、身体が強張って動かない。

そのとき、ニーナの目の前に小さな背中が庇い立った。

「ヴォルガお兄様。ニーナお姉様をわたくしの世話係に命じられたのは、お兄様であるはず。わたくしはまだ、朝食を摂っておりません。勝手に世話係を連れて行かれては困ります」

「ハティシア、だが……」

「お手をお引きください。ニーナお姉様は、絶対に連れて行かせません」

有無を言わせぬ強い口調が、ヴォルガの言葉を遮った。兄の顔を毅然と見上げ、背筋を伸ばすハティシアは、一国の王女たりうる威厳に満ちている。寝たきりだった以前の彼女からは感じることのなかった気迫に気圧されたのか、ヴォルガはしばらく躊躇った後に手を離した。

「……いいだろう。だが、ニーナが部屋に戻るときは、お前の女官達に必ず送らせてくれ」

寝室の扉が閉まり、彼の足音が聞こえなくなっても、ニーナは腕を掴まれていた場所から動くことができなかった。彷徨わせた視線が、クローシュを被せたままの薬草料理に留まる。

この料理を試作したときも、ヴォルガは嫌な顔一つせず真剣に相談に乗ってくれた。

世話係を任されたときは、王様なんて偉そうに命じるだけで、自分は手伝わないのかと呆れていた。けれど、そうではなかった。ヴォルガは助力を申し出てくれたファルーシ以上に、ニーナのために動いてくれた。ハティシアの命を救うために、このひと月、力を合わせてきたのに。

「……ごめんなさい、ハティシア姫。せっかくの朝食が、冷めてしまったわね」

「ニーナお姉様……！」

ぺたり、と糸が切れたように、床に座り込む。

惚けた頭が現状を理解していくにつれて、ぼんやりと視界が滲んでいった。

——全部、嘘だったのか。

命を助けるという餌を撒き、ハティシアの命を救わせた後は、まんまと罠にかかった贄姫を喰らうつもりでいたのだろうか。

（……私だって馬鹿じゃないもの。その可能性があることは、充分わかってた）

しかし、躊躇っていたら前には進めなかった。だからこそ、誠意を尽くしてハティシアの回復に努め、それに対するヴォルガの善意を信じようと思ったのだ。

込み上げる嗚咽を抑えることができなくなってしまったニーナを、細い腕が抱きしめた。

「大丈夫です……！　ニーナお姉様の御身は、わたくしが必ずお守りいたします！」

「ハティシア姫……」

「どうぞ、ハティとお呼びください。この国の王女の命を救った恩人であり、初めての友人を殺めることなど誰にもさせません。それに、聡明なお兄様のことです。なにかお考えがあって、あのように仰ったのかもしれませんわ。わたくしはまだ、なに一つ諦めておりません！　ですから、どうか、ニーナお姉様も諦めないで……！」

銀の瞳を細めて微笑むハティシアは、咲きこぼれる花のようだと思った。

死を受け入れ、すべてを見限っていたハティシアが、諦めるなと笑ってくれた。

「ありがとう、ハティちゃん……！　そうね、まだ諦めるべきじゃない。やれることを見つけて、全力でやってみる……！」

頰を伝う涙を拭い、ニーナは小さな身体を抱きしめた。

「本っ当に、王宮って世知辛いところね！　恩も情けもないのかしら。師匠が森での暮らしを選んだ理由が良くわかったわ！」

その日の夕刻。部屋に戻ったニーナは、ヴォルガに対する憤懣を爆発させた。世間知らずは自覚している。ヴォルガの言う〝こちらの事情〟——陰謀渦巻くお国の事情を理解するには、ハティシアと読んだ宮廷ロマンス小説の知識を総動員しても足りはしない。

だが、そんな自分にもわかることがある。

素直にヴォルガに真意を尋ねたところで、答えてもらえるわけがないということだ。

なにしろ、これまで猫をかぶっていたハティシアの前でさえ、あの態度だったのだから。

「それなら、自分で確かめるしかないわ。ここに連れて来られたときみたいに、泣き寝入りなんて二度としない。ひとまず、〝こちらの事情〟とやらを探ってみましょう。そうすればヴォルガに私を裏切るつもりがあるのかどうか、わかるかもしれないわ」

ハティシアはああ言ってくれたが、頼るわけにはいかない。死に怯える日々から、ようやく解放されたばかりなのだ。下手に巻き込んで、危険に晒すことなどあってはならない。

(それに、ヴォルガが約束を守ろうとしないのは、贄姫の力を失うのが惜しくなったからかもしれないし……)

残念ながら、その可能性が一番高い。獣人の持つ獣気を増やし、不治の病に倒れていたハティシアを、たった一ヶ月間で目覚ましく回復させた贄姫の力。自分にそんな力があるなんて未だに信じられないが、その奇跡の力をヴォルガは何度も目の当たりにしてきた。いざ失うときになって、惜しくなったとしても不思議ではない。賢い彼のことだ。もしかしたら、ニーナの次の使い道を考えているのかもしれない。

ヴォルガへの疑いが深まるほどに、ズキリと胸が疼いた。

(……まだ、決めつけるのは早いわ。わからないからこそ確かめに行くんだもの)

悩みを払うように首を振り、部屋の扉から慎重に廊下に出た。見張りの姿はなく、女官達が就寝の支度に来るまで、まだ時間がある。今のうちに、王宮内にいるヴォルガを見つけ出して、彼の動向を探るのだ。そうと決まればと、長い廊下を一気に駆け抜け、渡り廊下を突っ切って、行き止まりにある扉の前で足を止めた。

(私の部屋がある建物を、ヴォルガは本宮って呼んでたわ。本宮からは絶対に出るなって。でも、大抵の物語では、行くなと言われた場所に真実が隠されているものなのよ)

願わくは、それがニーナにとって良い真実であって欲しいものだ。

扉に鍵はかけられていない。静かに、ゆっくりと開いた隙間に身を滑らせた。

(わ……っ、すごい、なにここ……っ!)

扉の先は、吹き抜けの回廊になっていた。ニーナの部屋のある階が建物の五階にあたる高所なので、それに繋がる回廊もまた同様の高さだ。大理石の彫刻が美しい手摺の間から真下を覗き込むと、下階の回廊が取り巻く先に、円形の広場が見えた。

広場に敷かれた白い大理石の床の上を、夕刻だというのに多くの獣人達が行き交っている。どうやら、この建物は巨大な円柱状をしているらしい。獣人達の動きを見るに、広場を囲む壁面に大きな扉が四枚あって、それぞれが別の建物に繋がっているようだ。

ここに来る間もそうだったが、この回廊にも、見張りの姿は一切ない。その不自然さの理由にはすぐに気がついた。白い扉の中がなにやら騒がしい。兵達が広場を横切って、慌ただしく中に入っていく。

なにかあったのだろうが、ここからでは距離がありすぎて状況がわからない。

（よし。見つからないように、声が聞き取れるところまで降りてみよう。戦記物に出てきた敵陣への潜入調査の場面みたいでわくわくするわ……！）

物語と混同しすぎて油断してはいけないが、本の主人公が自分と一緒にいてくれるようで心強い。下階の回廊への階段を下り、二階に着く。匍匐前進で、騒ぎの起きている扉の近くの手摺の間から、そっと広場の様子をうかがい見る。

瞬間、白い扉が開け放たれ、白銀の髪の壮麗な獣人が、長い尾をなびかせて現れた。

（ヴォルガ……!?）

ひっ、と思わずこぼれた悲鳴は、彼を追って詰め寄せた臣下達の喧騒にかき消された。

ヴォルガの隣にはファルーシの姿もあり、親衛隊を指揮するが、臣下達はますます声を荒らげだした。内容を盗み聞こうにも、まるで嵐のような喧騒だ。

（ヴォルガが疲れた顔をしていたはずだわ……！　なにをそんなに訴えられているの!?）

なんとか状況を探ろうと、手摺の間から身を乗り出そうとした、そのとき。

「――黙れッ!!」

ゴオッ！　と、ヴォルガを中心に風が巻き起こった。確か、白狼の姿の彼に追われたとき、同じような風を感じたことがある。おそらく、ヴォルガから発せられた獣気による圧力だ。

ニーナにさほど影響はないが、臣下達はそうはいかなかったらしい。膝から床に崩れ、一人残らず尻尾を丸めている。震え上がる彼等に、ヴォルガは冷厳な態度で言い渡した。

「贄姫はウルズガンドの王に貢がれるもの。その処遇を定める権限は王のみにある。お前達が私欲を満たすために口出しできる問題ではない……！」

バサリ、と白銀の毛皮の外套を翻し、ヴォルガはファルーシと親衛隊を引き連れて、颯爽と広場を立ち去った。取り残された臣下達は茫然とへたり込んでいたが、「くそっ！」と、その中の一人が声を荒らげた。

「あの〝人喰い王〟め……っ!!　贄姫の血肉を独り占めする気か!!」

赤毛の尾を逆立てて憤る彼を、さすがに声が大きいと周りの獣人達が窘める。

だが、近くに兵達がいないためか、暴言を慎む様子はない。

「ふん！　人喰いを人喰いと言ってなにが悪い？　陛下は血肉の味に取り憑かれておられるのだ。先の紛争鎮圧の際も、戦場で数多の人間を喰い殺したというではないか！　幼少の頃、常軌を逸してスコルド殿下に喰らいつき、大怪我を負わせたこともある！」

「存じておりますとも！　その牙痕は今もなお残っているとか……いやはや、恐ろしい！」

（――ヴォルガが、〝人喰い王〟……っ!?）

ザアッと、全身から血の気が引いた。彼等の抗議の内容が贄姫に関することであったことも驚きだが、それ以上に信じられない。

しかし、混乱する頭に真っ先に浮かんだのは、巨大な白狼と化したヴォルガの姿だった。逃亡するニーナを幾度となく追い詰め、鋭い牙を剥き、恐ろしい速さで飛びかかってきた白銀の巨狼。アルカンディアとの紛争では、王族であるヴォルガも国を守るために戦ったのだろうが、彼があの姿で牙を振るったのだとしたら人間などひとたまりもない。

（で、でもそれって、獣人として戦っただけじゃないの……？　血肉の味に取り憑かれているだなんて、そんなこと——）

ないと言い切れないのは、ヴォルガに対して疑いを抱いているからでもある。臣下達は、長兄のスコルドについても話していたが、ヴォルガから話を聞いたとき、彼は少し言いにくそうに、脚が不自由なのだとこぼしていた。

（まさか、スコルドの脚が不自由になった原因って……）

恐ろしい確信を抱くと同時に、ヴォルガが本宮から出るなと戒めた理由がわかった。

〝人喰い王〟の醜名や、自分の醜聞を知られたくなかったからだ。

そうに違いないと唇を噛み締め見つめる先で、臣下達の一人がふと頭上を仰いだ。一瞬、見つかったかと息が止まりそうになったが、彼が見たのは本宮に繋がる扉だった。

「贄姫の噂は本当でしょうか？　ハティシア姫の回復に尽力されているというのは建前で、本当は本宮の一室に囚われて、陛下に生き血を啜られているというのは」

「事実に決まっている！　あの非情な王に、肉親を労わる心などあるものか。贄姫を求めたのは、己自身が喰らうためだ！」

「まあまあ、抑えて。──しかし、確かに不気味ではありますな。長い争いの弊害で多くの獣人達が弱体化する中、陛下だけが強大な獣気量を保っておられる。あの獣気は、王の権威そのもの。贄姫の血肉がそれを高めるのなら、喜んで喰らうのではありませんか？」

ゲラゲラと下卑た笑いを漏らす彼等に、ニーナは堪らずに手摺を離れた。

──もうこれ以上、聞いていられない。

無我夢中で回廊を駆け、本宮の自室に飛び込む。敵意のある言葉とは、こんなにも不快なものなのか。汚物を無理矢理口の中に詰め込まれるような嫌悪感に、全身に鳥肌が立つ。

（……でも、おかげで、〝こちらの事情〟はわかったわ。ヴォルガは、贄姫を欲してるのね。強大な獣気を保つために、私との約束を破るつもりなんだわ）

彼がそこまでして獣気を得たい理由には、心当たりがあった。あの巨大な白狼の姿だ。

もしかしたら、あんな風に狼の姿になれるのは、ヴォルガだけなのではないだろうか。この国に来てから何度も逃げようとしたが、他の獣人達が狼になるところは見たことがない。

強大な獣気は、獣人の王の揺るがぬ権威。

長い争いで傷ついた国を治めていくために、より多くの獣気を求めているのだとしたら。

（きっとそうよ。でも、贄姫に獣気を増やす力があることは彼にとっても予想外だった。だから、喰らうのはやめて、この王宮で飼い殺しにするつもりなのね。──そうは行くもんですか）

ニーナは首にかけていた革紐を手繰り寄せ、天色の御守りを握り締めた。

胸に湧き上がるのは怒りではなく、信じていた気持ちを裏切られた深い悲しみだ。

しかし、傷ついている場合ではない。そうとわかれば、立ち止まっている時間はない。

「そっちがその気なら、逃げてやるわよ！　絶対にヴォルガから逃げきってやる……!!」

眦に滲む涙を拭い、深呼吸して顔を上げる。

壁一面に取られた大窓の向こう。宵闇の奥で、飢えた獣の牙のように光る峻険な雪嶺は、その果てへ逃れたいというニーナの願いを嘲っているかのようだ。

──だが、きっと、越える手はある。師匠に鍛えられたおかげで、冬山で数ヶ月野宿できる技術は備えている。準備を万端に整えて、絶好の機会を待つのだ。

確実に逃げ切るのなら、なにもかもが真っ白に塗り潰される、吹雪の夜がいい。

❋

そして、自室に引きこもること数日。

ついに、好機の夜がやって来た。

「酷い吹雪だな……」

就寝前に様子を見に来たヴォルガにも、ニーナはシーツに包まり無視を貫くだけだ。あの日以来、彼とはろくに会話をしていない。ヴォルガだけでなく、ファルーシに優しく窘められても、ハティシアに心配されても、今にも泣き出しそうな表情を崩さなかった。

徹底して無視を続ければ怒り出すかと思ったが、むしろヴォルガは最も諦めが早かった。こうなった原因は自分にあるにもかかわらず、壊れてしまった関係を修復しようともしない。それは、あの日に聞いた獣人達の話が真実であることの裏付けに思えた。

(ヴォルガの好きになんてさせないわ。絶対に逃げて、生き延びてやるんだから)

贄姫の運命なんて、知るものか。十五年間、師匠が愛情のすべてを尽くしてニーナを育ててくれたのは、血も情けもない白狼王の贄にするためではない。

ニーナを、幸せにするためだ。

「……眠っているのか?」

重い沈黙に、シーツの向こうでヴォルガが息を落とした。彼の気配が、遠ざかっていく。

「今夜は冷える。風邪をひかないようにしろ」

「――待って!」

呼びかけると、ヴォルガの足音が止まった。

「眠れるわけないじゃない……! この国に連れてこられてからずっと、満足に眠ったことなんて一度もないんだから!」

「……」

「ヴォルガのせいよ! 私が逃げたらファルーシを殺すだなんて言ったから。夜になるたびに、あのときの恐怖を思い出して、とても眠れないの……っ!」

本当は無視を続けたかったが、作戦を決行するには、この残酷な枷を外しておかなくてはならない。ヴォルガとファルーシは親友同士で、かけがえのない存在なのだと今ならわかる。だから、あれはただの脅しだったのだろう――だが、万が一ということもある。

爆発しそうな心臓を抱えながら反応を待つと、ふたたび深い吐息が落とされた。

「……なら、発言を撤回する。これでいいな」

短く言い捨て、ヴォルガは返答を待つことなく部屋を出ていった。床を鳴らす硬い靴音が完全に聞こえなくなった後、ひょこっとシーツから顔を出す。

「……上手くいったわ。よかったあ……っ！」

これで心置きなく逃げられる。ニーナはシーツを撥ね除け寝台から飛び降りて、衣装部屋の奥に隠しておいた荷物を引きずり出した。荷物袋や防寒具、狩りに必要な弓矢など、旅の道具は部屋にある調度品を利用して自作してある。気を失うほど高価な品ばかりだろうが、知ったことではない。こちらの苦しみを少しは思い知ればいいのだ。

身支度を整え、窓辺に立つ。外は夜闇が真っ白に塗り潰されるほどの猛吹雪だ。

激しい風雪に、巡回する兵も見当たらない。

万事、ぬかりはない。この日のために、周到に準備を重ねてきた。

「――さあ、ニーナ。覚悟を決めるのよ！」

窓を開け放つと、勢いよく吹きこんだ雪片が、旅立ちを祝う花吹雪のように舞い散った。

バルコニーの手摺を踏み台に、大きく跳躍する。落下先は、中庭に植えられた背の高い並木の一本だ。こんもりと積もった雪が身体を受け止め、着地音は吹雪にかき消された。

そのまま、道なりに植えられた並木の枝を飛び渡って中庭を抜け、北側の裏門を目指す。王宮内の地図は頭の中にでき上がっている。大雪や吹雪の際、門の凍結を防ぐために裏門が開放されることも知っていた。門兵はおらず、通ってくださいと言わんばかりだ。

さらに幸運なことに、ニーナにとって吹雪は追い風だった。早く逃げろ、と言うように、強い風雪に背中を押されるまま門をくぐり、その先に広がる湖へと駆け出していく。

厳冬期のこの季節、湖は底まで凍りついている。

「いける！　これなら絶対、逃げ切れるわ！」

湖上は冬季の交通路だ。あの巨大な獣、ヌークがソリを引いて北の大山嶺へ向かっていくのを、部屋の窓から何度も見た。辺りは膨大な積雪量だが、北へと続く交通路だけはしっかりと踏み固められ、雪の道が築かれている。

すべてが、嘘のように順調だった。

ヴォルガに利用され、無駄に終わったと思っていた一ヶ月が、ニーナの活路を開いたのだ。

（ようやくここまで来られた……！　あとは、北の大山嶺さえ越えることができたら、私は自由になれる）

北の大山嶺。その麓は広大な丘陵地だ。道は丘を越え、森の中と続いている。

しかし、ニーナがその森へ足を踏み入れたとき、聞いてはいけない音を聞いた。

荒く、獰猛な息遣い。

雪氷を踏み砕き、吹雪を引き裂いて、こちらに向かって猛然と近づいてくる獣の足音。

（――ヴォルガだ！）

ニーナは夜目が利く。振り向いた先の、吹雪の切れ間に確かに見た。巨大な白銀の狼と化したヴォルガが月色の双眸に凶暴な光を湛え、真っ直ぐにニーナを目指して駆けてくる。

「やっぱり……！　追って来たのね、ヴォルガッ!!」

ニーナは即座に背負っていた荷を下ろし、弓を構えて矢をつがえた。

どうして気づかれたのか――そんなことよりも、追って来たこと自体が問題だった。

（ヴォルガが私の逃亡を許さなかったのは、ハティちゃんの命を救うためだった！　でも、彼女は元気になったわ。だから今、彼が私を捕らえに来た理由は一つしかない……っ！）

私欲のために、ニーナの命を利用するためだ。

それならもう、容赦はしない。

呼吸を深く、弓柄を握り、つがえた矢を限界まで引き絞る。この猛吹雪では矢は飛ばない。矢羽根を離さず、ギリギリまで引きつけてやる。

だが、猛進して来たヴォルガは、弓を構えたニーナの意図を読み取るや、直前で雪を蹴って跳躍した。飛びかかりざま、丸太のような前足で押し倒してくる。雪の上に押さえこまれ、ガバリと開かれた獣の口腔が視界を埋めた。

ゴオオ、と雷鳴のような咆哮が全身に浴びせられても、ニーナは弓矢を離さなかった。

自分を喰らうために開かれた、牙の連なる真紅の口腔。その奥に、渾身の一射を穿つのだ。

（――今だ！）

この国から逃げたいのなら。

生き延びて、幸せになりたいのなら。

――仕留めるのだ、ヴォルガを。

（躊躇わないのよ。命を奪うときは……！）

指が白くなるほど弓柄を握り、指先が矢羽根を離れる瞬間――ニーナの脳裏に浮かんだのは、可愛らしく微笑むハティシアと、穏やかに佇むファルーシの姿だった。

心が、駄目だと叫んだ。ここでヴォルガを殺したら、彼等はどれほど悲しむだろう。どれほど、ニーナを憎むだろうか。

「……っ！」

自分は彼等が羨ましかったのだと、このとき、初めて気がついた。

大切に思える家族を持っているヴォルガが。

そこにいるだけで、無条件に愛されるハティシアが。

かけがえのない親友を持っているファルーシが。

だから、それらを失いそうな彼等を前にしたとき、救いの手を差し伸べることで、自分も同じものを得られるかもしれないと、叶いもしない願いを抱いてしまった。

それは、自分が贄姫であると知ったときから、ずっと心の一番深い場所に押し込めて、気づかないふりをしてきた強い欲望だった。

——誰かに、生きて欲しいと望まれたかった。

「……っ、もう、いいわよ……！」

震える手の中から、弓が滑り落ちる。熱い涙が視界を埋めていく。目の前のヴォルガの口腔が瞬く間に滲んで、血溜まりのようだ。

それに向かって、声の限りに叫んだ。

「私を殺して血肉を食べたいのなら、そうすればいいじゃない……っ!!　どうせ、私には、なにかの犠牲に殺してしまえるような、そんな価値しかないんだから……っ!!」

両の手のひらで顔を覆い、目を閉じて、刃物のような牙が身体を貫く瞬間を待つ。

——しかし、いつまで経ってもその瞬間が訪れる気配はない。恐るおそる、顔を覆っていた両手を外すと、ヒヤリと濡れた冷たいものが頬に押し当てられた。

「ひ……っ!?」

ヴォルガの鼻先だ、と気づくと同時に、ペロリ、と大きな舌が眦を舐めていく。

味見のつもりだろうか……？　一瞬、そんな冗談のような考えが過ぎったが、ヴォルガはそれ以上なにもする様子はなく、澄んだ月色の瞳でニーナを見つめるだけだ。

ゆらゆら、とその背後で絹糸のような尾が揺れていた。

「……食べ、ないの？」

おずおずと尋ねると、白狼の口腔が開いて、牙の間から長い息が吐き出された。まるで、ため息のように。続く声音も、心なしか呆れている気がする。

『――喰うわけがないだろう。そもそも、獣人は人間など喰わない。ニーナには、俺が好んで人間を喰らう怪物にでも見えるのか？』

「そ、それなら、どうしてわざわざ追いかけて来たのよ……！　ハティちゃんはもう充分元気になったわ。私を食べるつもりがないのなら、放っておけばよかったのに。追いかけてきたのは、食べるためか、贄姫の力を持つ私を、万能薬として利用するためなんじゃないの？」

『違う。このまま行かせれば、お前が死んでしまうと思ったからだ』

きっぱりと否定し、ヴォルガは黒い鼻先を、北方に連なる山嶺に向けた。吹雪はいつの間にか静まり、峻険な白峰を藍色の夜天が縁取っている。

『養い親が望むように、北の大山嶺を越えるつもりだろうが、あの山嶺には〝氷晶の牙〟と呼ばれる難所がある。近づく者の命を残らず嚙み砕く獣神の牙だ。そのため、冬場に山越えができる者は誰もおらず、あらゆる国との国交が途絶えている』

それに、と少し躊躇った後にヴォルガは言った。

『たとえ山嶺を越えたとしても、その向こうは獣人達の領域だ。人間のお前が生きていくのは難しいだろう』

「そんな……!?　嘘よ！　そんなことを言って、私をこの国に繫ぎ止めようとしても騙されないわ！」

『疑うのなら、諸外国の資料を見せてやる。人間がいるのはウルズガンドを境にした西側で、人間の領域と獣人の領域は広大な山岳地帯に遮断されて——ニーナ、泣くな。少し落ち着け』

「……っ、む、りよ……！　だって、それなら私、初めから、どこにも……っ！」

初めから、逃げ場などなかった。

冷酷に突きつけられた現実に、目の前が真っ暗になる心地がした。

ヴォルガに嘘をついている様子はなく、だからこそ余計に辛かった。

アルカンディアは数百年もの間、ウルズガンドと争ってきた。きっと、この常冬の国の向こうに広がる大地は、人間が足を踏み入れたことのない未踏の地なのだろう。

だから、世界を旅した師匠でさえ、その実態を知らなかった。

『ニーナ』

ペロリ、とまた、ヴォルガの舌が眦を舐める。味見ではなく、どうやら、涙を拭ってくれているらしい。

『……なにかの犠牲に殺してしまえるような価値しかないなんて、そんな風に、自分を追い詰めるな。どうにかして助けたいと思っているからこそ、こうして追って来たんだ。どうか、落ち着いて話を聞いてくれ』

「本当、に……？」

耳元で響く声の優しさに、絶望に凍りつきそうだった心が、ほんの少しだけ前を向こうとする。ニーナの涙がおさまるのを待って、ヴォルガはふたたび話し始めた。

『理由あって、準備が整うまで黙っているつもりだったんだが……ニーナには、故郷のアルカンディアに帰還する気はないか？』

「え……っ？」

『旅をしたいという夢を持っているのは知っている。安全上、護衛をつける形にはなるだろうが、俺の庇護が届く範囲であれば、北の大山嶺の向こうを旅して回ることは可能だろう。だが、知らない土地を転々とするよりも、ニーナを愛し育ててくれた育て親や、肉親のいる故郷に帰った方が、幸せに生きられるのではないか――と、考えていたのだが、どうだ？』

くりっ、と大きな白狼の貌が傾いた。

「アルカンディアに、帰る……？」

尋ねられた内容があまりに予想外だったもので、すぐに意味を摑み切れなかった。

――帰れるものなら、帰りたい。

森に帰って、このウルズガンドでの出来事を師匠に話して、そうしてまた、心の向くままに、好きな場所に旅立てたらどんなに良いだろう。

だが、そもそも帰れるものなのか。そんな選択肢は、贄姫として貢がれた自分には残されていないものだと思い込んでいた。

「それができたら一番いいけど……でも、約束を守るつもりがないくせに、どうしてそんなことを聞くの？　こちらの事情があるからって、う、裏切るつもりのくせに……！」

『〝人喰い王〟の言うことは信用できないか？』

ニヤリ、と白狼の口腔の端がつり上がった。本宮を抜け出したことは知っているぞと言わんばかりの意地の悪い笑みに、ニーナは狼狽える。

ヴォルガはふんと鼻で笑った。

『王太子時代に戦場でつけられた、くだらない渾名だ。牙を振るいはしたが、大抵の敵は俺を見ただけで逃げたから、喰い殺してはいないぞ。――裏切るような言い方をしたのは、ハティシアの寝室の外に間者が潜んでいたからだ。おそらく、俺に抗議していた臣下達の手の者だろう。奴等は三賢狼と呼ばれる重臣達の一派や、俺の兄、スコルドに王位を望む支持派達だが、いずれも俺に追従しない敵対勢力だ。贄姫の力のことはもとより、ニーナとの約束も無論極秘事項にしている。あの場で話して、間者に知られるわけにはいかなかった。……だが、不安にさせたことは、すまなかったと思っている』

「……っ！」

しゅん、とヴォルガの尻尾が下を向く。謝らなくてはならないのはこちらだと思った。

勝手に勘違いして、怒って、疑って。

ヴォルガはニーナのために最良の方法を考えてくれていたのだ。それなのに、自分が助かることばかり考えてしまっていた。ヴォルガがニーナにどんなに心を配り、力を尽くしているかなんて、考えたこともなかった。

身勝手で、幼稚で、なんて自分本位だったことだろう。恥ずかしさのあまり顔を上げられないでいると、泣いていると勘違いしたのか、ヴォルガが心配げにクゥンと鼻を鳴らして覗き込んできた。

『本当にすまなかった……！　ニーナは考えが素直に顔に出るから、裏切られたと勘違いして落ち込ませておいた方が、こちらの算段が暴かれずにすむと思ったのだが、悪手だった。ハティシアを死の恐怖から救ってくれたニーナに、同じ苦しみを与えてしまった。本当は、一刻も早く話して、安心させてやるべきだったのに』

「……っ、ううん！　私こそ、ごめんなさい。酷い噂を簡単に信じて、ヴォルガのことを疑ってしまったわ。酷いこともたくさん言ったし、無視もしたし、こんな吹雪の夜に追いかけさせて――あ、あと、ハティちゃんにも、ちょっとだけ嫉妬してたの……っ！」

『嫉妬？』

何故、と言うように、ヴォルガは首を傾げた。

「そ、それは、その……ヴォルガは、私と二人でいるときは顔が怖くて、目が冷たくて、態度も素っ気なくて、口数も少ないのに、ハティちゃんの前でだけすごく優しいから……」

『そうか……？　宮中で気を張り詰めている分、離宮でニーナとハティシアが楽しそうに過ごしているのを見ると、つい、気持ちが和んでしまっていたのだが。悪かった。差をつけているつもりはなかった』

「なんだ、そうだったの……」

また勘違いしてしまうところだったと苦笑するニーナに、白狼の貌が擦り寄ってきた。

なんとなく、撫でてくれと言われているような気がしたので、両手を伸ばして、初めてその毛並みに触れてみる。狼が毛繕いをし合うのは、互いの絆を深めるためだ。

白銀の毛並みは絹糸のようになめらかで、指の先でとろけるように柔らかかった。

——この胸を埋めていく、どうしようもなく温かくて、大きな感情はなんなのだろう。

この気持ちをヴォルガに伝えるには、どうすればいいのだろう。

今の自分にはわからなかった。だからせめて、精一杯の感謝の言葉を贈ろうと思った。

「ヴォルガ。私の命を助けるために、力を尽くしてくれてありがとう。でも、もう、守られてばかりは嫌なの。私にできることはなんでも言って。必ず力になるから！」

『それは、心強いな。——なら、その言葉に甘えるが、ニーナをアルカンディアに帰還させることをきっかけに、俺の夢を叶えたいと思っている。大それた願いだが、贄姫として生まれたニーナと力を合わせれば、きっと叶えられるはずだ。力を貸してくれるか？』

ヴォルガはニーナの耳元で、囁くように自らの夢を明かしてくれた。この国の王であるヴォルガの夢に似つかわしく、とても壮大で、途方もないようなはるかな望みだ。

——だが、確かに、《贄姫》であるニーナと、《白狼王》であるヴォルガが力を合わせれば、叶えることができると思った。

「わかった！　協力するわ。私の命も、この力も、ヴォルガを信じて全部預ける。それでこの先どうなっても、絶対に後悔しない！」

『後悔などさせるものか。ウルズガンド国王、ヴォルガ・フェンルズ・ウルズガンドの名において、王女ハティシアの命を救ってくれた大恩に報いることを誓う。――ニーナ、お前を必ず自由にしてみせる』

澄んだ月色の双眸を伏せ、ヴォルガはニーナの鼻先に、自身の鼻先をそっと擦り合わせた。

それは、相手への深い信頼と愛情を示す、狼の契りだった。

四章　王家の狩り

「ニーナ。確かに、ご無礼のないようにとは言ったが……そこまで緊張しなくてもいいぞ？」

「む、無理言わないでよ……！　お、おお茶会なんて、生まれて初めてなんだから……っ！」

雪華と薔薇の総刺繍が煌めく、雪白のドレス。真新しい裾を皺になるほど握りしめて、ニーナは蒼ざめた顔でティーテーブルに突っ伏した。

吹雪の夜の逃走劇から数日経った今日。

東の離宮に隣接する室内庭園にて。曇りひとつなく磨き抜かれた硝子のティーテーブルを、ヴォルガとハティシアとともに囲んでいる。

テーブルを彩る花々。甘い香りを漂わせる、見たこともない砂糖菓子。

菫花の花綱の彫刻に縁取られた硝子茶器は、王族のみが所有を許される特別な逸品であるという。

厳冬期の真っ只中にもかかわらず、室内庭園は春のように暖かく、咲き誇る花の芳香で満ちていた。

すべてがつつがなく整えられたこの場所で、招待客の席だけが空席のままだ。だが、つい先ほど、獣車が王宮に到着したとの知らせを受けて、ファルーシが出迎えに向かった。

招待客の名は、スコルド・ガルムズ・ウルズガンド。

数日前、あの吹雪の逃走劇の発端となった朝食の席で、ヴォルガとハティシアが話していた〝スコルドお兄様〟――その齢はヴォルガよりも三つ上の二十五歳。

ウルズガンド王家の長兄にあたる人物である。

ニーナをアルカンディアへ帰還させるには、どうにかして王の反対派を退けなくてはならない。

重臣三賢狼、王兄スコルドの支持派。

この二派に分かれている反対派のうち、ヴォルガはスコルドを味方につけることで、彼の支持派の動きを抑え込むつもりなのだ。

そのためにはまず、スコルドと接触し、彼の協力を得なければならない。

そこで、ニーナとの謁見を目的としたお茶会が開かれたというわけなのだが。

「やっぱり無理よ……！　緊張しすぎて、さっきから手の震えが止まらないんだもの……っ！」

「今さら怖気付くな。まったく、白狼の姿の俺を恐れもしないくせに、たかが茶会ごときで狼狽えてどうする？」

呆れ顔で嘆息するヴォルガだが、その手は優しく背中をさすってくれている――そして、彼の隣ではニーナと揃いのドレスを着たハティシアが、頬を赤らめ、キラキラと目を輝かせてニーナとヴォルガを見つめていた。

あの吹雪の夜に、お互いの腹の内を曝け出して以来、ヴォルガとの会話が以前よりも素直に楽しめるようになった。そのせいか、どうもハティシアは、それを妙な方面に勘違いしているようなのだ。

それが証拠に、最近、やたらと恋愛物の宮廷ロマンス小説を勧めてくるようになったし、宮中で身につけるニーナのドレスについても、裁縫が趣味の彼女が自ら手掛けたものを着て欲しいと頼まれるようになった。今日のドレスもハティシアがデザインしたものだが、ニーナに新しいドレスを着せるたびにヴォルガに感想を求め、意地でも彼の口から「可愛い」と言わせようとするのだ。

なにをどう勘違いしているのかは一目瞭然だが、無邪気に恋に憧れるハティシアは非常に可愛らしく、ニーナもヴォルガも強く否定できないでいる。

生きることを諦め、絶望の底にいたハティシアが、恋愛事に胸をときめかせるほどに元気になったのは、むしろ喜ばしいことだ。

それに実際、ヴォルガとの間にあった、見えない隔たりのようなものが取り除かれたのも確かだった。今もそうだが、背中をさするヴォルガの手のひらからは、ニーナへの気遣いが伝わってくる。

(……たぶん、こういうところなのよね。不器用だけど、きっと、これまでもずっとヴォルガは優しかったのよ)

「――ありがとう、ヴォルガ。おかげで気持ちが落ち着いてきたわ。スコルド殿下がヴォルガよりも人間嫌いだって聞いてたから、余計に緊張しちゃって……」

「確かにそうだが、きっかけになった事件はもう十年以上前のことだと言っただろう？心身の傷はもう癒えておられるし、事前に手紙で概要も伝えてある。その上でこの茶会への招待を受けてくださったのだから、きっとご協力いただけるはずだ」

「わたくしの女官達も申しておりました。スコルド兄様は社交界の華と謳われた方。とても優美で、誰にでも分け隔てなく接される、心優しい王子様だと。今でも、御令嬢方には根強い人気があるそうですよ」

「ハティシアの言う通りだ。兄上ほど温厚な方はいないぞ。幼い頃から俺の面倒をよく見て下さっていたし、ご自身の存在が争いを招かぬようにと自ら諸侯の任にも就かれたのだ。聡明で、思慮深く、誰よりも尊敬すべき方だ。――兄上が味方になってくだされば、これほど心強いことはない」

どうやらヴォルガは、兄であるスコルドに絶対の信頼を置いているようだ。三賢狼や反対派を含め、臣下達に対して強い警戒心と懐疑心を抱く彼がこれだけ言うのだから、よほど信用できる人物なのだろう。

ただ、事前に知らされた、スコルドの脚が不自由になった原因というのが問題だった。

（反対派の臣下達が、ヴォルガが小さい頃に噛みついたって噂してたから、てっきりそれが原因なのかと思ってたけど。アルカンディアとの戦いで、人間に負わされた怪我のせいだったのよね。『酷いときには、人間の話を聞いただけで気を失うほどだ』なんて聞いた

ら、会いにくくもなるわよ……うう、考え出したら、また緊張してきた）

かつては、明るく、優しく、誰もが理想とする優秀な王太子だったというスコルドは、その一件が原因で王位継承権を剥奪され、心を病んでしまった。それでも彼に深い同情を抱く者、陶酔する者は根強く存在し、彼が王宮を去ってもなお、自身を支持する派閥を残すほどだ。

しかし、本人に政治的野心はなく、今ではすっかり社交界からも遠のき、父王や王妃を弔うために王墓に赴く他は、領地である炎の庭に引きこもっているそうだ。

ヴォルガの人間嫌いも、大きな理由はこのスコルドの影響だった。

「大丈夫です！　わたくしがお送りした手紙のお返事でも、ニーナお姉様には殊更深い感謝の意を示しておられました。お兄様の仰る通り、きっと、お力になってくださいますわ！」

「そうなって欲しいわ。——でも、自覚はないけど私は敵国の王女だから、憎まれていてもおかしくないと思うのよね。だから、協力してくれるとわかるまで、会わない方がいいんじゃないかってヴォルガに言ったの。そしたら、なんて答えたと思う？『大丈夫だ、ニーナ。お前は黙って座っていれば充分可愛らしいし、華奢で小柄で、庇護欲をそそられる大人しそうな少女にしか見えない。だから、お前は兄上に会って挨拶するだけでいい。後は黙って椅子に座っていろ。いいな、くれぐれも、黙って椅子に座っていろ』ですって！　やっぱり、そんなの無理よ！　絶対にすぐボロが出るんだから……っ!!」

声を大にしたニーナだが、直後にくすくす、と背後から響いた笑い声に飛び上がった。驚いて見ると、スコルドを出迎えに行ったはずのファルーシが、室内庭園の入り口で頭の痛そうな顔をしている。

そして、その隣で楽しげに笑みをこぼす黒衣の青年――長く、真っ直ぐな銀糸の髪を下ろした、女性と見紛うほど美しい獣人の青年の姿に、全身から血の気が引く思いがした。

（ま、まさか、あの人が……!?）

入り口との距離は充分にあるが、獣人は耳がいい。さっきの言葉が聞こえてしまっていたことは、ファルーシの顔を見れば一目瞭然だった。

ヴォルガの顔は、怖すぎて見られない。

コツ、コツ、と杖をつきながら、青年はゆっくりと近づいてくる。首元に黒貂の毛皮をあしらった、床につくほど長い天鵞絨の外套も、その下に着た衣装も影のような漆黒だ。黒絹の手袋を嵌めた手にも宝飾品の類は一切なく、華美な装飾を極力省いた、洗練された印象の装いだった。

艶やかな銀毛に覆われた尾や獣耳も、ヴォルガと比べると長くてスラリとしている。

彼は椅子に座ったまま硬直したニーナの前に進み出ると、優雅に膝を折った。

「お初にお目にかかる。私はスコルド・ガルムズ・ウルズガンド。アルカンディアの贄姫様。此度は、我が愛妹ハティシアの命を救っていただいたこと、切に感謝する」

穏やかにニーナを見つめる瞳は、冬の凍天にかかる銀の月だ。

優しげな目元。長い睫毛まで銀色で霧氷のようだと見つめていると、その双眸が三日月のごとく細められた。

あまりの美しさに、意図せず鼓動が速まる。

（よ、予想外だわ……っ！　ヴォルガのお兄さんだって言うから、彼に輪をかけて無口で無愛想で厳しくて、いかにも戦場の似合う筋骨隆々の獣人を想像してたのに、こんなにも綺麗で儚げな美青年だなんて聞いてないわよ！　本当に兄弟なの⁉　さては、ロマンス小説によくある腹違いの——あっ、でも、ヴォルガには似ていないけど、ハティちゃんにはそっくりだわ。あと何年かしたら、彼女もこんな美人に）

ゴホンッ！　とヴォルガに咳払いされ、ハッと我に返った。

そうだ、挨拶だ。今日のためにハティシアに教わったカーテシーを披露しなければ。

「は、初めまして——じゃ、なくてっ！　ここ、こちらこそ、おはつにおめにかかります！　贄姫のニーナですっ！」

ギクシャクしながらも席を立ち、ドレスの裾を持ち上げ、片足を引いてお辞儀をする。

上手くできただろうか、と窺うように顔を上げると、それまで穏やかに微笑んでいたスコルドが「ぷはっ」と破顔した。

「あははっ！　——やはり駄目だ。僕もこの姫君と同じで、堅苦しいのは苦手だよ。ヴォルガ、もう楽にして構わないね？」

「……申し訳ございません、兄上。ニーナも、ご苦労だった。普段通りに話して構わないぞ」

「ご、ごめんなさいっ、ヴォルガ！　聞かれちゃうとは思ってなくて――お、怒ってる？」

「いいや。確かにニーナの言う通り、作戦に無理があったと大いに反省しているところだ」

　しかめ面で返すヴォルガの白銀の尾が、大きく右に揺れてほっとする。

　これは合図だ。前に、彼が間者の目を欺いたときのように、ヴォルガの態度を誤解しないためにと二人で決めた。演技で冷厳な態度を取るときや、本心で怒っていないときは、右に向かって一度だけ、白銀の尾が大きく揺れるのだ。

　よかった、と安堵の笑みを浮かべるニーナに、スコルドは、ほぅ、と銀の目を丸くした。

「それにしても、アルカンディアの贄姫がこんなにも愛らしい少女だとは。お前やハティシアが、なんとしてでも彼女の命を助けたいと思うのも、当然だね？」

「へ……っ!?」

「兄上……では、アルカンディアへの贄姫帰還の企てに、ご協力いただけると？」

「勿論だよ。僕の出不精は知っているだろう？　断るつもりなら、わざわざこの場に出向いてはいない」

　あっさりと了承したスコルドに、拍子抜けしながらも感心する。ヴォルガの言っていた通りだった。流石、血の繋がった兄弟だ。互いの気持ちが、手に取るようにわかるとは。

　それに、人間嫌いと聞いていたが、スコルドがニーナに向ける眼差しは、嫌悪どころか温かな慈愛に満ちている。これなら出会った頃のヴォルガの方が、よっぽど酷い嫌いようだった。

ともあれ、無事にスコルドが味方になってくれて良かったと胸を撫で下ろす。

顔合わせが済んだところで、庭園内に芳しい香草茶の香りが漂い始めた。硝子のポットを手にしたファルーシが、にこやかに笑いかける。

「――さあ、皆様がお揃いになったところで、お茶にいたしましょう。今日のこの日のために、とっておきの茶葉を御用意いたしました」

かくして、ファルーシ特製の香草茶と、花々の砂糖漬けで作られたお茶菓子を楽しみながら、ニーナをアルカンディアに帰還させるための作戦会議が始まった。

とはいえ、傍目から見れば、久しぶりに顔を合わせた兄弟が、妹の全快を祝っているようにしか見えない。

実際、今日のお茶会の名目はそうなっているし、これもヴォルガの作戦の一つだ。

ニーナを帰還させる方法も、こうして偽装するのかと尋ねると、彼は首を振った。

「――えっ⁉ 荷物かなにかに私を隠して、こっそり逃がしてくれるんじゃないの？」

「違う。密かに逃がすのは危険過ぎる。それに、無事に逃がせたとしても、アルカンディアに贄姫が戻ったことがウルズガンド国内に広まると、新たな争いの火種になりかねない。――心配するな。真正面から大手を振って帰還する方法がある」

ニヤリ、と不敵な笑みを浮かべてヴォルガは続けた。

「近々、北の大山嶺の麓に広がる王家の森で、〝王家の狩り〟が行われる。ウルズガンドの伝統的な冬の狩猟祭で、王侯貴族のみが参加を許される盛大な祭典だ。今回は、その場を借りて、ハティシアの全快を祝うために祝宴を開くつもりだ。そして、狩りの優勝者を表彰する際に、これまで治療に携わってきた医療従事者達の功労を讃え、彼等に褒美を取らせる。──中でも、ニーナは一番の功労者だ。お前はその場で、アルカンディアへの帰還を願い出ればいい」

「えっ⁉　そ、それだけ⁉　それで簡単に叶えてもらえるの……？」

「ああ。他の者には一生困らないほどの財産や、地位を与えることになるだろうからな。生きて母国に帰りたいというニーナの願いは、むしろ謙虚にさえ映るだろう。伝承上の贄姫とはいえ、実際には、その血に万能薬のような効果はなく、ハティシアが口にしても拒絶反応を引き起こしただけだった。ハティシアが回復したのは、ニーナがもたらした薬草料理の力だ。よって、これ以上、ただの人間の少女であるニーナを、ウルズガンドに引き留めておく必要はない。──というのが、王である俺の見解だ。流石の三賢狼も文句は言えまい」

理路整然としたその言葉を、ニーナはただただ感心して聞いていた。

例の獣気を回復させる贄姫の力のことを知るのは、ヴォルガとファルーシ、贄姫本人であるニーナだけだ。回復させたハティシアも気づいていないし、知らされてはいない。

今回、協力を求めるスコルドにも打ち明けるつもりはないとヴォルガは言っていた。

力のことさえ知られていなければ、確かに、ニーナには人間の少女以上の価値はない。贄姫の力を公にしないというヴォルガの判断は、ニーナの安全を守るためだけでなく、この国から逃がす道を作るためでもあったのだ。

(どうしよう……凄すぎて、泣きそう……!)

一体、ヴォルガはどこまで深くニーナのことを考えてくれているのだろう。込み上げる気持ちに、膝に広げたナプキンに手を伸ばそうとすると、目の前にハンカチが差し伸べられた。言わずもがな、ヴォルガである。そこまで読まれてしまうと、なんだかくやしい。

「な、泣いてないから！　目にゴミが入っただけだから！」

「わかった、わかった。──さて、お前を逃がす算段は理解したな。問題は、帰還させたその後だ。あの夜に話した俺の夢を、いかにして叶えるかだが」

ヴォルガはすっと背筋を伸ばし、対面に座すスコルドを見つめた。

「──兄上。手紙ではお知らせできなかったことですが……俺は、アルカンディアにニーナの帰還を伝える際、彼の国に和平条約の締結を申し入れようと考えております」

スコルドはこちらの話に獣耳を傾けつつ、久方ぶりの再会を果たした最愛の妹ハティシアを膝に乗せ、「ほら、ハティシア。こちらの菓子も、とても美味しいよ。あーん」と、溺愛の限りを尽くしていたが、ヴォルガの言葉の真剣さに、ピタリとその手を止めた。

「和平条約……なるほど、幼い頃によく語っていたね。まだ覚えていたのか」

「勿論です。この国は、長く続いた争いで疲弊しきっている。獣気量は血統の影響を強く受けるもの。獣気に優れた多くの獣人達を戦場で失い続けたために、次世代の獣人達の獣気量は減少していく一方です。弱体化する仲間を守るためにも、これ以上、争いを続けるべきではありません。なにより、ハティシアの命を助けてくれたニーナには、母国のアルカンディアで幸せに生きて欲しい。そのためにも、両国の間に真実の平和をもたらしたいのです。向こう千年続く、常の平和を」

ヴォルガの真摯な言葉に、あの吹雪の夜に交わした誓いが思い出された。

千年続く、常の平和——壮大で、途方もないヴォルガの夢。

だが、その夢はニーナにとっても叶えたい望みでもある。師匠やハティシア、ファルーシ、そして、ヴォルガの命を守ることにも繋がるからだ。

だからこそ、ニーナはあの夜、彼の策に協力すると誓った。

スコルドは思案げな面持ちで沈黙したあと、手元の茶器をゆっくりと口に運んだ。

「——良いのではないかな。ウルズガンドとアルカンディア神聖王国は冷戦状態にある。贄姫の譲渡を条件に結ばれた停戦条約を守っているものの、いつ新たな戦火が燃え上がるか、わからない現状だ。両国の関係をより良好にするためには、和平条約の締結が不可欠だからね。——しかし、手はあるのかい？　僕が動けば、少しは支持派達の動きを抑えられるだろうが、三賢狼は相変わらず、お前に対して手厳しいのだろう？」

「獣気の減少に危機感を覚える者達は増えております。先の停戦条約の賛同者達も、味方に取り込めるかと。後は——」

（三賢狼……ヴォルガが言っていた、もう一つの反対派達ね。ウルズガンドに存在する、毛色の異なる三つの獣人一族の族長達。確か、他国では宰相に当たるような、王の助言機関だってヴォルガは言ってたけど……）

ヴォルガとスコルドが難しそうな話をしているので、焼き菓子を頬張りつつ、大人しく座っていることにする。ハティシアに勧められた宮廷物のロマンス小説のおかげで、政治的な難しい話もなんとか理解できる。要は設定だ。物語の設定だと思えばいいのだ。

「それにしても……助けるどころか邪魔してたんじゃ、助言機関の意味がないじゃないの。どうして仲が悪いのかしら。ヴォルガは目つきが悪いから、喧嘩でもしたんだったりして」

「――まあ、あながち外れてはいないな」

「……っ!?」

返答があるとは思わず、食べていた菓子が喉に詰まりそうになる。

心の声が、ついうっかり口に出ていた。

「ごっ、ごめんなさい！　話の邪魔をするつもりはなかったの」

「構わない。ニーナも当事者なのだから、知りたいことがあるなら極力答えるぞ。それに、和平を結びたいという話はしたが、具体的な方法については、まだ話していなかったしな」

パタリ、と右に尾が揺れたので、お言葉に甘えて疑問に答えてもらうことにする。

ことの始まりは三年前だ、とヴォルガは硝子の茶器を傾けつつ、話し始めた。

「それまで名君と慕われていた父上が崩御なされ、原因不明の突然の死に、国政が大荒れしたんだ。その結果、情勢は混乱を極め、それに乗じて政敵を陥れようという動きまでが活発化した。当時の三賢狼は、父王に生涯の忠誠を捧げる忠臣だった。彼等は王位を継いだ俺に死の真相の追及を求めたが、俺は冤罪の工作を危ぶみ、それを退けた……。以来、三賢狼は王の敵対勢力と化し、追従を拒まれている」

「そんなことが……な、なんていうか、どっちも間違っていないから、余計に根深い問題なのね……。三賢狼が和平条約に反対してきたら、どうやって説得するつもり？」

「説得に応じるような相手なら、苦労はしていない。狼人種であるウルズガンドの獣人達は、なによりも群の意思を重視する。そのため、国政でも重要な決定は会議に委ねる。だから、三賢狼達より多くの賛同者を集めて、議決してしまう方が確実だ。そのためにも、ニーナの助力が必要なんだ。贄姫——いや、アルカンディアの〝聖女〟であるニーナの助力がな」

「聖女……？」

なんのこと、と首を傾げるニーナの胸元をヴォルガが指さした。どうやら、ドレス——の下にかけている、旅の御守りのことを言いたいらしい。そういえば、師匠の手紙にそんなことが書いてあったような気がする。

「あ、そっか。確か、アルカンディアでは、贄姫は獣人との争いを収める救国の聖女だと信じられてるって……」

「救国の聖女は、国教の崇拝対象でもある。つまり、ニーナはアルカンディアで信仰されている神様なんだ」

「はあっ⁉ し、信仰されてるってどういうこと⁉」

「言葉の通りだが……アルカンディアでは、千年前、白狼王へ贄として貢がれ、命を捧げた聖女は守護神となり国を守り続けていると信じられているんだ。獣人が山嶺を越えて攻め入って来られないのは、聖女の守護があるおかげだとな。だから、ニーナがアルカンディアに帰還し、平和の維持のためにウルズガンドとの和平条約の締結に賛同したなら、国教の信徒達をはじめ、多くの支持者を得ることができるだろう。条約の締結を求める声を、アルカンディア側からも起こすことができれば、ウルズガンド側も無下にはできない」

ヴォルガの言葉に、ハティシアがぱあっと目を輝かせた。

「素敵ですわ！ ニーナお姉様は、救国の聖女の再来なのですね！」

「こらこら、ハティシア。勿論、事実とは異なるのだよ？ 聖女の守護など、ありはしないのだからね」

スコルドが菫花の砂糖漬けを茶器の中に落としながら、やんわりとハティシアを窘める。

「我々が他国への侵略を行わないのは、この地を守るために存在しているからだ。神の聖域を離れ、私欲のために他の土地を侵すことは獣神の怒りに触れてしまう」

「存じておりますわ。アルカンディアとの紛争は、国境沿いの硝子鉱山を巡る民同士の争いが火種になっておりましたが、贄姫の譲渡を条件に停戦条約が締結され、その後、ヴォルガお兄様が国境壁を築かれたお陰で、そうした争いも収まったのですよね？」

ニーナお姉様のことはちゃんとお勉強しているのです、と可愛らしく胸を張るハティシアに、スコルドの目尻はますます下がる一方だ。今まで手紙でのやりとりしかなかったとは思えないほど、兄妹はすっかり打ち解けている。

ハティシアの頭を撫でていたスコルドが、不意に真剣な目をヴォルガに向けた。

「──流石だね、ヴォルガ。贄姫の譲渡がもたらした仮初の平和。何百年と続いた争いの世しか知らなかった我々にとって、このつかの間の穏やかな日々が、どれほど幸せだったことか。僕を含め、この平和がいつまでも続いて欲しいと望む者は多い。お前が考える通り、動きを起こすにはまたとない好機だろう。及ばずながら、お前の夢に協力させてもらうよ」

「……ありがとうございます。兄上」

（……あれ？）

お前の夢、とスコルドが言ったとき、わずかにヴォルガの表情が陰ったような気がした。

違和感は一瞬のことだったが、注意して見ると、ヴォルガのスコルドに対する態度はハティシアに比べて、緊張しているように思える。

一言一句、言葉の裏まで探るほど神経質な獣耳の動きは、まるで狩りでもしているみたいだ。ヴォルガと出会ったばかりのニーナも、彼に対してこんな態度を取っていたが、しかし、ヴォルガはスコルドを敬愛しているし、スコルドも協力的だ。仲の良い兄弟であることに、間違いはなさそうなのに……。

（人間の私に対して、拒絶反応を起こさないように心配しているとか……？　でも、心身の傷は癒えてるって言ってたのはヴォルガよね？）

　内心で首を捻るニーナの視線に、ヴォルガは作戦に不安を感じていると思ったのか、心配するなと微笑んだ。

「ともあれ、まずは、ニーナを無事にアルカンディアに帰還させることが第一だ。そのためにも、五日後に開催される王家の狩りに参加してもらう。手筈は先ほど話した通りだ。表彰式は狩りが終わった後だから、お前はそれまで――」

「わかってるわよ。大人しく、黙って椅子に座っていればいいのよね？」

「いや。王である俺は必ず参加しなくてはならない儀式だ。獣人だらけの大天幕に、お前を残していくわけにはいかない。俺と組んで、狩りに参加できるよう手配しておこう」

「狩りに連れて行ってくれるの？　やったあ！」

「ヴォルガ。ついでに、僕のことは不参加にしておいてくれないか？　冬は脚の古傷が痛むのでね。狩りに参加しなくても、支持派達を説得できれば問題ないだろう？」

「い、いけません、兄上！　王家の狩りに王族が参加しないなど、あってはなりません。脚に関しては乗馬と通常の歩行は問題なしと医師の報告も受けております。なにより、不参加の時点で俺との不仲を疑われてしまいます！」

「あはは！　――やはり駄目か。やれやれ、わざわざ勝負などしなくても、誰が優勝するかはわかりきっているのにね？」

「兄上……」

しゅん、と白銀の獣耳を寂しそうに下げるヴォルガを、冗談だよとスコルドが明るく慰める。そこにはもう、先ほど感じたような違和感はなかった。

（よかった。やっぱり、二人は仲の良い兄弟みたいね。私は一人っ子みたいなものだからわからないけど、きっと、こういうものなのよ）

やはり、少し勘ぐり過ぎてしまっていたようだ。

気を取り直して、香草茶の残りを一気に飲み干した。

「――よし！　お茶会作戦は上手くいったし、この調子で王家の狩りも絶対に成功させてみせる！」

「その意気ですわ！　では、私はニーナお姉様のために狩装束を手掛けますね！」

「狩装束を？　ありがとう！　それを着て、たくさん獲物を仕留めるわね！」

楽しみです、とハティシアは満面の笑みになる。

病に倒れていた彼女にとって、王家の狩りは生まれて初めてのお祭りだ。その楽しそうな様子に、こちらまで幸せな気持ちになる。

同時に、この場に集ってくれた皆に深く感謝した。ここにいる皆が、生まれた国も、種族すら異なるのに、ニーナを助けるために力を合わせてくれている。

ニーナに生きて欲しいと、望んでくれているのだ。

そのことがとても嬉しかった。

吹雪の夜に逃亡する前には、見えていなかったものがたくさんあった。他人の優しさに気づくことができなくて、自分の死を悲しんでくれる者などいないと思い込んでいたのだ。

（私……今まで、ずっと、自分のことしか考えていなかったのね）

死にたくない。贄姫の運命から逃れたいという欲望に、取り憑かれていたように思う。

――でも、あの夜、ヴォルガがその欲望を打ち払ってくれた。

ニーナには想像もできないほどの、未来への大きな希望と展望をもって。

（ヴォルガは私を助けてくれたわ。だから、私もヴォルガの夢を叶えてあげたい。今の平和をずっと続けて、ここにいるみんなのことを、幸せにするの）

ドレスの上から、懐の御守りを握りしめる。

師匠が込めてくれた願いとは違ってしまうかもしれないけれど、これが、今のニーナにとっての幸せの形だ。

アルカンディアに帰国したら、真っ先に師匠に会って、胸を張って伝えたい。

――シュッ！

耳元で矢羽根が鳴る。

ニーナが放った矢は、真っ直ぐに的の中心を射止め、色とりどりの花弁を散らした。的を模すのは、大輪の冬薔薇の花輪だ。

（――久しぶりに射たにしては、まずまずね。小さめの弓を選んだけど、獣人用だから、ちょっと重いわ）

矢を射る集中による額の汗を厚手のベルベットドレスの袖でぬぐい、深く息を吐く。

あのお茶会から五日後の今日、宣言通りに開催された、王家の狩りに参加している。

王家が主催するこの狩りは、ウルズガンド中の王侯貴族の中から選出された、一流の狩人達が腕を競い合う真剣勝負だ。

もとは冬の飢餓に苦しむ民達のために、初代白狼王が一族を率いて狩りを行ったことが由来とされ、今でも狩りで得られた獲物は民達に分け与えられる習わしらしい。

冬季最大規模の盛大な催しだと聞いていたが、流石は王家主催の祭典だ。

狩りの拠点に建てられたこの大天幕は、まるで王宮の大広間かと思うほど広く、隅々まで豪華絢爛に飾り立てられている。煌めく金糸の飾り旗、食べきれないほどの宮廷料理、明かり取りからこぼれる淡い冬の朝日を、白鳥を模したシャンデリアが微細な光の粒に変えている。

無数に飛び交う光彩の中、招かれた獣人貴族達は酒盃を片手に談笑し、狩りの前の華やかな祝宴に興じていた。

ニーナが興じるこの花輪の的当ても、〝花射止めの儀〟と呼ばれる催し物の一つだ。十本の矢を用い、王の御前で冬薔薇の的を射止める。連続で的に当たった矢の本数が多ければ多いほど、豊猟に恵まれるという。

大勢いた参加者達は順に脱落し、残るはニーナと、隣に立つ黒衣の王兄だけとなった。

すごいね、とスコルドが銀の双眸を丸くする。

「十本連続で花心を射止めるとは。森育ちで狩りが得意だとヴォルガに聞いていたが、本当に見事な腕だね」

「スコルド殿下こそ、狩りに来るのを嫌がっていた割には良い腕ね。あと、射るときの姿勢がとっても綺麗。ウルズガンドの作法なの？」

感心するニーナに「そうだよ」と微笑んで、彼はとてもゆっくりとした動作で弓を構え、矢をつがえた。弓術を教えてくれた師匠のものとは全く違う、見たこともない所作である。

伸びやかに、腕だけでなく胸筋を使って弓を引き絞る。弓身と、それを構えるスコルドの身体とが一体になるような錯覚の後、パン、と弦音が鳴った。

十本目の矢は当然とばかりに花輪の中心を射止め、途端に、観客達の大歓声が大天幕を揺るがした。

その歓声を送るほとんどが、うら若き獣人貴族の御令嬢方である。豪奢な毛皮や宝飾品をちりばめた煌びやかなドレス。髪から尻尾や獣耳の毛並みに至るまで、これ以上艶が出ないほどに梳かし抜いた美しい御令嬢の群が、スコルドが矢を射るたびに悲鳴じみた歓声をあげ、花を投げ、中には感極まって気を失ってしまう者が続出している。

しかし、当のスコルドは全く気にしない素振りで、終始にこやかに声援に応えていた。

流石、今は引きこもりでも、かつては社交界の華と謳われただけのことはある。

（ハティちゃんから聞いていたけど、スコルド殿下は本当に女性に人気があるのね。これだけ綺麗な人に笑いかけられたら、夢見心地になるのはわかる気がするけど。まさに、ロマンス小説に出てくる理想の王子様そのものっていうか。……それに比べて）

チラリ、とニーナはため息混じりに、的場を見下ろす壇上の玉座に目をやった。

そこに座すヴォルガの冷厳さたるや、どうだ。

凍てる眼光。目に見えない極寒の吹雪が吹き荒れているかのような、圧倒的な冷ややかさ。賑やかで楽しい、キラキラとした春の野原のような祭典の雰囲気が、彼の周囲だけ見事に消し飛んでいる。おかげで御令嬢に囲まれるどころか、彼に近づく者自体がほとんどいない。いつもと変わらぬ笑顔で側に控えているファルーシが、とんでもない強者に見える。

ヴォルガと目が合うと、パタリとその尾が右に揺れた。

（まったく、ヴォルガったら！　いくら反対派を牽制するためでも、お祭りのときくらい愛想良くニコニコしてなさいよ！　ヴォルガだって本気で微笑みかければ、スコルド殿下に負けないくらいキャーキャー言われるに決まってるのに。なんだか、くやしいわ……っ！）

この花射止めの儀には、男女問わず誰でも参加できるのだが、ヴォルガのせいで参加した御令嬢は一人残らず震え上がってしまうため、矢を射るどころの話ではない。

それにしても、いくらなんでもそこまで怖がるほどのものだろうか、とニーナは首を捻る。単に自分がヴォルガの側にいすぎて、彼の冷厳さに慣れてしまっただけなのだろうか。

考え込んでいると、それまでヴォルガの隣席に座って観覧していたハティシアが「ニーナお姉様――っ！」と、白銀の尾を揺らして駆け寄ってきた。

全快祝いの祝宴に相応しく、華やかな三色菫のドレスが階段を下りるたびにひらめいて、蝶の翅のようだ。

「お二人とも、お見事ですわ！　スコルドお兄様は国一番の弓の使い手だと聞き及んでおりましたが、ニーナお姉様のお手前には感心いたしましたっ！」

「ありがとう、ハティちゃん！　花射止めの儀なんて、初めてだから緊張したけど、楽しかったわ！」

輝く銀の瞳、薔薇色の頬。灰白だった髪は白銀の艶をとり戻している。不治の病に臥せっていた姿からは想像もつかない快活さに、招待客達は誰もが驚きを隠せない様子だ。

ハティシアは、生まれながらに不治の病に侵された〝悲劇の王女〟として、王侯貴族に限らず、数多の獣人達にその身を案じられてきた。そんな彼女が病を克服したと布告された今、国中が喜びに沸いている。連日、王都をはじめ各地で盛大な祭が夜通し開かれ、その賑わいは王宮にいても伝わってくるほどだ。

この国に連れて来られて以来、毎日が大変なことばかりだったけれど、こうして元気になったハティシアや、それを喜んでくれている人々がいると、これまでのすべてが報われるような、幸せな気持ちになる。

王家の狩りが終われば、生きてアルカンディアに戻りたいというニーナの願いが叶えられ、初めての旅も終わるのだ。

最後の思い出が、幸せでよかった――そう思った直後、ふと、壇上のヴォルガを見上げたハティシアの表情が悲しげに陰っていることに気がついた。

「ハティちゃん、どうかしたの？」

「……『真に射止めるべき花は的にあらず』。実は、狩りの前に行われるこの宴には、王の番探しの目的があるのです。ウルズガンドでは、弓は狩りの象徴であり、女性にとっても大切な嗜み。昔から、弓の腕の良い女性は、富と幸福をもたらすと言われています。王は花射止めの儀で相手を見定め、この後に行われる〝舞踏の儀〟にて、意中の相手をダンスに誘う習わしなのですが……」

「番……って、人間で言うところの夫婦のことよね？　つまり、ヴォルガの結婚相手？」

「はい。ですが、ヴォルガお兄様は御即位後も、頑なに番を探されようとしないのです。お見合い話もすべて断り、宴ではあのように威圧され……もはや、お兄様に近づける御令嬢は一人も残っていないのだと皆が嘆いております。そのせいで、不満を抱く臣下達は増える一方なのです」

暗く沈んでいくハティシアに、スコルドも困ったような笑みを浮かべている。

「確かに、あの態度では花嫁も裸足で逃げ出しそうね。わかったわ。ここは、私から一言ヴォルガに――」

「――ですが！　ニーナお姉様ほどの優れた射手であれば、きっとヴォルガお兄様の御心も動くと思うのです!!」

「ハティちゃんっ!?」

「大丈夫ですわ！　近頃、ニーナお姉様を見つめるお兄様の眼差しに、以前とは異なる優しさが込められておりますもの。わたくしがなんとしてでもお誘いさせてみせます。ですから是非、お兄様とダンスをっ!!」

「む、無理無理無理無理っ！　弓は得意だけど、ダンスなんて踊ったことないし、第一、人間で贄姫の私が出る幕じゃないでしょう!?」

無邪気に目を輝かせ、熱弁するハティシアに真っ赤になって狼狽える。たとえ踊れたとしても、ヴォルガとは以前と比べてちょっと仲良く会話ができるようになった程度なのだ。こんな大衆の面前で、手を取り合ってダンスを踊るなんて、恥ずかしくて想像できない。ましてや、番になるなんて。

「あっははははは!!　いいじゃないか。これも楽しい余興なのだからね！」

「スコルド！　……殿下っ、他人事だと思って！」

腰を折って笑う彼は、よほどおかしかったのか、眦に涙まで浮かべている。漆黒の狩装った。

「スコルドで構わないよ。それに、ヴォルガと踊ったところで、その意味合いを本気に取る者などいはしない。むしろ、纏う獣気の禍々しさほど恐ろしくはないのでは？　と、御令嬢方に好感を抱かせることができるかもしれないね」

「纏う獣気って……えっ？　ヴォルガが怖がられてるのって、獣気のせいなの？」

「大きな原因は、そうだね。人間の君には感じられないだろうか？　獣気は獣神より与えられた力。恵まれた者は神にも近しい姿を得ると言うが、強大な獣気を持つヴォルガは、まるで巨大な怪物であるかのように感じられてしまうのだ。僕やハティシア、ファルーシは慣れているから耐えられるが……獣気が少ない者には、側にいることさえ耐えられないのだよ」

　スコルドの言葉に、先ほど感じた疑問がストンと腑に落ちた。ヴォルガが恐れられているのは、彼の目つきの悪さや冷厳な態度ばかりが原因ではなかったのだ。

「そうですわ！」とハティシアが名案を思いついたと手を打った。

「ニーナお姉様、スコルドお兄様はヴォルガお兄様が唯一認める弓の名手なのです。その腕を打ち破れば、お兄様の御心が動くこと間違いありません！　さあ、歴代一の記録を打ち立てましょう！　追加で、あと二十本！」

「そんなの、動かさなくてもいいから！　あっ、ちょっと、ハティちゃん！　背中を押さないで……っ⁉」

しかし、抵抗も虚しく、事態はニーナとスコルドの一騎打ちにもつれこんでしまう。

ハティシアと観客達の喝采にせがまれるまま、ニーナは新たに用意された矢をつがえ、仕方なく放っていく。

「ああ、残念。しくじってしまった」

「スコルド⁉ 今のは絶対にわざとでしょうっ！」

それまで寸分違わず的の中心を射止めていたはずの彼の矢が、わずか数本目であらぬ方向へ飛んでいくわけがない。もとより勝ちたくもない上に、そんな勝ち方は余計にしたくなかったと憤慨しつつも、目を輝かせるハティシアには勝てず、ニーナは渋々、新たな矢をつがえた。

（し、仕方ないわ……こうなったら、ヴォルガに事情を話してなんとかしてもらおう）

そう思ったとき、クックッと背後から聞こえた冷笑に振り向いた。

いつの間に近づいて来たのだろうか。

他の獣人貴族達とは明らかに一線を画す空気を纏い、敵意を剥き出しにした眼差しでこちらを見据える三人の臣下達に、ニーナの目は釘付けになる。

三賢狼——という文字が、頭に浮かんだ。

金の装束を着た一人が、パチン、と見事な透かしの入った白檀の扇子を閉じて嘲笑う。

「やれやれ、これが人間の扱う弓ですか。優雅さの欠片もない、粗雑な所作ですなぁ！荒々しく無粋なこと、この上ない。そうは思われませんか、ゲーリウス殿」

「ファレル、貴様に同意するつもりはない。――が、小娘が驕り高ぶる様は、実に忌々しい。そもそも、弓とは〝正射必中〟が極意。正しい射法を己の内に見出し、真を探求するもの。力任せに花心を射貫けば良いというものではない」

「……ハティシア王女の命を救った恩人と言えど、所詮は人間……争いを好む野蛮な種であることには……変わりがないようでございますね……」

商業と交易を司る金毛の金賢狼一族の長、金賢狼ファレル・エルフズ・コルンムーメ。

武技と狩猟を司る緋毛の灼賢狼一族の長、灼賢狼ゲーリウス・アレズ・マーヴォルス。

工藝と学問を司る蒼毛の蒼賢狼一族の女長、蒼賢狼フレキア・メディズ・トルクアセナ。

彼等は王家より、黄金、真紅、蒼碧の禁色を賢狼衣として纏うことを許された、国家最高位の重臣達だ。

（三賢狼！　彼等が、ヴォルガが言っていたもう一つの反対派なのね。ヴォルガの敵は私の敵……！）

遠慮のない暴言に怒りを感じながらも、ぐっと喉元で堪える。こんな見え見えの挑発に乗ってはいけない。この王家の狩りに参加するにあたり、ヴォルガから厳しく言い含められた言葉を思い返した。

『三賢狼は、敵国の王女であるニーナが、ハティシアの命の恩人だと持て囃されることに不満を抱いている。当日はニーナの立場を崩そうと、あの手この手で挑発してくるはずだ。いいな、なにをされても絶対に相手にするな』

――つまり、ここで怒れば彼等の思う壺ということだ。ハティシアの顔を窺い見ると、彼女は冷静な顔で頷き返した。わかっている。十歳の彼女にすら理解できることだ。絶対に怒ったりしない。誰が怒ったりするものか。

深呼吸ひとつ、ニーナは的に向き直った。

ギリリ、と弓柄を握りしめる手に力を込める。

(――って、頭では思ってるんだけどねっ!)

――ズバアアアンッ!

渾身の力を込めて放った矢が花心を射貫き、勢いよく花輪を散らした。弦を離した手は既に、次の矢をつがえている。

(よりによって弓の腕を貶すなんて! 優雅さの欠片もない粗雑な所作で悪かったわね!? なにが野蛮よ! なあ――にが真の探求よ!! お生憎様っ! 私の弓は見せ物じゃないわ、獲物を仕留めて糧を得るための牙なのよっ!!)

――ズバンッ! ズババンッ!! ズバババババババババババッッ!!

「うおおおおおおおお――っ!?」

観客達の興奮が最高潮に達する中、湧き上がる怒りを余すことなく集中力に変え、怒涛の勢いで矢を放ち、そのすべてを花輪の中心に打ちこんでいく。

花輪は散り散りになり、無数の花弁が雪のように舞った。師匠の課題では、飛び立つ鴨の群を一羽残らず射落としたのだ。これぐらいのこと造作もない。

丁度、三十本目の矢で花輪の残骸を射止めるとともに、ニーナは後方を振り返った。

「な、なんと乱暴な！」

「おのれ、小娘！　我が国の祭儀を侮辱するつもりかっ⁉」

三賢狼とニーナの間に、互いを射殺すほどの眼光がぶつかり合い、火花が散る。

「よく言うわ、先に侮辱したのはそっちじゃない！」

もう我慢の限界だと、胸に溜めた怒りを言葉に変えたときだ。

的場を囲んでいた観客達が一斉にどよめき、平伏した。誰もが青ざめ、頭どころか獣耳まで伏せている。尻尾を巻いて震える彼等を凍てつく視線で見下ろしながら、ゆっくりと王座を立ち、ヴォルガが壇上から降りてくる。

ああ、それでかとニーナは納得した。ヴォルガの身体から風圧に似た圧力を感じる。王宮で反対派を一掃したときのように、獣気を放って威圧しているのだ。ただ、流石は一族の長達と言うべきか、三賢狼はいずれも平気な顔をしている。

「三賢狼よ。贄姫に対する無礼は許さぬと言ったはずだぞ。弓は狩りのための道具だ。狩りに必要なのは形式ではなく、牙を剝き襲いかかる獣にも、動じず射止める度胸だと心得よ。その点において、彼女は一流の狩人だ」

（ヴォルガ……！）

艶やかな白銀の毛皮をあしらった外套に、軍服に似た凛々しい狩装束。スラリとした編み上げの革長靴が、背の高い彼をより華麗に見せている。近くで見るその姿があまりに荘厳だったものだから、今にも爆発しそうだった怒りすら忘れてしまった。

ヴォルガはそんなニーナを背に庇い、鋭い金の眼光で三賢狼を睨みつけた。

「賢狼一族の品位も地に落ちたものだな、ファレル。我が国の王女の命を救った恩人に対し、礼でなく侮辱で返すことがお前達の礼儀か？」

「……とんでもございません。我等一同、ハティシア王女殿下をお救いいただいた贄姫様には、心より感謝しております故に」

翠緑の瞳を糸のように細め、金賢狼ファレルが貼りつけた笑みで巧言を弄する。ヴォルガは冷ややかな一瞥をくれると、ニーナの手を素早く取った。

踵を返しざま、耳元に囁く。

「ニーナ、こちらに来い。渡したい物がある」

「えっ？　わ、渡したい物……って」

問答無用で連れて行かれた先は、大天幕に隣接された、もう一つの天幕だった。中には誰もいないようだが、ここも、王宮の一室かと見紛うほど豪華な内装だ。

「王専用の天幕だ。人払いは済ませてある」

淡々と言い、くるりと振り向いたヴォルガの顔に、ハッとする。

「えっ!?　もしかして怒ろうと思ってここに連れて来たの？　あれでも頑張って我慢した方なんだけど……！」

しかしながら、美しい花輪の的が栗のイガになるほど矢を打ちこんでしまったのだ。挑発に乗ったのは明らかだ。渡したい物があるというのは建前で、実はお小言かと身構えていると、大きな手のひらがポン、と頭に乗せられた。

「怒りなどしない。よく我慢したな」

「へ……っ？」

ポカンと見上げたヴォルガは、満面の笑みを浮かべていた。

よしよしと褒められて、真っ赤になる。

「な、ななにするの!? ハティちゃんじゃないんだから、子ども扱いしないで！　――ほ、本当に、怒ってないの？」

「花射止めの儀のことだろう？　むしろ痛快だったぞ。ニーナが最後の矢を打ちこんだときの、賢狼共の顔ときたら……！」

含み笑いでは済まず、ヴォルガは声を上げて笑いはじめた。普段の彼からは想像もつかない、少年のような笑顔だ。ハティシアならまだしもニーナの前で、こんなにも屈託のない表情をするとは思わなかった。

「怒ってないならいいんだけど……それで、渡したい物ってなに？」

「ああ、そうだった。今日の狩りのために、ニーナに弓を用意したんだ。獣人用の弓は、小柄なお前には重いだろうと思ってな。さっきも、使いにくそうにしていただろう？」

言いながら、ヴォルガは部屋の机に置かれた箱の中から、一張の弓を取り出した。

「吹雪の夜に逃走した際、お前が自作した弓を模して作らせた短弓だ。速射性に優れるが腕力を必要とせず、獲物に対する殺傷力も高い。大弓に比べると射程距離や貫通力は劣るが、森でのニーナの動きを見る限り、性に合っている」

「この弓を私に……!?」

差し出されたのは、雪のような純白の弓身をした短弓だった。滑らかな曲線のいたるところに緻密な雪花模様が彫られ、丁度、弓柄の上あたりで月を背にした獣人の女神が弓を張り詰めている。

あの吹雪の夜に携えていた弓は、ヴォルガの命を奪うために、この手で作った弓だ。本気で彼から逃れるためには、もうこうするしか方法がないと、思い詰めた果てに突き立てた牙だった。

ヴォルガも、そのことには気がついているはずだ。

この弓で、今度こそヴォルガを仕留めることだってできるのに。

「……本当に、いいの？」

「ああ、今のニーナにならば手渡せる。——それとも、いらないか？」

「いるっ!! いるに決まってるじゃない！ なんて綺麗な弓なの!? すごく、すっごく嬉しいわ。ありがとう、ヴォルガ！」

「……っ！」

弓を受け取り、満面の笑みで感謝を伝えると、ヴォルガの白銀の獣耳と尻尾が、ボッ！と倍ほどの大きさに膨らんだ。きちんとお礼を言ったにもかかわらず、何故か、ふいっと不機嫌そうに顔を背けてしまう。

「ヴォルガ……？」

「……なんでもない。さあ、そろそろ時間だ。お前も早く狩装束に着替えて支度をしろ。ハティシアに拵えてもらったんだろう？　舞踏の儀が終わったらすぐに狩りが始まるぞ」

「舞踏の儀？　あっ！　そうよ、ハティちゃんが心配してたわよ？　ヴォルガは王様なのに、いつまで経っても番を探そうとしないから、反発する人が増えるんだって……」

大天幕の方向から、賑やかな音楽が聞こえてくる。しかし、ヴォルガはやる気のない生返事をするだけで、長椅子に腰を下ろしてしまった。どうやら、ダンスに参加する気は毛頭ないらしい。

（……番、ね。ヴォルガに味方を増やすためにも、ここは背中を押すべきなのよね……？　スコルドの話では、ヴォルガが恐れられているのは獣気のせいだって言うし。誰か一人でも踊ってくれたら、思ってたほど怖くないんだって気づいてもらえるかもしれないわ。私がダンスを踊れたら、なんとかしてあげられるんだけど……）

花射止めの儀に参加した御令嬢達の怯えようを思い出すと、ギュッと胸が痛くなる。

ヴォルガは怖くもないし、〝人喰い王〟でもないのに。

違うのに。

鋭い眼光にも、冷たい態度にも理由があるのだ。

獣気が多いくらいなんだというのか。

愛情深くて、家族思いで、誠実で、人間であるニーナのことも、蔑むことなく真摯に接してくれる。

なにより、自分がどんなに悪く思われようと、それで助けられるものがあるなら、黙って泥を被るような、そんな愚直な優しさを持っているのだ。

それをわかってもらいたい。

以前、王宮で反対派の臣下達が喚いていたような酷い暴言が、真実だと信じられているのは嫌だった。

「──っ、いいから、踊りに行きましょうよ、ヴォルガ！　舞踏の儀って、すごくロマンティックでいい風習じゃないの！」

「な、なんだ、いきなり……!?」

「見たいの！　王宮で開かれる舞踏会とか、小さい頃から物語で読んで憧れてたの！　だから、ヴォルガが踊ってるところを見たい………ん、だけど」

「………」

返って来たのは返事ではなく、心底重苦しいため息だった。

ゆっくりと長椅子を立ち上がったヴォルガは、これ以上なく鬱陶しそうな顔でニーナを見下ろした。白銀の尻尾は微動だにしない。そして、もう百万回は聞いてできたタコで耳が詰まりそうだとでも言うように、うんざりと吐き捨てた。

「──番探しなど、しても無駄だ。ニーナは俺と踊りたいと思うか？」

「わ、私は無理よ！　踊りたくても、ダンスなんか踊ったことないもの……だ、だから、他の御令嬢と――」

「花射止めの儀に参加していた令嬢達を見て、なにも思わなかったのか？　俺と踊りたい者などいない。皆、娘に王妃の座を望む親共に強いられて、可哀想に、俺の獣気に震えながら、あの場に立たされているだけだ。そんな彼女達の誰を選べばいい？」

「で、でも、怯えられてるのは獣気のせいなんでしょう？　ヴォルガは本当は怖くないってわかってもらえばいいだけじゃない！」

「俺のなにを恐れようが、恐れていることに変わりはない。ハティシアに余計なことを吹き込まれたのだろうが、人間のお前には関係ない話だ。二度とくだらないことを言うな」

「でも……あっ、ヴォルガ……！」

冷淡に言い放ち、ヴォルガはニーナをその場に残して、天幕を去ってしまった。

彼が番探しを厭う事情はわかった。

理由も、充分に理解した――だが。

（……そこまで怒ることないじゃないの）

ハティシアに手がけてもらった純白の狩装束を閃かせ、ニーナは久しぶりに感じる森の

上がる。

空気を胸いっぱいに吸いこんだ。思いきり雪を蹴り、天高く伸びた白樺の幹を一気に駆け上がる。

王家の森は西側から延びる針葉の森に囲まれた白樺の群生地だ。大山嶺から吹きおろす風雪が高い針葉樹に遮られるおかげで、風も積雪量も穏やかである。

陽が昇るにつれ、真綿のような新雪にすっぽりと覆われた白樺の森を、金蜜色の陽光が彩っていく。

白亜の枝先から次の枝へと飛び渡ったところで足を止め、獲物の気配に感覚を研ぎ澄ませていたニーナは、不意に、後方の枝が震え、雪が落ちたことに気がついた。

矢をつがえ、弓を引き絞り、呼吸を整えて待つ。

辺りの静寂を引き裂いて、獣の足音が近づいてくる。

『今だ、仕留めろ！』

「任せて！」

樹間を縫って現れた二つの影のうち、ニーナが放った白羽の矢は牡鹿の眉間を確実に捉えた。もんどりうって、雪を散らして倒れたところに白狼と化したヴォルガが飛びかかり、喉首に牙を埋めてとどめを刺す。

三又四先の立派な角を持つ、雪白の大鹿だ。体格も肉づきも申し分ない。

「やったわね！　これで五頭目！」

『この時期にしては上出来だな。それに、ニーナが逃亡したとき、散々追いかけ回した甲斐があった。離れていても、動きが手に取るようにわかる』

「それはお互い様よ。私も、ヴォルガが獲物をどう追いこむのかわかるから、先回りができるの。それに、ヴォルガのくれたこの弓、とっても手に馴染むわ！」

『そうか。それは良かった』

狼の姿のため表情はわかりにくいが、ヴォルガの口調は普段通りだ。狩りの前に損ねてしまった機嫌は直っているらしく、ニーナはほっと胸を撫で下ろした。

今、彼にヘソを曲げてもらっては困るのだ。先ほどの祝宴で、ヴォルガの獣気に震え上がる獣人達を見て決意した。この狩り勝負、絶対に優勝して、ヴォルガの好感度を上げて見せる。

（大丈夫。ヴォルガの狩りの腕は、誰にも負けないんだから！　食料の少ない厳冬期に山のような数の鹿を仕留めたら、たくさんの獣人達に喜んでもらえる。ヴォルガのことを恐ろしい怪物だなんて思う人も、きっと減るはずよ……！）

「もうすぐお昼ね。制限時間は日没までだから、まだまだたくさん狩るわよ！　ヴォルガ、絶対に優勝しましょうね！」

『……そうだな。だが、そろそろ休憩を入れなければ。狩りが始まってからずっと獣化を続けていたから、疲れてしまった』

「休みたいの？　まあ、いいけど……そういえば、それって獣化って言うのね。狼の姿は散々見てきたのに、知らなかったわ。ずっとその姿でいると、疲れちゃうの？」

『ああ。獣化は、獣気で身体を包んで姿を変える技だ。獣気、体力ともに消耗が激しく、行うにも大量の獣気が必要になるから、ウルズガンドでは、俺しか行える者はいない。大昔は、誰にでもできたそうだが……』

「ふぅん。だから、この王家の狩りでも、他の参加者達は弓で勝負するのね」

前々から、ヴォルガしか狼の姿になれる獣人はいないのではと思っていたが、やっぱりそうだった。

多くの獣人達が獣気の減少に苦しむ中、ヴォルガだけが強大な獣気を持って生まれてしまった。そんな異端のような存在だからこそ、必要以上に怖がられてしまうのだろう。

獣化を続けると疲れてしまうというのは本当らしく、いつもはフサフサしている白銀の尾が、しゅんと萎んで下を向いている。呼吸も荒く、苦しそうだ。

『……限界だな。一度、獣人の姿に戻りたい。ニーナ、鹿の処理を終えたら、この斜面を下って川縁に降りるぞ。陽あたりがいい場所だから、休むにはうってつけだ』

「わかったわ！　ちょっと待って、すぐに済ませるから」

仕留めた鹿は血抜きした後、一旦は雪に埋めておく。獣人達は嗅覚が鋭いので、回収役の従者達が後ほど掘り出し、拠点に運ぶ手筈である。

二人で処理を終えたあと、ニーナはヴォルガの背に乗って斜面を下り、小川へと辿り着いた。

ヴォルガは待ちかねたように獣化を解き、川縁に腰を下ろした。

「休むだけで大丈夫？　お肉が必要なら、なにか狩って来るけど」

『大丈夫だ。ニーナ以外の参加者には、狩りの秘薬が配られている。飲めば、一時的にだが、獣気を高める効果がある。もっとも、贄姫の力には遠く及ばないがな』

言いながら、彼は狩装束の胸元から小さな硝子の瓶を取り出して、中に満たされた真紅の液体を飲み干した。

空になった小瓶が陽の光に透けたとき。その、あまりの美しさに目を奪われた。そこに確かにあるのに輪郭線が朧になるほどの、恐ろしく澄み切った透明度だ。

ウルズガンドに連れて来られて以来、毎日のように硝子を目にしてきたが、ここまでの品は初めてだった。

「ヴォルガ。それ、すごく綺麗な瓶ね……！」

「これか？　なかなか見る目があるな。この瓶は、ウルズガンドでも最高品質の〝星硝子〟で作られている」

ステラには、古い言葉で〝星〟という意味があるのだと言い、ヴォルガは秘薬の瓶を差し出した。受け取って見ると、表面に宝石のようなカットが施されている。瓶の内側に緻密に彫刻された雪華模様が浮かび上がって、本物の氷晶のようだ。

「本当に綺麗……でも、どうして星なの？」

「ウルズガンドは円環状の大山嶺に囲まれている。その山々は、学者達によると、太古に星が落ちた巨大な隕石痕らしい。硝子の原料を含んでいた山脈が衝突の熱で溶けたために、上質な天然硝子が各所で採れるんだ。これが名前の由来だが、星硝子は、中でも最も質が良い硝子の称号だ」

「星が落ちるって、流れ星みたいなもの？　硝子ってそんな風にできるのね……。ウルズガンドに連れて来られるときに、輿の中で初めて硝子を見たの。それまでは、物語の世界にしかないものだったのよ。こんなに綺麗なものが本当にあるだなんて思わなかった！」

「あまり魅了されるなよ？　星硝子を含め、ウルズガンドの硝子は獣神の宝だ。掟を破って硝子を求めれば、神の怒りに触れ、災厄が降りかかる」

「神の怒り？　って、贄姫の伝承みたいな？」

ああ、とヴォルガは頷いた。

千年前、アルカンディアの悪王が、ウルズガンドから硝子を奪おうとして神の怒りに触れなければ、贄姫だって生まれなかった。でも、手のひらの中でキラキラと美しく煌めく硝子の瓶を見つめていると、欲しいと思ってしまった悪王の気持ちも理解できる気がする。

そして、その欲望を抱くのは、今のアルカンディアの人間も変わらないのではないかと思うのだ。

「千年続く常の平和……ねえ、ヴォルガの夢を叶えるには、人間と獣人の硝子の取り合いは、絶対に解決しないといけない問題なのよね？」

小瓶を見つめながら呟くと、ニーナを眺めていたヴォルガの双眸が見開かれた。

「――ああ。その通りだ。和平条約を結んで国交を正常化させたら、真っ先に硝子の交易を求められるだろうからな」

　だが、どれだけ求められようが、授かる場所や量は厳しく定められているのだと、険しい顔をする。

「俺達は、けっして硝子を惜しんでいるわけではないんだ。停戦以前、聖域を侵した人間達は、硝子を求めて川を荒し、山を削って鉱脈を掘り尽くそうとした。その結果、汚れた川には春になっても魚が遡上しなくなり、山には雪崩が頻発し、森が埋もれて鹿が狩れなくなった。そういった災害を、俺達は獣神の怒りだと信じているんだ。ウルズガンドでは、長い冬を越すための食料を短い春に収穫しなければならない。食料不足は死に直結する大問題だ。だからこそ、各地で紛争が起きた」

「つ、つまり……掟を破ったら、本当に災厄が降りかかるのね？　神様の掟っていうのは、厳しい自然を生き抜くために、破ってはいけない決まり事だから……！　アルカンディアの人達は、このことを知らないの!?」

「ああ……なにしろ紛争に次ぐ紛争で、停戦条約の締結を除けば、まともな交渉の席に辿り着いたことすらないのが現状だ。ニーナの帰還をきっかけに、両国の会談が実現するだけでも、かなりの前進だと言える。これまでは話し合いの糸口さえ摑めなかったのだからな。――だから、前にも言ったが、ニーナには本当に感謝しているんだ」

　難しい問題に頭を悩ませながらも、ヴォルガが微笑みを浮かべてみせるのは、ニーナに心配をかけまいとする配慮なのだということが、今ならわかる。

どんなに大変なときでも、自分のことよりも人の心配をしてしまう。

そんな彼だからこそ、力になりたいと思うのだ。

「——それなら、私が伝えればいいのよ。今の話も、ウルズガンドの獣人達にとって、聖域や掟を守ることがどれほど大切なことなのか、理解してもらえるまで、アルカンディアの人達に話してみる。ヴォルガと私だって、お互いのことをよく知らなかったから、喧嘩したり、誤解をしてたわけだしね」

「ニーナ……気持ちはありがたいが、そう簡単に解決できる問題ではないぞ」

「それは、わかってるわ。この前のお茶会でも、ヴォルガがスコルドと話してたことは難しすぎて、今まで読んだ本の知識だけじゃ、理解できないことだらけだったもの。でも、だからってなにもしないうちから諦めていたら、なにも変えられないって思うのよ」

「…………」

「わからないことはこれから学べばいいし、できることからやっていくしかないわ。だから、私はアルカンディアに帰還したら、ウルズガンドのことを知らない人達や、獣人を誤解している人達に、ここで経験したことを伝えてみる。昔、旅人だった師匠が、旅の話を聞かせてくれたみたいにね。ファルーシの香草茶がおいしいことや、ハティちゃんが得意のお裁縫で、真冬でも暖かいドレスを作ってくれたこと。ヴォルガは冷厳で怖そうだけど、本当は賢くて優しいってことを知っている人間は、この世界で私しかいないでしょう？きっと、これは、贄姫である私にしかできないことよ」

――『大それた願いだが、贄姫として生まれたニーナと力を合わせれば、きっと、叶えられるはずだ』

あの吹雪の夜、そう言ってくれたのは、他でもないヴォルガだった。贄姫として、人間が足を踏み入れられない獣人達の国に貢がれ、その王の側にいることを許されたニーナにしか、知れないこと、伝えられないことがあるはずだ。

「正しい事を伝えるためにも、もっとウルズガンドのことを知らないとね。そうだ！　王家の狩りが終わったら、この国のことを勉強させて欲しいんだけど――ひゃっ⁉」

突然、それまで川縁に腰を下ろしたまま、じっとニーナの言葉に耳を傾けていたヴォルガが、持っていた小瓶ごとニーナの手を取り立ち上がった。驚いた拍子に、体勢を大きく崩してしまうが、派手にすっ転ぶ前に、逞しい腕に身体を支えられた。柔らかな厚手の狩装束が頬に当たり、力強い鼓動が耳に響いてくる。

「……っ⁉　ヴ、ヴォルガ⁉　あ、あの……これって……！」

「……不思議だな。ニーナの素直な言葉を聞いていると、すべてが上手く行くような気がしてくる。――ありがとう」

抱擁はほんの一瞬のことで、それと気づいたときには、既にヴォルガの身体は離れていた。遅ればせながらドキドキと高鳴る鼓動は、転んだことに対してなのか、それとも、一瞬とはいえヴォルガに抱きしめられて、優しい言葉をかけてもらったからだろうか。

（抱き……？　ち、違うわ！　今のは転びそうになったのを支えてくれただけよ……！）

うるさい心臓を黙らせようと、内心で叱咤するニーナに向かい、ヴォルガは月色の双眸を眩しそうに細めた。白銀の尾が、彼の背でゆらゆらと揺れている。

「確かに、ニーナの言う通り、伝えることを諦めきっていたのかもしれないな。でなければ、数百年のうちに一度くらい、話し合いの場を持っていてもおかしくはない」

「……うん。きっと、そうよ。師匠に貰った本に出てくる獣人は人間を襲って食べていたし、御伽噺の〝悪い獣人の国の王〟だって、心を持たない残忍な怪物だと書かれていたわ。でも、実際はそうじゃない。これからたくさんの人に、それを知ってもらわないとね」

「ヴォルガが、妹思いの優しいお兄さんだってこととかね」と、冗談交じりに微笑むと、ヴォルガはちょっと目を丸くした後、照れ臭そうにはにかんだ。

ヴォルガの獣気の回復を待って、狩りを再開した後。ニーナとヴォルガは二人で川を辿り、水場に近づく鹿達を順調に仕留めていった。
狩りの成果は上々で、このままいけば確実に優勝だと浮かれていた直後のことだ。
『待て』と唐突に、白狼が低く唸った。白銀の耳をピンとそばだて、鼻を高く上げ、辺りに漂う匂いを嗅ぎ始める。
異変を感じたニーナは樹上から降り、駆け寄った。

「どうしたの？　羆の匂いでもした？」

『……いや、羆ではない。この匂いは——』

まるで、鼻の先を手繰られているように、ヴォルガは川を離れ、雪の森に立ち並ぶ白樺の合間を縫って歩いていく。ニーナも大きな足跡の上を踏んで続いた。

ピタリと足を止めた白樺の陰に、雪を被った大鹿が倒れていた。既に誰かに仕留められた後だ。

狩りで使う矢は参加者ごとに色が異なる。鹿の首の急所に刺さった矢は、漆黒だった。

「黒い矢は、確かスコルドね」

『しまった……！　ここは、兄上の狩場だったか。ニーナ、離れるぞ。背中に乗れ』

「えっ、どうして？　狩場が被ってもいいじゃない。冬に凍らない水場は貴重だし、川の周辺は獲物の宝庫よ。譲ることはないと思うわ」

『いいから来い。離れると言ったら、離れるんだ』

渋るニーナに背を向けて、ヴォルガは強引にこの場を立ち去ろうとする。突然のことに驚きつつも、大慌てで制止した。

「だ、駄目よ！　こんなに良い場所は他にないんだから！　もう夕刻も近いし、今狩場を譲ったら、優勝できなくなっちゃう！」

『そんなことはどうでもいい……！』

「ど、どうでもいいって……せっかく、今まで頑張って来たのよ？　ヴォルガと私の狩りの腕なら、絶対に勝てるのに……っ！」

（勝って、少しでもヴォルガの悪評を払拭したいのに……！）

　この狩りが終わって計画が成功すれば、ニーナはアルカンディアに帰還することになる。そうなれば、誰もが恐れを抱く彼の側に、ずっとい続けることができる者がいなくなってしまう。

　だからせめて、ヴォルガがこれ以上、皆に恐れられないように、慕われるきっかけを作りたかった。

　しかし、ニーナのそんな思いも知らずに、ヴォルガはついに牙を剥いた。

『勝ちたくなどない！　俺は、兄上と争いたくないんだ！』

　グルル、と彼が激しく唸りを上げたとき、ニーナはその耳が後ろ向きに伏せるのを見逃さなかった。

（狼の姿でいた方が、わかりやすいわね。一体、スコルドのなにに怯えているの……？）

　そういえば、狩りの前のお茶会の席でも、彼はスコルドに対して妙に神経質に接していた。

　だが、スコルドはヴォルガやハティシアには勿論のこと、嫌っているはずの人間のニーナに対しても、非常に優しく紳士的だった。

　怯える要素など、どこにもないはずだ。

　――しかし、これだけはピンときた。

「勝ちたくないってことは、狩場と一緒にスコルドに勝ちを譲るつもりなのね？　そういうところは兄弟そっくりね。花射止めの儀のとき、スコルドが弓でわざと私に負けたけど、すごく腹が立つから、やめたほうがいいわよ」

『……俺は、勝ち負けなどどうでもいいと言っているだけだ。ニーナ、この狩りに参加した目的を忘れるな。お前が優勝にこだわるのは、勝って俺の株を上げ、番探しに一役買うためなのだろうが、そんなくだらないことのために、兄上に機嫌を損ねられるわけにはいかないんだ』

「──っ！　くだらないとは、なによ！」

ヴォルガの言葉は当たらずといえども遠からずだが、否定する気持ちが起きないほどの怒りが込み上げた。

こっちの気もしらないで。

ニーナは踵を返すなり、目に飛び込んだ白樺の幹を駆け上がった。

「もういいわ！　私だってヴォルガなんてどうでもいい！　そんなに皆に嫌われていたいのなら、勝手にすればいいのよ！」

『なにを──、待て、ニーナ！　戻れっ！　一人で動くと危険だっ!!』

ヴォルガの制止を振り切って、森中に張り巡らされた蜘蛛の巣のような、長く細い白樺の枝を素早く渡っていく。樹間が密になっている場所を選んで逃げれば、ヴォルガの巨躯では白樺の檻に阻まれて、思うようにニーナを追うことができなくなる。

その隙に、一気に逃げた。

(ヴォルガの馬鹿、わからずや……っ！　自分だって私のために、いろんなことをしてくれているくせに。私がヴォルガのためになにかするのは、そんなに嫌なわけ……!?)

ニーナにとっては精一杯の、贈り物のような厚意だったのに。中身も見ずに箱ごと潰されて、投げ捨てられたような気分だった。

怒っているのに悲しくて、寂しくて、もうよくわからない。

とりあえず、息が切れるまで樹上を駆け抜け、目前に川が見えたところで足を止めた。走り回って、結局、川縁に戻ってしまったらしい。一度、樹から下りようとした足が、水音に止まった。

(――！　どうしよう、鹿がいるわ)

一頭の鹿が森から現れ、水を飲み始めたのだ。しかも、真正面から狙える位置である。

(……ヴォルガのことなんて、もうどうでもいいのに)

それでも、弓を構えてしまうのは、あの吹雪の夜のせいだった。ニーナが逃げて死んでも、ヴォルガにとってはどうでもよかったはずなのに、生きて欲しいと望み、追いかけて来てくれたのだ。

あんな真似をされたのだ。

どうでもいいなんて、心から思えるはずがなかった。

(――まあいいわ。とりあえず、優勝してからヴォルガの文句を聞き流そう)

それがいい、と心の中の葛藤に終止符を打ち、目の前の鹿に狙いを定める。

鹿が警戒を忘れ、水を飲むことに夢中になっている隙に、限界まで弓を引き絞った。

(……いける！)

狙いも、矢を放つタイミングも完璧だった。だが、パン、と弦を弾く音への鹿の反応が、予想以上に早かった。矢は、それが届くよりも一瞬早く雪を蹴り、逃げようとした鹿の背に突き刺さる。

「嘘、急所を外した……っ!?」

樹を飛び降りて、次の矢をつがえようとした瞬間、一筋の風が頬を掠めた。

直後、逃げたと思った鹿の身体が唐突に痙攣を起こし、泡を吹いて川縁に倒れ込む。

(な……に、今の)

何が起きたのか、全くわからなかった。

慌てて駆け寄ると、鹿はその頭を恐ろしく長い矢に貫かれていた。

——矢の色は、漆黒だ。

「大丈夫かい？」

「——っ!?」

聞き覚えのある艶やかな声に、振り向いた先。

白樺の木々の合間に、白馬に乗ったスコルドの姿があった。

黒貂の外套、足元まで覆う黒衣の狩装束。

清水と見紛う銀糸の髪が、馬の歩調に合わせてサラサラとなびく。

雪の森を抜けてニーナの元へ駆けつけるその姿は、あまりにも完璧で美しかった。

王子様だ。

まるで、本の挿絵からそのまま抜け出したような、まごうことなき完璧な王子様だった。

スコルドはニーナの前で馬上から降りた。

繊細で儚げな面立ちが、心配そうに顔を覗き込んでくる。

「すまない。驚かせてしまったね。鹿が走るのが見えたので、つい矢を放ってしまったのだよ」

「だ、大丈夫！　今の鹿、その大弓で仕留めたの？　凄い腕だわ。やっぱり、花射止めの儀では、わざと外したのね？」

トン、と彼が杖代わりにしているもの——身の丈をゆうに超える大弓を指して言う。

夜闇色のなめらかな弓身は、まるで、身を飾る宝飾品であるかのような優美な造形だ。

それに、ニーナに声をかけたとき、スコルドが立っていた位置。あんな遠距離から、わずか一矢で急所を仕留めるとは。

極められた弓の腕への興奮からか、ゾクリ、と一筋の震えが背筋を這い上がる。

スコルドはニーナの言葉に冬の凍天の三日月に似た、銀の双眸をふわりと細めた。

「怒っているのかい？　信じてもらえないかもしれないが、わざと外したわけではないのだよ。君が矢を射る姿が、あまりに鮮烈で美しかったものだから、つい見惚れてしまった

のだ」

「嘘よ！　絶対わざとじゃ……えっ？」

「最後の連射も素晴らしかった！　弓で僕に並ぶ者などいないと自負していたのだが、君にならなら敗れてもいいとすら思った。僕の心を射止めた、君にならね？」

（――っな、なななん……っ!?）

にっこりと、とんでもない告白を真っ向から告げられて、ニーナは恥ずかしさと混乱のあまり、先ほど飛び下りた樹を一目散に駆け上がった。

「おや……？」

「じょ、冗談言わないでっ！　そ、それに、私は人間よ!?　嫌ってるんじゃないの……!?」

樹上から真っ赤な顔で怒鳴るニーナを、スコルドはきょとんと見上げ、破顔した。

「あっははは！　まるで、子リスのように可愛らしいお姫様だね。〝子リスちゃん〟と呼んでも構わないかな？　――まんざら、冗談ではないのだがね。まあ、その話は今はよろしい。ところで、ヴォルガの姿がないようだが、彼はどこに？」

「……知らないわ。もう、狩りはしたくないみたいだから、置いてきたのよ。スコルド、貴方に勝ちたくないんですって！」

「おやおや。きっと、昔のことを気にしているのだろうね。相変わらず、優しい子だ」

「昔のことって、ヴォルガとなにかあったの……？」

「聞きたいのなら、下りておいで」

麗しい微笑みとともに、さあ、と手まで差し伸べられては、どうにも拒めない。それに、ヴォルガとスコルドの過去になにがあったのかも気になった。

言われた通りに樹から下りると、差し伸べた手でエスコートをするように、スコルドはニーナを馬上へと誘う。

「いい子だ。さて、まだ狩りを続けるつもりがあるのなら、獲物を横取りしたお詫びに、とっておきの狩場に連れて行ってあげよう」

「とっておきの狩場？　そんなの私に教えたら、貴方を抑えて優勝しちゃうわよ？」

「敵に塩を送るつもりはないよ。狩場の良し悪しでは僕の弓には敵わないからね」

「すごい自信ね。いいわ、受けて立とうじゃないの！」

黒革の手袋を嵌めた手を握ると、微笑みを浮かべたままの銀の双眸が、鋭く底光りしたように見えた。

ニーナとともに白馬に跨ったスコルドは、慣れた仕草で手綱を操り、白樺の森のさらに奥へと進んでいく。

馬上に揺られながら、早速、尋ねてみる。

「――それで？　さっき言ってた、昔のことってなんなの？」

「ああ、そうだったね……僕は十三歳で初陣に立ち、アルカンディアとの紛争の鎮圧に赴いたのだが、その際、戦場で人間に攫われ、脚の腱を酷く傷つけられてしまった。その後、必死の思いで国に逃げ帰ったものの、元のようには動けなくなってね。父上にも見放され、王位継承権を失った僕は、心身を病み引きこもってしまったのだが――」

「……え」

ザアッと、全身から血の気が引いた。絶対に、気軽に聞いていい話ではない。無神経な質問を後悔する反面、スコルドの穏やかさが不思議でもあった。

腱を切られる恐怖は知っている。ニーナの場合、ヴォルガが脅しのつもりだったからこそ助かった。だが、スコルドはあの恐怖とともに、脚が裂ける激痛をも知ったのだろう。杖や弓など、歩行の際につくものが必要なところを見ると、今でも脚は完治していないに違いない。

なのに、どうしてこんな風に、なんでもないことのように話せるのだろうか。

「い、嫌なことを聞いて、ごめんなさい……っ！　まさか、そんな酷いことがあっただなんて思わなくて。そんなの、人間を嫌いになって当然よ……」

「君が気に病むことではないよ。僕に、ヴォルガほどの獣気があれば、攫われずにすんだのだ。この暗くくすんだ銀灰の髪は、王家の中でも獣気に乏しい者の証なのだよ」

木立の合間を風が抜けるたびに、銀糸の髪がサラサラとなびく。

黒い手袋を嵌めた手が、顔にかかった髪をかき上げていく。すぐ近くにあるスコルドの相貌は息を飲むほど美しいのに、何故か、触れた瞬間に壊れてしまいそうな危うさを感じた。

「――当時のヴォルガはね、獣化することで奇異の目で見られ、恐れられることに極端に怯えていた。だが、もし、獣化して僕とともに戦場に立っていれば、僕を救えたのではないか。自分のせいで、僕からすべてを奪ってしまったのだと、今でもそんな後悔をし続けているのだよ。……だから、狩りに勝つことで、僕に唯一残された弓の腕——国一番の狩人の座まで奪ってしまうのは、忍びないと思っているのではないかな？」

「……っ、スコルド、私、やっぱりヴォルガのところに戻るわ……！」

本当は、すぐにでも馬を降りて走り出したかった。

そんなことがあったとは知らずに、酷いことを言ってしまった。

今すぐ、ヴォルガに会って謝りたい。

だが、ニーナの後ろで馬を操るスコルドが、それを押し止めた。

「広大な森を捜し回るのは危険だよ。狩りが終われば、大天幕で会える。それに、ヴォルガは優しい子だ。君が彼のために懸命に獲物を仕留めたと知れば、機嫌を直すだろう」

「本当に……？　そうすれば、許してくれると思う？」

「勿論だ。——さあ、狩場に着いたよ」

そこは、王家の森の外れだった。白樺の木々が途絶え、針葉樹の梢が現れはじめている。

針葉の森には立ち入るなと、ヴォルガからは言い含められていた。

多くの獣人達が行方不明になっている危険な森だからと。

「ここは、西に広がる針葉の森との境だ。餌を求めて王家の森に来る鹿は、必ずこの境界を通る。足跡を頼りに獣道を辿るといい。ただし、くれぐれも針葉の森には入らないようにね」

「……わかったわ。スコルド、親切にしてくれて、ありがとう」

「礼には及ばないよ。君は、ハティシアの命の恩人だからね。それに、言っただろう？　花射止めの儀で君を見初めたのだと」

スコルドは馬上から下ろしたニーナの手を引き寄せるや、長身を屈めて唇を寄せた。

手の甲に押し当てられた柔らかな感触に、今度こそ、完全に思考が停止する。

（え……っ？）


「――では、武運を」

蕩けるような微笑みが、鮮烈に焼きついた。

漆黒の外套をひるがえし、スコルドは優雅に立ち去っていく。その背中が白樺の樹間の向こうに消えるまで、ニーナは握られていた手を見つめたまま、指一本動かせないでいた。

頬が熱い。

心臓が大暴れしすぎて、胸が破れそうだ。

（な、なななななんなの、なんなの今のは――っ!?　――ハッ！　そうよ、王子様！　スコルドは本物の王子様だもの！　手の甲へのキスなんて、きっと、軽い挨拶みたいなものなのよ！　――でも、だったら私を見初めたっていうのはなんなの……っ!?）

悩み抜いた結果、ぷしゅう、と空気が抜けるように雪の上にへたりこんだニーナである。頭の中の、今までずっと使っていなかった部分を引きずり出され、無理矢理に動かされた気分だった。

(もう駄目……なんだか色々なことを知り過ぎて、考えがついていかないわ)

——頭を冷やそう。

そう思い、雪に手を伸ばしたとき、そこに埋もれていた物を見つけて拾いあげた。

ヴォルガが飲んでいた物と同じ、空になった秘薬の小瓶である。

「こんなところに捨てるなんて。硝子は神様の宝物なんじゃなかったの?」

よく見れば、周囲の積雪には他の狩人のものらしき足跡もある。ついうっかり落としてしまったのかもしれない。大切なものには違いないのだから届けてあげようと、秘薬の小瓶をポケットにしまい入れた、そのときだった。

——のそり、と背後でなにかが蠢いた。

「なに……!?」

刹那、肌がひりつくほどの殺気が走り抜けた。振り向く前に身体が飛び退いたのは、森暮らしで鍛え上げた危険察知力の賜物だ。背後で積雪が弾けると同時に、大きく地面がえぐられた。もうもうと立つ雪煙の中から、刃のような牙を持つ巨大な生き物が躍り出たとき。その姿のあまりの異様さに、全身が総毛立った。

「——っ!?」

大量の血を浴びて黒ずんだ毛並み。前屈みに歪に湾曲した背骨。顔面が牙でできているような巨大な口腔を引き裂いて、耳障りな咆哮をあげるその生き物は、ニーナがこれまで森で対峙したどの獣とも違う、生き物と呼ぶには、あまりにも冒瀆的な姿をしていた。

テラテラと血色に光る双眸に、怯えたニーナの顔が映り込んでいる。

「な、んなの……なんなの、この怪物は……⁉」

恐怖に凍りつく思考とは裏腹に、身体は驚くほど鋭敏に逃げを打った。目に入った白樺の幹を瞬時に駆け上がり、枝伝いに逃げ去ろうとする――だが、枝先に辿り着く前に轟音と衝撃が響いた。足場にしていた枝が揺れ、大きく落下する。

(まさか、腕の力だけでこの樹を倒したの⁉)

幹を裂かれ、白樺の大木が倒れる。ニーナは地面に叩きつけられる前に枝を蹴って跳躍し、積雪に沈みざまに受け身を取った。視界の端で、怪物が息を荒らげて突進してくるのが見えた。

雪のおかげで怪我は免れたが、小柄なニーナでは、膝高の雪を蹴散らして走ることは敵わない。運良く、近くに嵩高い雪山を見つけた。転がるように雪上を移動し、裏側に急いで回り込む。

「ひ……っ⁉」

そうして、気がついた。雪山に見えたそれは、頭部を丸々嚙み千切られた、巨大な白毛の羆の死体であることに。

驚愕のあまり膝から崩れ落ちる。

むせるほどの血の臭いに、眩暈がした。

羆の死体を横殴りに吹き飛ばし、隠れていたニーナに怪物の牙が襲いかかる直前。

『ニーナッ!!』

白狼の巨軀が空に舞った。

――ヴォルガだ。

(助けに、来てくれた……!)

目前の樹間を突き抜け、ニーナの頭上を飛び越えて、彼は背後の怪物に迷わず喰らいかかる。根深い雪に押し倒され、なおものたうち回る怪物の喉元に、ヴォルガの牙が深々と突き立った。

『――ッグ、ゥウ……ッ!!』

もがく怪物の爪が、白銀の背を引き裂いていく。それでも、彼は牙を緩めない。森を揺るがすほどの断末魔の叫びの後、血塗れの腕がズルリ、と背を滑り落ちた。

「ヴォルガ……!!」

目の前で繰り広げられていた死闘の凄まじさに硬直していたニーナだが、怪物の喉元から身を離したヴォルガが横倒れになったことで我に返った。雪をかき分け、白銀の身体に縋りつく。繰り返される呼吸が荒い。背の爪痕から噴き出す血潮は止まらず、毛並みの先から滴り、血溜まりが雪を溶かした。

傷口から、血とともに白い光がこぼれ落ちていく。

「もしかして、獣気が流れ出ているの……!? ヴォルガ! しっかりして、ヴォルガ……ッ!!」

光は止めどなく溢れ、霧散して消えていく。それにともない、明らかにヴォルガは衰弱していった。深手を負っている上に獣気まで失えば、どうなるかは容易に想像がつく。

「い、嫌よ……そんなの嫌、死なないで……!!」

ニーナの必死の呼びかけに、ヴォルガの月色の双眸が揺らめいた。その口元が、なにかを言うように動いたが、掠れて言葉にはならず、やがて、ゆっくりと瞼が閉ざされた。

(……駄目だわ。血は止まったのに、どうして目を覚まさないの)

傷の手当てと包帯の交換を終え、ニーナは王の寝室の寝台に横たわる、巨大な白狼の貌に手を伸ばした。

きつく閉じられた瞼。

口腔に並んだ歯列の合間からは、苦しそうな息が漏れている。

王家の狩りの最中、ニーナを襲った怪物にヴォルガがとどめを刺し、意識を失った直後。騒ぎを聞きつけたスコルドが戻って来てくれたことで、大天幕に待機していたファルーシ達に迅速に救助を求めることができたのだった。

森から無事に助け出されたヴォルガは、王宮に運び込まれた。

当初の予定では、狩りの後に開かれるはずだった表彰式も中止となった。ニーナがアルカンディアへ帰還するための作戦も流れてしまったが、今はヴォルガを助けることの方が重要だ。

骨が覗くほどの深手を負ったヴォルガには、早急な治療が必要となった。酷い出血とともに大量の獣気が失われ、さらに悪いことに、死闘の際に昂った獣気が制御できず、獣化したまま、獣人の姿に戻れなくなってしまったのだ。

ヴォルガから聞いていた通り、獣化を保つには、それだけで多量の獣気を消耗する。ただでさえ、出血とともに失われているというのに、これ以上の消耗が続けば、命にも関わる危険があった。

だが、すぐにでも治療が必要なのに、暴走する獣気に突き動かされるままにヴォルガは暴れ、その影響で医師達は軒並み気を失ってしまった。彼の獣気に慣れているはずのハティシアやスコルド、幼少の頃から側に仕えてきたファルーシでさえ、体調を崩してしまう有様だ。

誰一人として、まともに近づくことができない中、ニーナだけが、人間であるためか影響を受けなかった。

そのため、急遽、医師達の代行として傷の手当てを行うことになったのだ。

ウルズガンドの医療技術と、ニーナが森で培った豊富な薬草の知識をすべて駆使して、やれることはすべてやった。

そうして、丸一日が経った今。

夜通しの治療と看護の甲斐あって、なんとか出血は止められたものの、ヴォルガの獣化は解けないまま、意識はまだ戻っていない。

獣気は今も消耗され、少しずつ、彼の命を削り取っている。

――もしも、このまま、ずっと目を覚まさなかったら。

「――っ、駄目よ！　そんなこと考えないの！　ヴォルガはこの国の誰よりも強大な獣気を持ってるんだから。きっと、大丈夫に決まってる……！」

ニーナは眦に浮かんだ涙を額の汗とともに布で拭い、ぱん、と両手で頬を叩くと、汚れ物を抱えて寝室に隣接するヴォルガの私室へと運び出した。

途端に、待機していたファルーシが、顔面蒼白で駆け寄ってくる。

「ニーナ！　本当にすまない！　こんなこと、君にさせるべきじゃないのに……！」

「気にしないで、ファルーシ。怪我した動物を手当てするのには、慣れてるんだから。なんて、こんな言い方したら、ヴォルガに怒られるわね」

小さく笑って、両手に抱えた使用済みの包帯を彼に託した。包帯や止血用の布類の、元の色が分からないほどの惨状に、ファルーシはますます顔を蒼くする。

「とりあえず、新しい出血はなかったわ。あの首の無かった白い羆の網脂と、マグワートの葉、松脂で作った血止め薬がよく効いてるみたい。――でも、まだ意識が戻らないの。

贄姫の力も上手く使えないし……」

祈るような気持ちで、牙の間から水を流し込んでみたが、効果はなかった。まだ、自身の意思であの力を扱うことはできないのだ。偶然の奇跡に頼る他はない。どうにもできない悔しさに、ぎゅっと握りしめた拳が震えた。胸を締めつけるのは後悔の念だ。

「全部私のせいよ……ヴォルガの気持ちも知らないで、勝手に飛び出して危険な目に遭って。その上、力もろくに使えないなんて。役立たずの贄姫で、ごめんなさい……」

「なにを言うんだ！　君がすぐに知らせてくれたから、大事にならずに済んだんだ。本当に感謝してる。まさか、ヴォルガにあんな怪我を負わせるような獣が針葉の森に潜んでいただなんて……助けが遅れていたらと思うと、ゾッとするよ」

「ファルーシ……」

「ヴォルガはきっと大丈夫だよ。さ、お茶を淹れよう。今のうちに少しでも休んでくれ」

ファルーシに誘われ、部屋の奥に設えられたティーテーブルに着く。茶器からは、カモミールの花気が漂っている。純白の花畑を吹き渡る風のように、爽やかなミントの香りが追いかけてくる。

「心身の疲れを取り除き、リラックスする香りの香草茶だよ。好みで温めたミルクを入れると、風味が柔らかくなる」

「ありがとう……」

茶器に注がれた熱いそれにゆっくり口をつけ、ニーナは窓の外に目をやった。

時刻は夜半をとうに過ぎている。しかし、王宮内は慌ただしく、規則正しく並んだ窓のほとんどに、まだ明かりがついていた。たくさんの人影が、影絵のように窓枠を過ぎていく。

それはこの部屋も同じで、ファルーシの指示を仰ぐために、ひっきりなしに王宮従事者達が訪れた。これまで贄姫を守るために、遠ざけられていた者達だ。

警戒されるか、蔑まれるかと思ったが、皆、初めて顔を合わせる贄姫の姿に驚きながらも、ヴォルガの手当てを行っていることへの礼を丁寧に述べてくれた。未だに意識を取り戻さない彼のことを、心から心配する声もたくさん聞いた。

王であるヴォルガに対する彼等の想いには、恐怖と畏敬の念が複雑に入り混じっている。

国を守るために戦い抜いた彼を〝人喰い王〟と渾名したり、無闇に恐れたりするのは間違っていると憤っていたニーナだが、こうしてヴォルガが獣気を暴走させた状態を目の当たりにした今、周りの獣人達への見方が少しずつ変わりつつある。

(……よかった。皆、ヴォルガのことを嫌っているわけではなかったのね……)

勿論、三賢狼やスコルドの支持派など、意図的に忌避する者達もいるが、獣人達の大半が抱いているのは、小動物が捕食者に対して怯えるような、本能的な恐怖心だった。

(もし、贄姫の力が自力で使えるようになれば、アルカンディアとの戦いで弱った獣人達の獣気量を増やすことができるかもしれないわ。そうすれば、ヴォルガの獣気を怖がる人達もいなくなって、慕われる王様になれるのかしら……)

そのためにはヴォルガの回復が最優先だ。出血とともに大量に失われ、今もなお、獣化が解けないことで消耗し続けている獣気を、贄姫の力で回復することができれば――

だが、それにはニーナが意図的に力を使えるようにならなければならない。

そして、ヴォルガのために力を使えば、その異常な回復力に、疑問を持つ者が現れる危険がある。医療従事者への表彰は、またいつでも機会を設けられるだろうが、これまで必死に隠してきた贄姫の力に気づかれてしまったら、ハティシアの命を救った褒美として、ニーナをアルカンディアに帰還させるというヴォルガの計画自体が、水の泡となる。

おそらく、二度とこの国を出ることができなくなるだろう。

だが……それでも、なんとかしてヴォルガを救いたい。

（……そんなの、悩むまでもないわ。本当なら、あの怪物に襲われたとき――いいえ、吹雪の夜に、私の命は終わっていたのよ。今、私が生きてここにいるのはヴォルガのおかげなんだわ。だから、贄姫の力に気づかれてしまってもいい）

「ニーナ？　なんだか、顔色が悪いよ。君も寝室で休んできた方が――」

「大丈夫。ちょっと、考え事をしていただけだから。……それに、今は心配だから、ヴォルガの側にいさせて欲しいの」

茶器を置き、ニーナは心配げな顔をするファルーシにお茶のお礼を言って、先ほどの寝室へと戻った。

ニーナにあてがわれた賓客室の寝室も広々としていたが、王の寝室はまるで大広間だ。

円形の大理石の床の中心に寝台が鎮座し、高い天井に吊るされたシャンデリアから、夜天と同じ濃い藍色の天鵞絨が床へと流れ落ちている。

ニーナは寝台の側にある治療用のテーブルに近づき、硝子の器を置いて、鋏を手に取った。

（ハティちゃんは、肉を食べられない身体だったから、この方法は試せなかった。でも、ヴォルガは違うわ。だから、もし、伝承にある通り、私の血肉が獣人にとって万能薬になるのなら――）

ニーナの血を口にすれば、ヴォルガは助かるのかもしれない。

ドレスの袖をたくしあげ、鋏の刃を肌にあてがう。ヒヤリとした薄い刃が、ぐっ、と沈み込もうとした、そのとき。

『……ニー、ナ』

「――っ、ヴォルガ⁉」

天蓋の合間に覗く白狼の巨軀がわずかに身じろぎ、かすかな唸り声が漏れた。

ニーナは鋏を手放し、すぐさま寝台に駆け寄った。

「ヴォルガ！　気がついたのね、よかった……！」

黒い鼻がひくりと動き、巨大な白狼の口吻が、絹のシーツに皺を寄せながらニーナを向く。

わずかに開かれた瞼の下から、月色の光が射した。

『……ニーナ……無事、だったんだな……』

よかった、と。

差し伸べた手のひらに、そっと白狼の貌が擦り寄ってくる。牙の間からこぼれる言葉に、身体が震えた。

柔らかな眼差しに。優しく触れてくる鼻先に。

絶望感に凍りついていた心が、溶かされていく。

「あり、がとう……ヴォルガ。助けに来てくれて……本当に、ありがとう……」

ああ、駄目だ。

こんな言葉ではとても足りない。

ヴォルガが怪我をしたのは自分のせいだ。

助けになりたいと言いながら、忠告を無視して彼の命を危険にさらしてしまった。

それなのに、どうしてこんなにも優しい言葉と、眼差しを向けてくれるのだろう。

「ごめ……なさ、い……」

『…………』

「ごめんなさい……私が、悪かったわ。あのとき、ヴォルガの言うことを聞いていたら、こんなことにはならなかったのに……！」

『……気にするな。今さら、背中の傷ひとつ増えたところで、どうということはない。それに、謝らなくてはいけないのは、俺の方だ』

「どうして……？」

止まらない涙を必死に拭うニーナに、ヴォルガの月色の双眸がゆらりと揺らいだ。

『……お前を国に帰す約束が、遠のいてしまった。それに、夢現に覚えている。ニーナが懸命に傷の手当てをしてくれようとするのに、俺は暴れて何度も牙を剝き出した。すまない……恐ろしかっただろう？』

「まさか、平気よ！　森で暮らしていたときは、冬籠りしそびれた凶暴な羆だって仕留めてたんだから、ヴォルガがいくら暴れたって、ちっとも怖くないわ！」

しかし、明るく言った途端に、罪悪感が押し寄せた。

あの森で襲われた怪物の姿が、ありありと脳裏に浮かんだ。

「……それなのに、獣を前にして恐怖のあまりに動くこともできないなんて、狩人として失格だった」

どうして、あの場で弓が引けなかったのだろう。花射止めの儀でヴォルガに褒めてもらったのに、逃げ惑うことしかできなかった。

「私は、狩人としても、それに、贄姫としてだって、なんの役にも立てなかったわ。私を助けたせいで、ヴォルガが目の前で死にそうになってるのに、獣気を回復してあげることもできなくて――ひゃっ⁉」

突然、シーツに伏していた白狼が頭をもたげた。柔らかな舌で、頰を流れる涙をペロリと舐め取っていく。

『そんなこと、謝らなくていい……優勝にこだわっていたのは、俺のためだったのだろう？　去り際に言っていた。嫌われていたいのなら、勝手にすればいいと。花射止めの儀や、あの祝宴の場のような現状を、どうにかしようと思ってくれたんだろう？』

「……っ、そうよ。だって、嫌なんだもの。ヴォルガはこんなに優しいのに、これ以上、酷い噂を広められたくなかった。私がアルカンディアに帰った後、ひとりぼっちになって欲しくなかったのよ。ヴォルガには、ハティちゃんや、ファルーシャや、スコルドがいてくれるのかもしれないけど、でも、もっと、たくさんの人に慕われて、愛されて欲しいって思ったの……」

『ニーナ……』

「スコルドから聞いたわ。昔のヴォルガは、獣化した姿を見られることや、恐れられることに怯えていたって。でも、そんなヴォルガが獣化して戦ったのは、スコルドの代わりに国を守るためだったんでしょう？　それなのに、どうして酷い噂を立てられたり、三賢狼やスコルドの支持派達に反発されたりしないといけないの？　そんなのおかしいじゃない！　どうして、ヴォルガはなにも言わないの……!!」

必死に訴えるニーナを、ヴォルガはただ、月色の瞳を張り詰めて、じっと見つめ返してくる。

そこに怒りの色はない。気のせいか、嬉しそうに微笑んでいるかのような、優しい眼差しをして彼は言った。

『……ニーナ。お前に、話しておきたいことがある。俺が、まだほんの子どもだった頃(ころ)の話だ』

「子どもの頃の……？」

ああ、とヴォルガは頷(うなず)き、静かな声で語り始めた。

――王家直系の第一子、スコルドの獣気量が少ないように、獣気の衰退(すいたい)は王家の血筋にも顕著(けんちょ)に現れていた。

だが、そんな中、ヴォルガだけが異常なほどの獣気に恵(めぐ)まれた。

彼が生まれたとき、その姿は獣人の赤子ではなく、白銀の狼の姿だった。

そんな事態は、王家の長い歴史の中でも前例がなかった。狼人種であるウルズガンドの獣人達は、異質なものを嫌う性質がある。

幸いにも、父王や王妃(おうひ)はヴォルガを愛したが、幼少期になっても獣人の姿がまともに保てず、獣の頭で過ごしたために、まわりの者達からは気味悪がられ、忌(い)み子と囁(ささや)かれ、疎外されたのだ。

『――あれが、第二王子のヴォルガ様か』

『狼の頭をした異形という噂(うわさ)は、本当だったのだな！』

『頭どころか、お生まれになったときは、全身狼の姿だったらしい。獣気が異様に多いせいで、獣人の姿にさえなれないそうだ』

『なんと恐ろしい！　それではまるで、怪物ではないか！』

顔を見られることで、囃し立てられ、怯えた目を向けられることが、ヴォルガはなにより嫌いだった。

特に、スコルドに王位を望む支持派や、彼等を親に持つスコルドの側付きの少年達からの風当たりの強さは、相当のものだった。

誰よりも聴覚に優れていたヴォルガは、心無い陰言が耳に入るたびに傷つき、他人が信用できなくなり、臆病に育ったのだ。

『ヴォルガ。また一人で森に来ていたのかい？　危ないからいけないと言っただろう』

『……申し訳ございません、兄上。わざわざ、迎えに来てくださったのですか……？』

『当たり前だろう。お前は、僕の可愛い弟なのだからね』

そんなヴォルガにとって、一番の理解者であり、味方となってくれたのは兄のスコルドだった。居場所のない王宮を抜け出しては、森の奥の秘密の場所で膝を抱えて泣いていたヴォルガを、スコルドはいつも優しく慰めてくれたのだ。

『——可愛いヴォルガ。お前を傷つけるすべてのものから、僕が守ってあげよう。お前には僕がいる。だから、なにも寂しがる必要はないのだよ……』

しかし、とある陰謀——当時のヴォルガに擦り寄ってきた悪臣達が、優秀な次期国王候補だったスコルドを毒殺し、ヴォルガを傀儡の王に仕立て上げようとした陰謀が、臆病な彼を変えた。

ヴォルガが今のような、近づき難い冷厳な態度を取るようになったのは、そういった輩につけ入る隙を与えまいと、あえてそう振る舞ったためだったのだ。

その効果はてきめんで、以来、不遜の輩は一切ヴォルガに近づいて来なくなった。

——だが、あるとき、大きな事件が起きた。

いつものように王宮を抜け出して、森の中で過ごしていたヴォルガをスコルドが捜しに来たとき、彼を獣が襲ったのだ。悲鳴を聞いたヴォルガはすぐさま駆けつけたが、獣に襲われているスコルドの姿を見たとき、身体に異変が起きた。

獣化だ。

身体から溢れ出す獣気の白光に包まれて、見る間に巨大な白狼の姿と化した彼は、スコルドに喰いかかる獣を追い払い、兄を助け出した。

——それなのに、初めての獣化で昂る獣気を抑えられなくなったヴォルガは、誤って、スコルドの腕に嚙みついてしまったのだ。

『——そこから先の記憶は途切れている。気がついたときには、王宮の寝台に寝かされていた。そして、事情を伝えられたときには既に、「獣気を抑えきれず暴走した第二王子が、第一王子のスコルド殿下を喰い殺そうとした」という醜聞が、兄上の支持派の手回しにより、国中に広められてしまっていたんだ』

「……だから、皆は今でもヴォルガのことを、あんなにも怖がってしまうのね」

物語や小説の中の話ではなく、実際に、この美しい王宮内で欲望が渦巻く後継者争いが繰り広げられていたことに、ニーナはショックを隠せなかった。

『戦場で兄上が行方不明になった後、残された俺は王太子として前線に立ち、国を守ることで兄上に報い、汚名の払拭を望んだ。だが、獣化して戦う俺の姿を見た臣下達は、過去のことがあったせいで余計に俺を恐れるようになってしまった。……だから、今さらどうにもならないと、諦めてしまっている』

「……そうだったの」

ニーナは白狼の貌に触れていた手を眉間へとすべらせた。深く刻まれた皺を伸ばすように撫でていく。不機嫌になるかと思ったが、月色の双眸は心地よさげに細められた。

「ヴォルガ……私ね、貴方の怪我を治している間、王宮で働く獣人達と話をしたの」

『なに……!?　またお前は、危険なことを』

「ごめんなさい。でも、皆、ヴォルガのことを心配してたのよ。怖がったり、悪い噂を流したりする人達ばかりじゃなかったの。戦場でヴォルガに命を救われたことを、感謝している人もたくさんいたわ。――だから、まだ諦めないで。一人でどうにかするのが無理なら、私が力になるから」

知らなかった。

知らないことばかりだった。

冷厳なのも、偉そうなのも、ヴォルガが王という立場にいるからなのだと思っていた。

幼い頃から、そこまで異質な存在として疎外されてきたなんて、想像すらできなかった。

——寂しかっただろうに。

華やかな王宮で、あんなにもたくさんの獣人達に囲まれている中で、その輪の中に入れずに感じる孤独は、誰もいない森で過ごしてきたニーナのそれとは比べものにならなかったはずだ。

同じ孤独をニーナも知った。贄姫として——ただ一人の人間として、この獣人の王国に貢がれてから、初めて思い知った。

背中に巻いた包帯に、そっと手を伸ばす。

(もう、これ以上傷ついて欲しくない。身体の傷だけじゃなく、ヴォルガが負った心の傷まで癒せたらいいのに——)

そんな願いが、自分でも驚くほど強く、心の底から溢れ出した。

——そのときだった。

「——っ、なに……!?」

ニーナの手のひらから、朝陽と見紛うほどの眩い光がほとばしった。

ハティシアのときと似ているが、違うのは、溢れ出したその光が、ヴォルガの巨軀を包みこんだことだ。白狼の輪郭がふわりと崩れ、光は、純白の狩装束を身につけた、獣人の姿を形作っていく。

やがて、完全に光がおさまった後、眩しさに閉ざされていたヴォルガの瞼がゆっくりと開いた。

「……ニーナ、今のは」

「すごい……!!　い、今の光って、贄姫の力よね!?　なにが起きたのかよくわからないけど、きっと、獣気が回復したことで暴走が収まったのよ……!　元の姿に戻れて、本当によかった……!!」

手放しで喜ぶニーナを見つめていた月色の双眸が、甘やかに細められた。

「ヴォ、ルガ……?」

冷厳さの消えた白皙の美貌は、たとえようもないほどに、ただただ美しくて。

言葉も無くして見惚れるあまり、反応が遅れた。

彼はまだ、自分が獣人に戻ったことに気づいていないのではないか——そう悟ったときには既に、ヴォルガはニーナの頬に擦り寄って、その唇で、優しく涙を舐め取っていた。

「ひゃあああああっ!?」

「ニーナ?　いきなり叫んだりして、どうした」

真っ赤になって硬直し、悲鳴を上げるニーナの異変に、ヴォルガは密着させていた身を離し——そこでようやく、あらぬ事態に気がついたらしい。

彼の背にある白銀の尾が、ボボッ!　と過去最大に膨らんだ。

「すっ、すまないっ!!　獣化が解けているとは思わなくて、つい……!!」

「き、ききき気にしないで……っ!　照れられると、余計に恥ずかしくなるからっ!!　そ、それよりも、さっきの光よ。ヴォルガの傷を癒せたらいいのにって、祈りをこめたら溢れ出した——間違いなく、贄姫の力よね？」

「ああ……消耗していた獣気が回復しているし、獣気の流れも正常に戻っている。驚いたな。弱っていたハティシアならいざ知らず、この俺の獣気を一瞬で、ここまで回復させるとは」

ふむ、とヴォルガは思案した。

「状況は、ハティシアを回復させたときとよく似ている。であれば、あのときよりもニーナの贄姫としての力が成長し、強まっていると考えるべきだろう。〝祈りによって、獣人の獣気を高める〟力——底を尽きそうだった俺の獣気を瞬時に回復させることができるほどの力が、今のニーナにはあるということだ」

「成長した力……それが、贄姫の本当の力なのかしら……？　どちらにしても……ヴォルガが、元気になってくれて……よか……った」

急に、身体から力が抜け落ちた。足元に突然空いた穴の中に落下していくように、抗う間もなく意識が遠のいていく。記憶が途切れる寸前、ふわりと温かなものに身体が包まれるのを感じた。

まるで、夢のような幸せな抱擁だった。

五章　獣人喰い

「――っ、ヴォルガ……！」

ハッと目を開けると、真っ白な絹のシーツが目に飛びこんだ。

一瞬、自分がどこにいるのか曖昧になる。純白の天鵞絨に金糸の千花模様で彩られた天蓋は、ニーナにあてがわれた賓客室の寝台のものだ。尖塔の鐘が早朝の時刻を告げる。暖炉の薪もまだ真新しい。宵越しの喧騒が嘘のように、白亜の王宮は夜明けの静寂の中で微睡んでいる。

記憶を辿るうちに、昨夜の出来事を思い出した。おそらく、贄姫の力でヴォルガの獣気を回復させて彼を獣人の姿に戻したものの、気を失ってここに運びこまれてしまったのだろう。

(やっぱり、ハティちゃんのときと同じなんだわ。ヴォルガはどうしてるだろう……ちゃんと元気になってくれたのかしら)

乳白の温かな毛織の夜着のまま寝室を出る。居間をのぞくと、筆記机で執務をしていたファルーシと目が合った。ろくに寝ていないのだろう。濃い隈のある目元に安堵を浮かべて駆け寄ってくる。

「ニーナ！　よかった、目が覚めたんだね！　起き出して大丈夫かい？」

「大丈夫よ、ファルーシ。それよりも、ヴォルガの容態はどう？　贄姫の力で、獣気は回復できたのよね？」

「ああ、勿論だ。詳細はヴォルガから聞いたよ。おかげで容態も落ち着いている。背中の怪我が完治するまでは、絶対安静だけどね」

「そう、よかった……」

　ほっとした瞬間、ふと脳裏に浮かんだのは、ヴォルガからの口づけの記憶だった。獣気が回復し、獣化が解けていたことに気づいていなかった彼は、狼の姿の感覚のままニーナに唇を寄せたのだ。熱を孕んだ頬を吐息が掠め、柔らかな舌先が、眦に浮かんだ涙をそっと舐め取——

「ふわあああっ⁉」

「ニーナ⁉　大丈夫かい、顔が真っ赤じゃないか！　まだ熱があるのかもしれない。贄姫の力は体力を大きく消耗するから」

「だ、だだだ大丈夫だからっ！　ちょっと変なことを思い出しただけ……っ！」

　変なこと？　と小首をかしげるファルーシの背後。居間の最奥に取られた大窓からヴォルガのいる寝室の窓辺が見えるのだが、そこに繋がる廊下を緋色の毛並みをした兵士達が走っていくのが見えた。

　丈の長い鋼色の軍服に身を包んだ彼等は、ただの兵ではない。

（あの軍服、たしか狼牙兵師団とかいう精鋭部隊だったはず。どうしてヴォルガの部屋に……まさか、ヴォルガの身に何かあったんじゃ……）

怪我で弱った彼を狙って賊でも入ったか。最悪の場合、謀反の可能性もありえる。

考えれば考えるほど、思考は悪いほうへと傾いていく。

「ごめんなさい、ファルーシ！　ヴォルガのことが心配になってきたわ。ちょっと私、様子を見に行ってくる！」

「行ってくるって――、ちょ、ちょっと待つんだ、ニーナ！　今行くのは、まずいよ！」

制止を振りきり、部屋を飛び出したニーナは上階の奥まった位置にあるヴォルガの寝室を目指した。窓から覗いていた通り、廊下には狼牙兵師団の兵士達がひしめいている。彼等は駆けつけたニーナの姿を見るなり、問答無用で捕らえに来た。

「待って！　私はただ、ヴォルガに会いたいだけなのよ。お願いだから通して！」

だが、兵達に話す気はないらしい。かといって、簡単に捕まるニーナではない。過去にこの王宮から幾度もの逃亡を試みたとき、彼等は誰一人としてニーナを捕らえることができなかった。

（仕方ないわ！　こうなったら、力ずくでも押し通る……っ！）

トン、と床を蹴り、ニーナは自分に迫る大柄な兵士の頭を踏みつけ、高く跳躍した。そのまま、こちらに詰め寄せる彼等の頭や背中を足場にしながら前進していく。すばしこいニーナを捕らえようと、廊下はたちまち大混乱に陥ったが、突如、低い遠雷の響きがそれを制した。

「──何事だ、騒々しい」

灼賢狼ゲーリウス・アレズ・マーヴォルス。

鮮やかな真紅の賢狼衣を纏い、王の部屋から姿を現した最古老の賢狼は古希をとうに超えているそうだが、実際の年齢よりもずっと若々しく屈強に見える。

隙なく整えられた髭。白髪交じりの緋髪を結い上げた面立ちは、どこかしら師匠を彷彿とさせる。左眼を引き裂く爪痕を、弓矢を咥えた狼が刻印された黒革の眼帯が覆っていた。

ゲーリウスは、兵士達を翻弄しているニーナの姿を認めると、鈍色の隻眼を不快そうに眇めた。

「これはこれは、贄姫様。このような早朝に、何用で参られたので?」

「おはよう、ゲーリウスさん。何用もなにも、私はヴォルガの治療を任されているのよ？　容態が心配だったから、見にきたの。部屋の中に通して欲しいんだけど」

むぎゅっ、と最後に踏みつけた兵士の頭を足場に天井高くまで跳躍したニーナは、クルクルと綺麗に回転した後、ゲーリウスの目の前へ着地した。

隻眼の賢狼は微塵も動じない。

「例の、草の薬による治療ですな。しかし、陛下の獣気は既に回復し、容態は安定していると医師達から報告を受けておりまする。これ以上の介入は不要。今は理由あって、我ら王の牙たる狼牙兵師団が王の御身を護らねばなりませぬ。即刻、立ち去られよ」

「納得できないわ！　あれだけの怪我だもの。いつ容態が急変するかわからないじゃない！　ヴォルガを護るなら、私が彼の側についているわ。最後まで面倒を見させて！」

「お言葉ではございますが、陛下の守護は、王の牙たる我等が役目。分を弁えられるがよろしい。――それに、うら若き乙女が夜着の姿で男の閨に入りこむのは、少々はしたないのではございませぬか？」

明らかな揶揄を含む物言いに、カッと頬が熱を持った。

「ヴォルガの身に危険が迫っているかもしれないのに、着飾っている暇なんてないわ！　いいから彼に会わせなさい！　なにが王の牙よ。獣化したヴォルガに尻尾を巻いて、近づくこともできなかったくせに!!」

「――っ!?　無礼な！　人間の分際で、我等一族を愚弄するか……!!」

激しい怒気とともに、ゲーリウスの身体から獣気が放たれる。周りの兵士達は一斉に慄くが、ヴォルガの威嚇に慣れきっているニーナは毛ほども動じない。双方、互いに一歩も引かず睨み合っていたところに、大驚失色の形相でファルーシが駆けつけた。

「ニーナ……っ！　ここは一旦引いて、部屋に戻ろう。詳しく事情を説明するよ」

「――わかったわ。ゲーリウスさん。言っておくけれど、ヴォルガになにかあったら許さないから！」

真っ向からぶつかり合う視線と視線の間で火花が散った。ふん、と先に目を逸らしたのはゲーリウスだったが、彼はニーナとファルーシが立ち去る際、唸るように吐き捨てた。

「野蛮な小娘が……！」

「本当に腹が立つわ!!　今さらなによ！　ヴォルガが危ないときになんにもできなかったくせに、なんであんなに偉そうなの!?」

「ニーナ、落ち着いて……って、言っても無理だろうから、とっておきの香草茶を用意したよ。ヌークのミルクをたっぷり使った特製ミルクティーだ。ミルクで煮出した紅茶に、ラベンダーの花、リコリスの根とジンジャーシロップ、交易で取り寄せたバニラの実――香りの効果は鎮静作用。怒りや不安を鎮めて、安らぎと幸福感を与えてくれる」

「美味しいわ！　おかわり!!」

タン！　とテーブルに置いたティーカップに、新たな香草茶がなみなみと注がれていく。

あの後、部屋に戻ったニーナは、窓辺のティーテーブルでファルーシに窘められていた。

茶器を置き、ニーナの対面に腰掛けたファルーシは、普段よりも少し鋭利な雰囲気を纏い、王の側近の顔をしている。

「……ふぅ。ありがとう、ファルーシ。おかげで少し落ち着いたわ。それで、さっき言っていた詳しい事情というのはなに？」

「王家の狩りの後、森に捜索隊が入ったんだ。君の証言とヴォルガの傷から明らかになった、〝正体不明の巨大な怪物〟の捜索のためにね。ところが、捜索隊が現場で発見したのは、頭部を嚙み千切られた雪羆――白い羆の死骸と、深手を負って倒れた狩りの参加者だった」

「なんですって……⁉　どういうこと、ヴォルガが仕留めた怪物は⁉」

「残念ながら、方々を探索しても見つからなかった。それで、その……」

言葉尻を濁し、ファルーシは伝えかたを迷っている様子だったが、やがて、意を決したように翠緑の瞳を上げた。

「倒れた参加者の身体には、ヴォルガの牙痕が残されていた。そのため、彼に〝獣人喰い〟の冤罪がかけられてしまったんだ。疑惑が解けるまで私室に謹慎の上、灼賢狼の監視下に置かれることになった」

「〝獣人喰い〟……⁉　酷いわ、ヴォルガがそんなことするわけないじゃない！　怪物に襲われた私を助けるために、命懸けで仕留めてくれたのよ！　許せないわ、冤罪をかけたのは三賢狼なの⁉」

「いいや。調べによると、スコルド殿下の支持派らしい。支持派の主な構成員は、彼を王位につけ、賢狼の地位を狙う有力分家の長達だ。三賢狼にとっては政敵にあたる。彼等がヴォルガの負傷を好機ととらえ、謀反を企てる危険性があるために、ああして厳重に警護する必要があるんだ」

「それじゃあ、ゲーリウスさんは本当にヴォルガのことを護ってたのね。でも、三賢狼は反対派で、敵対しているんでしょう？」

「関係はすこぶる悪いよ」と、ファルーシは頷いた。それでも、賢狼三家はウルズガンド建国以来、王家に仕え王を支え続けてきた重鎮だ。それは一族の誇りであり、矜持でもある。己の代で王家が潰えたとなれば、賢狼としての地位さえも失ってしまうだろう——そう続ける彼は、苦悩と悲しみが入り混じったような、複雑な表情をしている。

「そうなの……物語だと、王に謀反を働いた重臣が王家を乗っ取ってしまったりとか、よくある展開だと思うんだけど」

「難しいだろうね。賢狼三家は互いに協力と牽制を行いながら、一族同士の均衡を保ってきたんだ。三賢狼が服従するのは王であり、三家を統率できるのは王家のみ。特に、灼賢狼ゲーリウス様と僕の父、金賢狼ファレルは犬猿の仲でね。その影響で、一族同士もなにかと張り合うことが多いんだよ」

「仲が悪いから、互いには従えないのね。もう一人の、蒼賢狼のフレキアという女性は？」

「蒼賢狼一族は、特殊でね。硝子工藝師をはじめとする職人達や、医師、学者達などの研究職を総括している。蒼賢狼フレキア様自身が、国家最高位の宮廷硝子工藝師長でもある。生涯をかけて己が道を究めることを美徳とする彼等は、諍いごとに一切関心がない」

「我関せずというわけね。ヴォルガから聞いたんだけど、三賢狼と不仲になったのは、彼がお父さんの死の真相を追及しなかったからなんでしょう？　でも、調べなかった理由は冤罪を防ぐためだったのに、どうしてわかってもらえなかったの」

「……それは」

「――それは、僕のせいだよ」

コツ、と床を打つ杖の音。

振り向くと、開け放たれた扉の前にスコルドが佇んでいた。

狩りのときとは異なる装束だが、相変わらず夜闇のような黒ずくめだ。肘まである黒絹の手袋を嵌めた手に、雪白の薔薇の花束を携えている。真冬だというのに、溢れるほどに咲き誇る花の香気が、スコルドの優美さをいっそう鮮烈にする。

「不躾ですまない。話が聞こえたものだから、つい……。子リスちゃん、体調はもう大丈夫なのかい？　ヴォルガの怪我の治療中、疲労で気を失ったと聞いて、いても立ってもいられなくなってしまってね」

「すっかり元気よ。綺麗な花束をありがとう！　わざわざ、お見舞いに来てくれたの？」

駆け寄れば、スコルドは銀の眼差しをにっこりと細めて肯定した。

「領地である炎の庭から、朝咲きの白薔薇を取り寄せたのだよ。君の髪と瞳の真紅に映えるだろうと思ってね」

王家の狩りで、驚いて樹に登った姿がそっくりだったせいか、彼の中では子リスちゃんという呼び方がすっかり定着してしまっているようだ。

突然のスコルドの来訪に、ファルーシは緊迫した面持ちだったが、彼の穏やかさに安堵したのか、すぐに席を勧めた。スコルドとともに、贈られた薔薇を飾ったテーブルを囲む。

「さっき言ってたこと……スコルドのせいって、どういうこと？」

「父の死因は奇妙でね。急激な獣気の増加によって突然死するという、過去に前例のないものだった。明らかに不自然な死因に、父に絶対の忠誠を誓っていた三賢狼は、特殊な毒物による暗殺を疑った。その疑いをかけられたのが、父により王位継承権を剝奪され、心身を病んでいた僕だったのだよ」

「それじゃあ、ヴォルガはスコルドを庇うために……」

そうだね、とスコルドは悲しげに瞼を伏せた。三賢狼はスコルドの関与を徹底追及するよう求めたが、ヴォルガは耳を貸さなかったのだという。

「なぜなら、僕に父王暗殺の罪を着せることで、政敵である支持派もろとも一掃しようという、三賢狼の魂胆を見抜いていたからだ。彼等が保身のために僕を排斥しようとした悪臣だからこそ、ヴォルガは君の帰還や和平条約の締結に彼等の協力を求めず、僕に頼ろうと考えたのだろうね」

「そうだったのね……。ねぇ、スコルド。貴方の支持派達に、ヴォルガが〝獣人喰い〟という酷い冤罪をかけられてしまったの。貴方の力で、晴らすことはできない？」

「弟の身を案じてくれているのだね。ありがとう……だが、すまない。今の僕は権力なき傀儡の王子だ。彼等は僕の立場を利用しようとしているだけで、忠義があるかどうか……。せめて、彼等に不穏な動きがないよう注意を払おう」

黒絹に包まれた彼の手が、そっと、テーブルの上に置いていたニーナの手に重なった。

なだらかな眉の下、霧氷のごとき銀糸の睫毛が憂いの影を深く落とす。

「宮中が荒れている。支持派達を押さえるためにも、僕は一度、彼等の拠点でもある僕の領地に戻るつもりだ。子リスちゃん、君も来なさい。ヴォルガが囚われている今、君を守れる者が側にいるべきだ。領地はここよりも温暖で治安も良い。温水を利用した大庭園には、この白薔薇をはじめ、各国から取り寄せた美しい花々が咲き乱れている。不自由な思いはさせないと約束するよ」

「それは……でも、貴方は人間が嫌いなんでしょう？　どうしてそこまでしてくれるの？」

「出会ったときにも言ったように、君は特別なのだよ。妹の恩人であることは勿論、国の平和のために犠牲にされた身の上が重なるからか、強く心を惹かれてしまう。……君のことが心配なのだ。手元に置いて守りたい」

銀の瞳を切なげに陰らせて、スコルドはじっとニーナの瞳を見つめてくる。

ニーナはしばらく返答を考え、ゆっくりと首を振った。

「心配してくれて、本当にありがとう。――でも、私は自分がなにかの犠牲にされただなんて思ってないわ。育て親の師匠が言っていたのよ。人の運命は旅路のようなものだって。たとえ難所に差しかかっても、目指すものがその先にあるなら、なんとか前に進むしかないわ。進んでさえいれば、歩き方がわかってくるものなのよ。私にもようやくわかってきたの。だから、途中で逃げたくない」

「……旅路、か」

「そうよ。それに、ヴォルガの身が危ないときに、自分だけ安全な場所で守られているわけにはいかないわ。二人で力を合わせて、彼の夢を叶えようと約束したんだから」

「………………」

残念だね、と呟き、彼はお茶の残りをそのままに席を立った。

重ねられていた手のひらが、繋がることなく離れていく――

「それが君の意思ならば、仕方がない。その代わり、なにかあったらすぐに頼りなさい。僕は、君の力になりたいのだ」

退室するスコルドを送り終えた後、テーブルに戻ったファルーシは、どっと脱力した様子で息を吐いた。

「驚いた……！　あのスコルド様が女性への誘いを断られるなんて初めてだから、どうなることかとハラハラしたよ！　よかったのかい？　貴族の御令嬢達どころか、国中の女性にとっての憧れの王子様なのに」

「良いもなにも、ヴォルガに冤罪がかけられてるのに、側を離れられないじゃない」

「――！　うん、そうだね。ありがとう。ニーナはヴォルガのことを、本当に大切に想ってくれているんだね」

心から嬉しそうなファルーシの笑顔に、当たり前だと頷いた。

「さて！　ファルーシには悪いけど、大人しく養生している気はないわよ。このまま放っておいたら、また悪い噂が広められて、ヴォルガの立場が悪くなるもの。そうなる前に、私達で冤罪(えんざい)を晴らしましょう！」

「わかった。協力するよ」

「え……っ？」

まさか、二つ返事で了承されるとは思わなかった。てっきりお小言の二つや三つ飛んでくると思ったのに。

面食らうニーナに対し、ファルーシはすました顔で茶器を片付けている。

「い、いいの？　少しは反対されると思ってたのに」

「今回の冤罪には、僕も腹を立てているからね。勿論、王の側近としては断固として許すわけにはいかないんだけど、無理矢理に閉じこめたところで逃亡(とうぼう)するのは目に見えているし、君を捕(と)らえられるのはヴォルガだけだ。――なら、僕の目の届くところにいてくれた方が、単独で行動されるよりずっといい。その代わり、絶対に僕の側を離れないこと」

「わかったわ。ありがとう、ファルーシ！　じゃあ、まずはヴォルガに襲(おそ)われたっていう、狩(か)りの参加者に会って話を聞きましょう」

後日。早朝の馬車に乗り、ニーナは西の大都の一等地に座す金賢狼ファレルの屋敷(やしき)を訪(おとず)れた。三賢狼の一角を担(にな)う彼は、交易を束ねる国家最大の商業組織コルンムーメ商会の頭

取にして、王の側近ファルーシの実の父である。

怪我を負った狩りの参加者は、獣気を消耗し気を失ったままだという。彼を贄姫の力で回復させれば、あの場でなにがあったのか聞くことができるかもしれないと考えたのだ。

だが、同時に危険も伴う。

これまでヴォルガが隠し通してくれたお陰で、三賢狼はニーナの持つ贄姫の力を知らない。ハティシア姫の病も、ヴォルガの怪我も、表向きには薬草の知識に長けたニーナが、薬草料理や草の薬で治したことになっている。

万が一、三賢狼に知られてしまったら、ニーナがアルカンディアに帰還することに断固として反対するだろう。そして、その力を私欲のために利用し尽くすに違いない。

屋敷で出会したらまずいのではと警戒しつつ門扉をくぐるニーナに、ファルーシは大丈夫だよと微笑んだ。

「父の予定は把握済みだ。今日は、遠方の会談に出席しているから、夕刻まで戻らないよ」

彼に連れられて、細部にまで意匠の凝らされた絢爛な屋敷を進んでいく。中庭を過ぎ、それに面した寝室に通された。室内を飾るのは、交易により各地から収集された異国情緒溢れる品々だ。

問題の参加者は、透かし彫りの美しい白檀の寝台で眠りについていた。喉元から肩口にかけて咬傷を負い、出血にともなう獣気の消耗によって昏睡状態にある青年は、身体つきが少々がっしりとしているものの、ファルーシによく似た面立ちをしている。

「まさか、怪我をしたのがファルーシのお兄さんだったなんて……」

「あの狩りの主な参加者は、賢狼三家直系の子息達だからね。現在、金賢狼ファレルには一人娘と四人の息子達がいる。末子が僕で、怪我を負ったのは長男のファリスだ」

今回の冤罪には自分も腹を立てているのだと、ファルーシはこぼしていた。表面的には穏やかだが、纏う空気は吹雪の前の凪に似た緊迫感に満ちている。

実の兄が重傷を負わされ、君主であり親友でもあるヴォルガにその罪が着せられたのだ。憤るのも無理はないと、ニーナは毛足の長い真紅の尻尾をぎゅっと握りしめた。

贄姫であることを隠すため、ごく一般的な獣人の令嬢に扮している。もし、この尻尾が本物だったなら、怒りのあまり倍の太さに膨らんでいただろう。

ちなみに、髪色に合わせた獣耳や尻尾を含め、冬装のドレスから雪靴に至るまで、すべてハティシアの力作である。長い闘病生活の間に研鑽された裁縫の腕は一流で、以前、王家の狩りのために拵えてくれた狩装束も、とても素晴らしい出来だった。

動きにくい格好を嫌うニーナは、王宮でも簡素なドレスを好んでいる。

しかし、今日のドレスはスカート部分が大きく膨らんだ、フリルが美しいデザインだ。獣耳と尻尾はどう見ても本物だし、作り手の腕が良いからか、ドレスとは思えないほど着心地がいい。

これなら万一のときも充分対処できると、スカートに触れ、密かにほくそ笑んだ。

「それじゃあ、ファルーシ。早速だけど、贄姫の力でお兄さんの獣気を回復させてみるわね。そうすれば、きっと目を覚ます前に済ませてしまおう」

「ああ。家の者達に気取られる前に済ませるはずよ」

頷いて、ニーナは昏睡したファリスの手を握りしめた。意図的に力を使うのは初めてだが、ヴォルガの一件で感覚は摑んでいる。目を閉じ、一心に回復を祈るうちに、手のひらから光が溢れ始めた。光はゆっくりとファリスの身体に流れ込んでいく。

成長を遂げた贄姫の力は、あのヴォルガの獣気でさえも一瞬で満たしたのだ。相手が普通の獣人なら、回復させても気を失うことはないはず。その読みは正しく、手を離した後も、軽い眩暈を感じる程度で済んだ。

しばらくして、寝台の上のファリスが、ふわりと瞼を開いた。

「ここは……？　……そこにいるのは、ファルーシか？」

「ご無事でなによりです、兄上……！」

ファルーシは目覚めたファリスに端的に現状を伝えた。贄姫の力のことは伏せ、ここにいる医学師見習いのニーナが作った気つけ薬が効いたのだと、もっともらしい方便を垂れる。

そして、森で何者かに襲われたことを覚えているかと尋ねたが、ファリスは首を振った。

「残念だが、なにも覚えていないよ。何頭か鹿を仕留めた後、獣気を回復させるために秘薬を飲んだ。そこから先の記憶が、すっかり抜け落ちている」

「秘薬……じゃあ、あそこに落ちていた秘薬の小瓶は、貴方の物だったのね」

王家の森でニーナを襲った怪物を、助けに駆けつけたヴォルガは確かに仕留めた。

しかし、後から現場を探索した兵士達が見つけたのは、その身にヴォルガの牙痕を残したファルーシの兄、ファリスだった。

（信じられないことだけど……状況からしても、これしか考えられないわ）

ヴォルガに冤罪がかけられた日から、この不可解な状況について何度も考えてきた。

そのたびに、同じ可能性に辿り着く。

ありえないことなのかもしれない。

――でも、もう、この可能性しかないのだと、ニーナは一か八かの考えを口にした。

「ファルーシ、あの秘薬には獣気を高める効果があるのよね？　もしかしたら、ヴォルガが獣化するみたいに、獣人を怪物のような姿に変えてしまう副作用があるんじゃないの？」

「まさか！　あれは灼賢狼家に伝わる狩りのための妙薬だよ。消耗した獣気を、一時的に回復させる効果しかない。ヴォルガも同じものを飲んだだろう？」

「そういえば、そうね……でも、ファリスさんが飲んだ秘薬の瓶を調べれば、何かわかるかもしれないわ。王宮に持ち帰ったはずだから、帰って中身を調べてみましょう」

　わかった、と半信半疑に頷くファルーシの獣耳が、ビクッと唐突に跳ね上がった。

　ニーナもすぐに異変に気がつく。寝室のドアが蹴破られたのは直後のことで、鋼色の軍服姿の兵士達――狼牙兵師団が、たちまちのうちに雪崩れこんだ。

　壁伝いに広がり、隙なく包囲する。

彼等を従え現れた三人の獣人達に、ニーナはギクリと身体をこわばらせた。

(三賢狼……!)

「ずいぶんと面白い話を聞かせていただきましたよ、ファルーシ。——そちらの可愛らしい御令嬢は、贄姫様でございますね。御身の御力にて我が息子、ファリスを救っていただいたこと、心より御礼申し上げます」

細い糸目に優しげな笑みを貼りつけ、金賢狼ファレルが恭しく一礼する。

黄金色の賢狼衣には、麦穂を咥えた狼の紋章。翡翠の装飾具で身を飾り、蜜のような金の髪を結下げた不惑の賢狼。双眸はファルーシと同じ翠緑で、顔立ちも物腰もいたって柔和だ。花射止めの儀でヴォルガが詰問したときも、彼だけは人当たりの良い微笑みを絶やさなかった。

——だが、ファルーシ曰く、ファレルは金を積まれなければ動かないような男である。根っからの商人気質であり、彼の一挙手一投足を決めるものは恩でも情でもなく、自己利益だという。

翠緑の瞳に宿る、冷淡な光にニーナは震えた。

——知られてしまった。しかも、最も性質の悪い相手に。

動揺を隠しきれないニーナの前にファルーシが庇い立ち、動じることなく礼を取った。

「これはこれは、賢狼方。——父上、本日は遠方での御公務でお忙しいはずでは?」

「お前が怪しい動きをしていると知らせが入ったので、気になって戻ってみたのですよ。

水臭いではないですか。獣人の獣気を回復させる――贄姫様がそのような素晴らしい力をお持ちなら、すぐにでも父に教えてくれれば良いものを」

「なにを仰っているのやら。兄を癒したのは、この者が煎じた草の薬です」

「とぼけても無駄ですよ。深手を負った陛下の獣気がたった一夜で回復したという報告を受けたときから、なにかあると怪しんでいたのです。ハティシア王女殿下が不治の病から奇跡のご回復を遂げられた件も、すべて合点がいきました」

「あっはっは！　御伽噺ではあるまいし、そんな力があるわけがないではありませんか。欲に溺れるあまり、幻聴でもお聞きになったのでしょう」

「はっはっは！　幻聴かどうかは、そちらにおられる贄姫様にお尋ねすればわかることです。――捕らえなさい!!」

「ニーナ、ここは僕が抑える！　その隙に窓から逃げてくれ！」

――と、振り向いたファルーシの鼻先を、なにかが掠め飛んだ。瞬間、ファレルの右斜め後ろの壁棚に飾られていた淡蒼色の壺がパリ――ンッ！　と砕け散る。

「な……っ!?」

真っ二つになった壺の合間に、深々と突き刺さった白羽の矢を全員が凝視した。

ただ一人を除いて――

「動かないで！　今のは警告よ。三賢狼を残して、兵士達は全員出て行きなさい!!　私の言うことが聞こえないなら、その大きな耳に穴を開け直してあげるわ!!」

見事な啖呵を切ったニーナの腰から下が、乗馬服に早変わりしていた。ふんわりと可愛らしいドレスのスカートは取り払われ、矢筒を背負い、雪白の短弓を構えている。

ギリッ、と張り詰めた弓弦が鳴った。

「南海渡来の青磁壺があああああ――っ!! な、ななななんてものをなんて場所に仕込んでいるのですか、貴女はっ!?」

「ここに来る前に、ファルーシが忠告してくれたのよ！ 貴方は抜け目がないから、念のために護身用の武器を持っておいたほうがいいって！」

「そう言って、僕が渡したのは護身用の短刀だったはずだけど……？」

「刃物は手加減が難しいの。弓のほうが扱い慣れているから、ハティちゃんに頼んで弓矢が仕込めるようにしてもらったのよ。これなら見た目も可愛いし、バッチリじゃない！」

なにがバッチリか、と片手で額の青筋を押さえ、ファレルは鉛のような息を吐いた。

「……ゲーリウス殿、兵達を下がらせてください。これ以上、調度品を壊されてはたまりません……っ！」

「ふん、痴れ者め。だから馬車に奇襲をかけよと言ったのだ」

灼賢狼ゲーリウスが撤退の命を下した後、憮然とした表情の賢狼達にニーナは真っ向から対峙した。弓は、まだ構えたままだ。

（――諦めない。力を知られたからって、この人達の好きにはさせないわ）

「私の力を知ったからって、利用できると思ったら大間違いよ！ 逃げたかったらいつでも逃げるし、私を捕まえられるのはヴォルガだけなんだから！　それに、怪しい動きなんかしていないわ。私達は彼の冤罪を晴らそうとしているだけ。三賢狼は王の助言機関なんでしょう？　私達の邪魔をしている暇があったら、ヴォルガの力になってあげたらどうなの！」

「はっ！　人間の小娘風情が偉そうに、身の程を知りなさい。生まれこそ王女なれど、相応しい教養も身につけず、捨て子同然の身の上で、このわたくしに意見するなど――ひっ!?」

　キィン……ッ！

　金毛の右耳を飾る、翡翠彫刻の耳飾りが弾け飛んだ。

　ニーナは、すぐさま次の矢をつがえる。

「私は、私の師匠にきちんと育ててもらったわ。失礼なことを言わないで」

「お、おやおや……！　兵を引かせ、丸腰の相手を弓で脅すとは卑劣の極みですねぇ！　これだから人間は野蛮で嫌いなのですよ」

「なにが卑劣よ！　そっちだって、寄ってたかってヴォルガのことを悪者にしてるんじゃないの！　ヴォルガが貴方達を信頼しない理由がよくわかったわ。王を信じて仕える気がないのなら、重臣なんてやめてしまえばいいのよ!!」

　生まれたときから疎外され、果ては大人達の権力闘争に利用されて、誰も信じられなくなった孤独な王。その上、命をかけて守り抜いた仲間達にまで〝人喰い王〟と拒絶され、恐れられている。それは、贄姫として争いの平定のため、国の平和のために貢がれたニーナが、人間だというだけの理不尽な理由で蔑まれるのと似通っているのかもしれない。

——いや、ヴォルガが感じてきた孤独は、こんなひとときの辛さとは比べものにならないはずだ。

傷ついている暇はない。彼がこれ以上追い詰められる前に、馬鹿げた冤罪を晴らさなければ。

深呼吸一つ、構えていた弓をゆっくりと下ろし、ニーナは三賢狼に訴えた。

「聞いて！　このままじゃ、ヴォルガが本当に〝人喰い王〟にされてしまうわ！　でも、そう呼ばれるようになったのは、命をかけて国を守り抜いた結果なんでしょう？　これ以上、ヴォルガを苦しめないで……!!」

「……贄姫様」

そのとき、それまで沈黙を守ってきた蒼賢狼フレキアが、するりとニーナの前に進み出た。ウルズガンドの獣人達は男女ともに長身の者が多い中で、フレキアは極めて小柄であり、小さな顔の半分が大仰な丸眼鏡に覆われている。

透明な薄玻璃の奥で、深い藍の瞳が思慮深い光を湛えてニーナを見つめた。

「……贄姫様。貴女は……あれだけ陛下のお側におられるのに……何も気がついておられないのでございますね……」

「どういうこと……？」

「…………」

「――紛争の鎮圧、贄姫の譲渡。すべてが終わり国を平定した暁には、陛下はスコルド殿下に王位を譲り、退かれるつもりでおられるのですよ」

フレキアが黙ってしまったので、ファレルが言葉を続けた。

「我等は王直属の重臣であると同時に、一族を統率する長でもある。いかにも、とゲーリウス。群を導き守る責任がある以上、志無き偽りの王に忠義を尽くすことはできませぬ」

「な、なによそれ!? そんなの嘘よ! ヴォルガはそんなこと、一言だって……!」

口にしなかった。

相談されたことも、一度もない。

「――っ!」

三賢狼の言葉を真っ向から否定しようと思うのに、それができない自分に愕然とした。

ヴォルガのことを疑っているわけでは、けっしてないのに。

せめて、ファルーシに同意を得ようとして、彼の表情に心臓が凍りついた。

「ファルーシ……貴方は、このことを知っていたの?」

「言葉で聞いたわけじゃない。でも、ヴォルガが番を探そうとしないのは、獣気以外にも理由があるのではないか。皆に望まれぬまま、それでも王位についたのは、スコルド殿下のお心の傷が癒えるのを待つためなのではないか――そう、薄々は感じていたよ。でも、そうすることで、これまでずっと彼を苦しめ続けてきた〝人喰い王〟の醜名や、醜聞から解放されるのなら、止めるべきではないと思ってしまったんだ」

「そ、んな……」

二人で両国の平和を守っていこうと約束したくせに、勝手すぎる——確かな怒りを感じていたはずの心は、しかし、旧知の親友であるファルーシの言葉に激しく揺れ動いた。

呆然と立ち尽くすニーナに対し、ファレルは乱れてしまった賢狼衣の裾を整え、厳かに宣った。

「贄姫様。陛下にかけられた冤罪を晴らしたいと仰いましたね。では、我々と取引をされませんか？」

「……取引？」

「ええ。ここ十数年の間、針葉の森とその周辺で多くの仲間が行方不明になっているのです。一族の中でも獣気量の多い者が被害に遭っているため、非常に頭を悩ませているのですよ。我々の協力を望まれるのなら、どうか彼等を見つけ出していただきたい」

「針葉の森の行方不明者……？　でも、もし、あの怪物に襲われたのだとしたら——」

「では、その怪物とやらの骸でも構いません。弓はお得意なのでしょう？　その弓が技を誇るだけの飾り物でないのなら、〝獣人喰い〟の脅威に怯える我々を、贄姫様の御力でお救いくださいませ。怪物の存在を証明し、陛下の所業ではないという確たる証拠があれば、我等三賢狼、無実を証言することに異論ございません」

「父上！　無理を仰らないでいただきたい!!　ニーナ、挑発に乗っちゃいけないよ。相手は獣化したヴォルガにあれだけの深手を負わせた猛獣だ。君の力では――」

「……わかったわ」

「ニーナ⁉」

「そのかわり、条件は無実の証言じゃない。三賢狼全員が、ヴォルガの味方になると誓って！　ヴォルガには、叶えたい夢があるの。アルカンディアと和平を結んで、千年続く常の平和を築きたいって言ってたわ。貴方達がヴォルガのお父さんに仕えていたときみたいに、王である彼を支えてあげて。それを約束してくれないなら、取引なんてしないわ」

「常の平和……？　陛下が貴女に、そう仰ったのですか？」

　ファレルは、ふむ、と一瞬だけ考え込むような表情を見せたものの、三賢狼達で示し合わせた後、腹の底が知れない微笑みを浮かべた。

「――よろしいでしょう。では、誓文をご用意いたします。ご心配には及びません。我等三賢狼、結んだ誓約を反故にすることは絶対にございません故に」

　手続きはつつがなく進められ、誓約は三賢狼の立ち会いのもと、正式に結ばれた。

　天にたちこめた雪雲がにわかに荒れ、夕陽を望むことなく夜闇が落ちた。
　北に望む神峰に落雷の閃光が鋭く走る。

低くとどろく遠雷の響きは、白狼と化したヴォルガの咆哮を彷彿とさせた。

やがて、すべては白い吹雪に塗りつぶされていく。


——王宮に帰り着いた後。部屋に戻ったら、涙が止まらなくなってしまった。

この部屋に初めて通されたときと似ていたが、感じる悲しみや身を裂かれるような辛さは、あのときよりもずっと複雑で苦しい。

すべてを終えたら王位を退く——そんな大事なことを話してもらえなかったのは、ヴォルガにとってニーナの存在が、その程度でしかなかったからだろうか。

なによりも、こんなにもヴォルガのことでいっぱいになってしまう自分に戸惑っている。

部屋の隅で泣いていたら、ノックとともにファルーシとハティシアが現れた。

「ニーナ、少しは落ち着いたかい？」

「……大丈夫。心配をかけてしまってごめんなさい。ハティちゃんも、来てくれたのね。——ヴォルガには会えた？」

側近であるファルーシならばと望みをかけていた。ハティシアにも口添えを頼んだのだが、二人は力なく首を振るばかりだ。

「スコルドお兄様が御領地に戻られる際、ヴォルガお兄様と謁見されたと伺ったので、わたくしから口添えをすればと考えたのですが……お力になれず、申し訳ございません」

「三賢狼は徹底して、君や、君に関わる者達からヴォルガを引き離すつもりらしい。おそらく、逃亡の手引きを警戒されているのだろうね」

「逃亡……？　ヴォルガに限って、王位を放り出して逃げるなんてありえないと思うけど。第一、逃げるってどこへ」

「ヴォルガじゃないよ。ニーナ、君のことだ」

「私……？」

話を摑めずにいると、「誓約に、期限を定められなかっただろう？」と尋ねられた。

「一見、こちらにとって有利な条件に思えるけれど、わざとだよ。そうすることで、無期限に君を拘束できるようにしたんだ。父はヴォルガを枷にして、君をこの国に繫ぎ止めるつもりだ。だから、誓約の内容も、君にとって不可能であればなんでもいい。針葉の森で怪物と思わしき獣を狩ったとしても、難癖をつけて認めないつもりだろう。かといって、行方不明者達が今も無事とは限らない」

「ヴォルガお兄様が誓約の内容を知れば、どんな手を使ってでも、ニーナお姉様を逃がそうとなさるでしょう。ですから、誓約を知る者の謁見を退けているのです」

本当に抜け目のないことだ。ここまで周到だと怒りを通り越して呆れてしまう。

逃げたりしないわ、とニーナは眦に残った涙の粒を、手の甲で乱暴に拭い取った。

「大丈夫、私の腕を信用して。あの怪物を見たら誰だって納得するはずよ。必ず仕留めてみせるわ。吹雪がおさまり次第、あの森へ行ってくる……！」

狩りの準備は既に整えてある。

覚悟を決めたニーナの横顔を、ファルーシは翠緑の瞳を細め、切なげに見つめた。

「……君は、ヴォルガに似ているね。どんな敵が立ちはだかろうと、たった一人で前線に立って戦い続けていた頃の彼にそっくりだ。誰のことも信じずにいたけど、贄姫の力だけは信じて、君の到着を待ち望んでいたよ。君は、ヴォルガが誰かの力を心から信じた、初めての人だった」

「……っ」

「君に出会って、少しずつだけど、ヴォルガは変わり始めている。君が、一片の疑いもなく彼を信じてくれるから、ヴォルガも君の力だけでなく、君自身を信じ始めたんだ。そして、その信頼は他の者にも広がりつつある。――ヴォルガにとって、君はもう、簡単に失うことのできない存在なんだよ。だから、今さら一人で戦うなんて言わないでくれ」

「お兄様もニーナお姉様も、過酷な状況に負けず、自分の力で生き抜こうとしてきた者同士だからこそ、互いの苦しみがわかるのですわ。苦しみがわかるのなら、ともに支え合い、困難を乗り越えることもできるはずです。ニーナお姉様が、わたくしにそうしてくださったように……ですから、どうか、お兄様のお力をお借りください」

春の陽だまりに咲く花のように、微笑む二人が愛おしかった。

――そうね、とニーナは頷く。

一人で考えても、誤解してばかりだ。ヴォルガに王位を退く意思があるにせよ、その真意は彼にしかわからない。想像や憶測だけで決めつけたら、陰言を囁き、悪評を広め、無闇に彼を恐れる者達と同等になってしまう。

「──わかったわ。ヴォルガに会って話をしてみる。森で拾った秘薬のことも詳しく調べなきゃいけないし。三賢狼と勝手な誓約を結んだことは、ちょっと怒られるかもしれないけど、いつまでも悩んでいるのは性に合わないもの！」

「うん。それでこそ、ニーナだね！　でも、強行突破はおすすめできない。君の身軽さなら、屋根なり壁なりを伝って寝室に忍び込むことはできるだろうけど、寝室の中まで見張られていたら、話をする間もなく捕らえられてしまうだろう？」

「それもそうね……どうしよう。どこか、見張りの目が届かない場所はないかしら」

三人揃って頭を悩ませていたとき、ノックの音とともに女官達が部屋を訪れた。

湯浴みの時間である。

「──っ、ハティちゃん、これよ！」

「ええ、これですわ！」

名案だと目を輝かせるニーナとハティシアの二人を横目に、ただ一人。ファルーシだけは、なんとも渋い顔で頭を抱えて苦悩した。

「ヴォルガ……止められなくて、ごめん……っ！」

「――陛下、御湯殿の支度が整いましてございます」

護衛の兵から湯浴み係の女官達の手へと、王の身柄はひとときの間託される。

着衣と包帯を解かれ、なめらかな白絹の湯浴衣を着付けられながら、ヴォルガは先日、王の間を訪れたスコルドのことを思い返していた。

(兄上が、まさかニーナのことを……)

スコルドからの謁見の申し出に、強引に許可を出させた。ニーナの力により獣気が回復し、獣人の姿に戻った翌日から、怪我の療養という名目の幽閉状態が続いている。

ニーナは勿論のこと、側近のファルーシャやハティシアとの接触さえ禁じられている中で、唯一知らされたのは、王家の森で発見されたファルーシの兄、ファリスの身体にヴォルガの牙痕が残されていたという、不可解な状況だった。

そんな折、あろうことか、スコルドが使者も立てずにヴォルガの自室に乗り込み、灼賢狼相手に王への謁見を求める直談判を行った。これまでの兄には考えられないほど大胆な行動に、よほどの理由があるのだと直感した。そこで、ヴォルガもまた力ずくで兵を下がらせ、面会を果たしたのだ。

スコルドの口から切なげに語られたのは、ヴォルガの身に〝獣人喰い〟の冤罪がかけられたのだという現状と、彼がニーナに対して抱く、ただならぬ想いだった。

『どうしたことか、あの可憐な姫君のことが心を離れないのだ……。狩りの最中に出会ったときは、手に口づけを落としただけで真っ赤に熟れて、呆れるほど無垢で可愛らしかった。此度の騒ぎに彼女が巻きこまれてしまう前に、僕の手元に置いて守りたいのだよ』

予想外の言葉に戸惑うヴォルガに対し、スコルドはこう締めくくった。

『どうか、お前からも彼女に口添えをしてもらえないか？　この愚兄の我儘を聞き入れてくれるのであれば、お前が長年、僕に対して抱き続けてきた願いを聞き届けよう』

眉目秀麗、多才で文武に長け、誰に対しても分け隔てなく振る舞うスコルドは、臣下達だけでなく民達にとっても理想的な王子であり、将来の王の座を約束された存在だった。

——しかし、彼が戦場に立った日、訪れた悲劇によってすべてが奪われた。ウルズガンドは理想の王を失い、代わりに王位に就いたのは、嫌われ者の粗暴な第二王子だ。ヴォルガ自身、王位を望んだことなどなかった。優れた兄こそが王に相応しく、自分は従順な臣下として彼に仕えるべきだと信じてきた。

そして、その思いは、スコルドの代わりに王座についても変わらなかった。紛争を収め、国境壁を築き、譲渡された贄姫の血肉でハティシアの命を助ける。そして、国を平定したら、心身の傷が癒えたスコルドに王座を託す。

それが、自分の役割なのだと。

だから、スコルドが面会の最後に口にしたその言葉は、ヴォルガが長い間待ち望んできた、願いそのものだった。——その、はずだったのに。

（どうして、こんなにも腹立たしい……！）

あれだけ消耗していたヴォルガの獣気が一夜で回復したことを、三賢狼が訝しんでいる。

このままでは、贄姫の力に気づかれるのも時間の問題だ。ニーナを大切に思うなら、スコルドに託すべきなのだ。彼の手中にあるものに、三賢狼はうかつに手を出せない。

だが、どんな理屈を並べても、ヴォルガには申し出を受け入れることができなかった。

「……もうよい、世話は不要だ。下がれ」

腰まで湯に浸かったところで、ヴォルガは女官達を下がらせた。湯浴衣を脱ごうとして、まだ浴場内に残っている女官がいることに気がつく。

ウルズガンドでは、目下の者が目上の者と視線を合わせることは不敬にあたる。王宮に限らず、従事する女性達はレースのベールで目元を隠すのが一般的だ。

この女官も例外でなく、ベールの下から花弁のような唇が覗いていた。髪と毛並みは鮮やかな真紅で、灼賢狼一族の者と思われるが、長身で体格の良い一族の出身にしては小柄で、薄絹の下の肢体はずいぶんと細身だ。

若輩の見習いか、それとも、と女官を見つめるヴォルガの視線が凍てついていく。

「――もしや、間者か」

身構えると同時に女官の唇がにっと吊り上がり、目元を隠していたベールを取り払った。

その下から現れたのは、目の覚めるような真紅の髪と、不敵な光を湛えた真紅の瞳。

唖然とするヴォルガの双眸に映りこんだ宝石のようなそれが、悪戯っぽく微笑んだ。

「元気そうで安心したわ、ヴォルガ！」

「ニーナ……⁉」

湯浴み係の女官に扮したニーナへのヴォルガの驚きようは、予想をはるかに超えていた。

真っ赤な顔で飛びすさり、足を滑らせて、湯の中に尻もちをつく。毛足の長い尾は濡れそぼち、ずぶ濡れになった白銀の髪の間から、月色の双眸がじっとりと恨めしそうにニーナを睨みつけてくる。

「だ、大丈夫!? いくらなんでも、そこまで驚かなくても」

返事の代わりに、バサッとなにかが被さってきたと思ったら、ヴォルガの湯浴衣だった。

きっと、肌を見られるのが恥ずかしいのだろうと、そのまま被っておくことにする。

薄絹の向こうから怒気を感じる。グルル、と低い唸り声が鼓膜を震わせた。

『どういうつもりだ!! どうしてここにいる!? その格好はなんだっ!?』と捲し立てられることを覚悟していた。

——でも、できることなら、ほんの少しでいい。

こうして会えたことを、喜んで欲しかった。

「……心配してたのよ、ヴォルガ。本当に、無事でいてくれてよかったわ」

呟くと、怒気は弱まったものの、これ以上ないほどに、深い嘆息が落とされた。

今度こそ、愛想を尽かされてしまったかもしれない。ヴォルガの顔を覗き見ようと湯浴衣を捲り上げれば、ポン、と大きな手のひらが頭に置かれた。

眩しいものを見るように細められた月色の瞳が、すぐ近くにある。

それまで感じていた、胸が締めつけられるほどの寂しさが和らいでいく。

「まったく……お前は無茶ばかりするな。〝獣人喰い〟の冤罪のことは兄上から伺ったが、無実の罪で囚われた俺を、助けにでも来てくれたのか？」

「……っ、ううん。そうしたいけど、王宮にいた方が安全なの。混乱に乗じて謀反を働かれる恐れがあるから、ゲーリウスさん達がヴォルガを護ってるんだって」

「なるほど。――それで、俺の冤罪を晴らすために、ファルーシと一緒にファリスに会いに行ったんだな。伽羅に白檀、乳香の香り……三賢狼の策にでも嵌ったか」

「わ……っ⁉」

ぐい、と腕を掴んで引き寄せられ、整った鼻梁に首筋を嗅がれた。近づく距離に、いつかの口づけの記憶が蘇る。水滴が伝う鎖骨の線、鍛え抜かれた筋肉が綺麗に浮き出た白雪のような肌が間近に迫り、顔から火を噴くほどに恥ずかしくなる。

「ちょ、ちょっとヴォルガ⁉ 匂いを嗅いで推測しないで！ ちゃんと説明するから！」

「不要だ。匂いは嘘をつかないからな。知っているか、ニーナ？ 強い感情は匂いにも表れる。獣化をすれば、遺臭を映像として見ることもできるが、お前が大事なことを隠そうとしていることくらい、今の俺でも簡単にわかってしまうぞ」

「だ、大事なことってなによ……！」

「贄姫の力が三賢狼に知られた。――違うか？」

表情は穏やかだがピリピリと肌を刺すような気迫に身体が震えた。動揺のあまり鼓動が速まる。ヴォルガは至近距離から顔を覗き込んでくるが、とても目を合わせられなかった。

「……違わないわ。ごめんなさい」

「左手の薬指から血の匂いもする。効力の強い、正式な誓約を交わす場でしか血判は使われない。なにを誓った？」

（流石ね……針を使ったから、傷なんて残ってないのに）

ニーナは深く息を落とし、ヴォルガの冤罪を晴らすために、三賢狼と交わした誓約書の内容を包み隠さず話して聞かせた。

ヴォルガは終始無言だったが、すべてを聞いた後、月色の双眸をそっと伏せた。

しばらく考えこんだ後――

「……ニーナ。お前には、しばらく兄上の領地で過ごしてもらう。兄上の庇護下なら、三賢狼も簡単には手を出せない」

「えっ？」

ヴォルガの指先が、ニーナの髪を慈しむように梳いていく。今度こそ怒鳴りつけられるか、浅はかだと軽蔑されるものと思っていたのに、耳元に囁かれる声音は優しかった。

「ちょっと待って！　どうして急にそんなことを言い出すの⁉」

「兄上から申し出があったんだ。お前のことを気に掛けてくださっている。それに、このままニーナを俺の側に置いたら、お前は本当に贄姫になってしまう気がする」

「どういう意味……？」

「誰かのために、死んでも良いと考えるようになるということだ。結んだ誓約の内容にしてもそうだ。その身を賭しても俺を助けたいと、既に思い始めているんじゃないか？」

「そ、れは……」

「ニーナは優しい。誰かの命と天秤にかけたとき、お前は自分の命を選べない。だから、俺が怪我を負ったとき、本当は贄姫の力を使わせたくなかった。ハティシアを救ってくれただけで充分だった。――これ以上、無理をさせたくはない」

「無理なんかしてないわ！　気を失うくらいなんともないもの！」

「気を失っているように見えて、命を削っていたらどうするっ!!」

「……っ！」

「自分の立場を忘れるなと、以前にも言ったな。ニーナは贄姫の運命から逃れたいのだろう？　三賢狼に力のことを知られてしまった今、奴等は手段を選ばずお前を繋ぎ止め、利用するだろう。――だから、逃げろ。この俺から逃げて、生き延びて、幸せになれ。そのために、俺は力を貸すと誓った」

長い指に、おとがいを捉えられる。

うつむいていた顔を上向かされ、ヴォルガの鼻先がニーナの鼻先とかすかに触れ合った。

「俺は、ニーナに生きて欲しい。贄姫として誰かに命を捧げるのではなく、ニーナ自身が望むままに、自由に生きて欲しいんだ」

「──そんなの、嫌よ」

「ニーナ……」

「スコルドのところになんか行かないわ！　私が命を預けたのは、貴方だもの！」

ヴォルガの胸を突き飛ばし、身体を離したとき。彼の身に残された傷痕を見た。怪物に引き裂かれた爪痕が小さく思えるほどのおびただしい戦傷が、いたるところに刻まれている。

ヴォルガが命をかけて戦場で戦ったのは、仲間や民達を守るためだ。幼い頃の過ちを償いたくて、汚名を雪ぎたい一心で、どれだけ傷つこうとも戦い抜いたのは、自分の居場所を──受け入れてくれる誰かを、求めていたからではないのだろうか。

「三賢狼が言っていたのよ。すべてが終わって国を平定したら、ヴォルガは王位を退いて、スコルドに譲るつもりなんだって。どうして一言も相談してくれなかったの。私を騙すつもりだったの⁉」

「──っ、違う‼　お前を騙すつもりなどない‼」

「なら、私がこの国を去った後、ずっと独りで苦しみ続けるつもりだったの⁉　どちらにしろ、そんなことは許さないわ！」

ヴォルガは、ニーナに幸せになって欲しいと言ってくれた。偽りのない、心からの言葉で。

――だからこそ、願わずにはいられないのだ。

「ヴォルガが私の幸せを願ってくれているのと同じように、私だって、ヴォルガに幸せになって欲しいと思ってる！　もし、両国に平和が訪れたとき、ヴォルガが孤独で不幸なんだとしたら、そんな平和、なんの意味もないのよ!!」

月色の双眸が滲んで揺らいでも、目の前のそれを真っ直ぐに見つめ続けた。こぼれ落ちる涙にも構わずに、ニーナはじっと返答を待つ。

そのときだ。

ヴォルガは不意にニーナの手を取るや、恭しく口づけを落とした。

「え……っ？」

肌に押し当てられた唇が、火傷をするように熱いと思った。

かつてスコルドにも同じことをされたが、比べ物にならないほどの衝撃だった。

高鳴る鼓動が、悲鳴をあげている。

胸の中が、名前を知らない感情でいっぱいに満たされていく。

喜びとも、怒りとも違う、今まで抱いたことのない激しい感情に翻弄されるまま、ただ目の前にいるヴォルガの瞳に囚われ続けた。

心に、嵐が吹くようだった。

「――黙っていて悪かった。三賢狼の言葉に嘘はない。すべてが済んだら、俺は王位を退き、平定した国を兄上に託すつもりでいた。それが、俺に課せられた役割だと信じてきた」

「……だが、ニーナに出会って、その考えが変わり始めた。生まれて初めて、俺の意思で、守りたいと思う存在ができた。ニーナがアルカンディアに帰還(きかん)した後も、ずっと幸せに生きて欲しい。この願いは、たとえ相手が兄上でも、任せられるものではない。だからこそ、誰であろうと王位を譲るつもりはない」

「本当に……？」

「ああ。誓ってもいい」

「なら、もうスコルドの元に行けだなんて言わないで。ヴォルガの夢を叶えるために、二人で力を合わせようって約束したんだから！」

「……ああ。だが、〝獣人喰い〟の冤罪(えんざい)がかけられた俺の側にいるよりも、兄上の居城にいたほうがずっと安全だぞ？」

「逃げ回るより、もっといい方法があるわよ！　――ねぇ、ヴォルガ。人間の私が獣人のヴォルガと信頼(しんらい)し合えたのは、相手を恐(おそ)れずに、お互(たが)いを知って歩み寄ったからでしょう？　ヴォルガはこれまで一人で国を守ろうとしてきたけれど、千年続く常の平和を築きたいのなら、もっとたくさんの仲間を集めて、大きな群を率いなければいけないと思うの。たとえば、〝三つの一族の長である三賢狼(さんけんろう)を、味方につける〟とかね？」

「ニーナ……」

「そんな捨てられた子犬みたいな顔しないの！　誓約の内容を思い出して？　冤罪を晴らしたら、もれなく三賢狼がヴォルガの味方になるのよ？　彼等が協力してくれさえすれば、私を帰還させるのも、和平条約を締結するのも、どっちも叶えられるじゃない！　これを利用しない手はないわ！　嫌わずにちゃんと歩み寄って！　ヴォルガが一人で踏み出せないなら、私が一緒に踏み出してあげるから！」

弾けるように笑って、ニーナはヴォルガに向かって手のひらを差し出した。

王になって初めて、自分のために差し出された手を、ヴォルガは躊躇わず握りしめた。

六章　真実の在り処

玉座の間。

ウルズガンドで最も崇高で、最も美しいと讃えられる王宮中心部に位置する大広間——別名〝氷晶の間〟。

早朝、勅命により召集された三賢狼は、玉座に座すヴォルガの隣にニーナの姿を認めるなり、剣呑な光を目に宿した。彼等の全身から発せられる敵意が、広間に立ち込める硬質な真冬の空気を伝わってくる。縋る気持ちでヴォルガを見ると、彼は柔らかな微笑みを浮かべた。

千々に煌めく宝石のような朝陽を背に、心配するなと言うように。

(——大丈夫。落ち着くのよ、ニーナ。あの浴場での一件以降、ヴォルガの冤罪を晴らすために知恵を尽くしてきたんだから)

視線を交わし、深く頷く。

絶対に、上手くいくはずだ。

「さて、こうして呼び出したのは他でもない。要件は一つ。先日、ここにいるニーナがお前達と結んだ誓約についてだ。針葉の森の行方不明者達の発見、もしくは、狩りの際にニーナを襲った〝正体不明の謎の怪物〟の骸を提示し、一連の事件の要因が俺でないことを証明すれば、三賢狼は全員、この俺に忠義を誓う——という内容に、間違いはないか？」

冷厳に響くヴォルガの言葉に、「間違いございません」と金賢狼ファレルが応じた。

金蜜色の癖一つない髪の下で、翠緑の双眸が笑みの形に張りついている。

「誓約を反故にせよと、贄姫様に泣きつかれましたか？　しかし、あの誓約書は数多ある契約の中で最も効力が強いもの。たとえ、陛下であっても正当な理由なしに解消することはできません」

「誰が解消しろと言った？　俺は、お前達が正体不明の謎の怪物にそんなに興味があるのならば、その正体をこの場で暴いてやろうと思い、呼び出したまでだ」

ヴォルガが手を打つと、扉が開き、ファルーシが従者達を率いて現れた。同時に運び込まれた物を見て、三賢狼は目を見張る。

一つは、台にのせられた硝子の小瓶。

そして、もう一つは——

「雪羆の骸ですと……!?　陛下、まさかとは思いまするが、これが怪物の正体だと仰るおつもりではありますまいな！」

「そう急くな、ゲーリウス。この雪羆は、王家の狩りの当日、ニーナが怪物に襲われた現場に残されていたものを、氷庫で凍らせ保存させていたものだ。例の怪物に首を噛み千切られた際の牙痕が、くっきりと残されているだろう。そして、お前達の知りたい答えは、この者が持っている。──ファリス、これへ」

「はい」

さらに、玉座の間にもう一人の人物が入ってくる。金賢狼ファレルの息子、長男のファリスだ。獣気はすっかり回復し、残りの怪我もニーナが贈った薬草の血止め薬のおかげで、傷痕がわからないほど綺麗に完治している。

事態が飲み込めず、訝しげな顔をする三賢狼の前に、ズイッとニーナが進み出た。

「はい！　準備が整ったところで、今から、貴方達、三賢狼に獣化してもらいます！　贄姫の力で獣気を高めれば、きっとできるはずよ！」

「はあっ⁉　──っ、失礼いたしました。に、贄姫様、それはいささか無理が過ぎるというものではございませんか⁉」

「然り！　いくらハティシア王女殿下や陛下を癒した力といえど、我等を獣化させることなどできるはずがございませぬ！」

「…………賛同、いたしかねます」

予想外のことに動揺する三賢狼に対し、ヴォルガとニーナはいたって大真面目な顔だ。

おずおず、とファレル。

「お、恐れながら、本当にできるとお思いですか……？」

「無論だ。本来、獣化は獣人なら誰しもが持っている能力だ。必要な獣気量さえ有していれば、お前達にも可能だろう。その証拠に、賢狼三家に与えられた紋章──弓矢、麦穂、硝子の宝玉を咥えた狼は、初代三賢狼が獣化した姿を模したものだ。獣化時には嗅覚が研ぎ澄まされ、遺臭が映像として可視化される。それを利用し、この雪羆の骸に残った遺臭から、怪物の存在を証明しよう」

「なるほど……理解いたしました。ですが、それと我が息子ファリスとなんの関係が？」

「その謎を解きたければ、手を出して？」

ニーナは三賢狼に歩み寄り、にっこりと笑顔で両手を差し伸べた。三賢狼は躊躇いながらも、やがては覚悟を決めた様子でニーナの手のひらに触れた。

目を閉じて、強く、強く祈る。

力を失った三賢狼に、ふたたび獣気が満ちることを——その力で、ヴォルガを支え、彼の夢をともに叶えてくれることを。

ニーナの手のひらから迸った眩い白光は、たちまちのうちに三賢狼を包みこんで、彼等の姿を金毛、緋毛、蒼毛を持つ、三匹の美しい大狼の姿に変貌させた。

『おお……！　こ、これが、獣化ですか……っ!?』

『思っていたよりも、実に気分がいい！　全身に力が漲るようだ！』

『……然り！』

ヴォルガは、獣化を遂げた三賢狼に雪羆の骸を調べるようにうながした。だが、既に彼等は骸から漂う臭いから、得体の知れないものの姿を感じ取っているようだ。

困惑する彼等に、無理はないとニーナは思う。あの怪物は異常だ。過酷な自然を生き抜く生き物たちの、洗練された姿とは明らかに異なる。爪も牙も、相手を喰らい尽くし、蹂躙したいという欲望を剝き出しにしたようだった。

恐々と、しばらく雪羆の臭いを嗅いでいた三賢狼だが、ある瞬間、同時にファリスを凝視した。

『まさか……ファリス、お前が!?』

その通り、とニーナは頷く。

「信じられないかもしれないけれど、あの怪物の正体は、ここにいるファリスさんなのよ。彼には、秘薬を飲んでからの記憶がないの。もし、彼があの怪物と化して私を襲い、助けにきたヴォルガに噛みつかれたのだとしたら、身体にヴォルガの牙痕が残っていたことにも説明がつくでしょう？」

『お、お待ちくださりませ、贄姫様！　このゲーリウス、誓って申し上げまするが、我が一族の秘薬には、獣人を怪物に変えるような効力はございませぬ！』

「うん、ヴォルガからも聞いたわ。本物の秘薬には、そんな力はないって」

「本物には、な。そして、ここにあるのが、ファリスが飲み干した秘薬の瓶だ。匂いを調べてみろ」

ヴォルガは玉座を立ち、台に置かれた空の硝子瓶を手に取った。

蓋を外したそれを、賢狼達の鼻先にかざす。

『……ぐっ!?　なんですか、この匂いは……！』

『このようなもの、秘薬とは似ても似つかぬ偽物ではございませぬか⁉』

「その通りだ。本物の秘薬は雪羆の血に、乾燥させて煎じた胆嚢、心臓、肝臓を加えて作られる。――が、この薬に使われているのは、獣人の血だ。それに、様々な種類の植物が複雑に調合されている。通常、獣人の血には、なにを混ぜようが怪物化させる力などないが……この薬の作り手は、どういう手段でかそれを可能にしたらしい」

明らかになった真実に頭を悩ませるうち、大狼と化していた三賢狼の身体から白い光が霧散した。無事に、獣化が解かれていく。

「さて！　これで誓約は果たしたわよ。ゲーリウスさん、ファレルさん、フレキアさん。約束通り、ヴォルガの力になってあげて！」

見上げた視線の先で、三賢狼達は互いに視線を交わし合い、やがて、同時に膝を折った。

ヴォルガに向かい、真剣な眼差しでゲーリウスが訴える。

「――陛下、疑いを向けたる我らをお許しください。賊は、犯してはならぬ罪を犯しました。この狩りの秘薬は、王の牙たる我等、灼賢狼一族の宝。巨大かつ獰猛な雪羆を、命懸けで仕留め得た素材でのみ作ることが叶う秘伝の妙薬。悪用するなど万死に値する‼」

「それだけではございません！　偽の秘薬に調合されている植物は、ウルズガンドにはけして自生しない物。王の富たる我等、金賢狼一族の交易品にございます。雪氷を砕き、天に聳える峻険な山嶺を越え、商人達がその身を賭してウルズガンドにもたらした富を悪事に利用するとは、到底、許せる行いではございません！」

「そして……秘薬を納めたるこの小瓶は…………！」

蒼賢狼フレキアは憤慨するゲーリウスとファレルに続き、ブルブルと小刻みに震えながら、秘薬の小瓶を大切そうに両手で包み込んだ。

「代々、王宮専属の硝子工藝師長を担う蒼賢狼一族の長のみが、手がけることを許される品……っ!!　王の叡智たる我等、蒼賢狼一族に生を受けし数多の職人が、生涯をかけて極めし技術、それらを集結した、一千年にわたる継承と研鑽の粋をなんと心得るか!!　なにより、北の獣神より齎されしこの星硝子は、採掘が最も困難とされるポラリス鉱山の最下層で採取された最高品質の天然硝子!!　採掘量は年々減少し、今では一年に小麦の一粒ほどしか採掘されないという大変希少な宝なのでございますっ!!　そそその宝を悪用し、どどどど毒を盛るなど————っ!!」

「つ、つまり……偽の秘薬を作った犯人は、三つの一族の誇りを汚したのね？」

それは、寡黙で物静かなフレキアが怒髪天を衝くのも当然だ。

怒りが冷めやらぬ三賢狼に対し、ヴォルガは静かに語りかけた。

「——三賢狼よ。俺は、たとえ国を平定しても、兄上に王位を譲るつもりはない。志を同じくし、ともに道を歩んでくれる存在ができたからだ。冬が明けたら、ここにいるニーナをアルカンディアに帰還させようと考えている。そして、それをきっかけに和平条約の締結を申し入れたい。今ある平和は、王女として生まれたニーナが、生涯をかけて齎してくれたものだ。けっして、仮初のままにはしない。どうか、王たる俺を支え、力を尽くして欲しい」

「御意に……!!」

それは、ヴォルガが王位に就いて初めて、三賢狼に対する信頼のもとに下した王命だった。

（よかった……！）

ヴォルガの意志を賢狼達が受け入れたことに、安堵のあまりへたりこみそうになる。緊張が解けた拍子に、三賢狼に使った贄姫の力の反動が襲ってきたのだ。ふらついた身体を、ヴォルガの腕が支えた。

「ニーナ、大丈夫か!?　すまない、またお前に無理をさせてしまったな」

「安心して力が抜けただけよ。それより、三賢狼が味方になってくれてよかったわね！」

「ああ……ありがとう。ニーナのおかげだな」

まるで、自分のことのように喜ぶニーナを、ヴォルガは眩しそうに見つめ、手のひらで髪を撫でていく。

「その御姿、かつての父王陛下と王妃殿下を思い出しますな」とゲーリウスが感慨深く呟いた。ヴォルガは深い皺に囲まれた鈍色の隻眼を真っ直ぐに見つめて言った。

「ゲーリウス……ファレル、フレキア。今は、誓約に従った上での忠義だとしても、必ず、お前達に真の忠義を抱かせる王になってみせる。だから——」

「その必要はございませぬ。陛下は、お忘れになっておられるやもしれませぬが、貴方とスコルド殿下が幼き頃、父王陛下がお二人にお尋ねになられたことがございまする。『もし、自分が王となり、なんでも願いを叶えることができるとしたら、なにを成すか？』『国を護る強固な壁を築きたい』、とスコルド殿下は仰られました。硝子の温室で花を守り育てるように、アルカンディアの脅威からこの国を護りたい、と。それに対して、陛下はこう仰った。『アルカンディアと仲良くなって、この先ずっと、千年続く平和を築きたい』

「……陛下は、他者と異なる姿でお生まれになり、周囲から疎外され育たれた。……しかし、それでも敵国との対話の道を選ばれるのかと……その御心に強く惹かれたことを、今でも鮮明に覚えております。……そして、それはまた父王陛下も同じこと。後の贄姫の譲渡を条件にした停戦条約に合意されたのは……幼き日の陛下の、お言葉あってのことなのです」

「……父上が」

三賢狼は、ヴォルガが先ほどの決意を持っているなら不服なしと、深々と頭を垂れた。

(千年続く平和……ヴォルガの夢は、このときのものだったのね)

「ありがとう。ならば、その忠義に俺も応えよう。——お前達が、かねてから頭を悩ませている行方不明者の件だ。怪物の正体はわかったが、ファリスが関与しているのは今回のみ。根本から解決しなければ、また被害者が出るだろう。獣人を怪物化させるこの薬。偽の秘薬を作った犯人を、必ずや見つけ出す」

「そうね！　ヴォルガ、この薬に使われている血が誰のものか、匂いでわからないの？」

「体臭ならともかく、血の匂いで特定するのは難しいな。だが、少なくとも犯人は灼賢狼の秘薬が王家の狩りに使われることを知っている人物だ。参加者、招待客、主催者側の関係者――つまり、王侯貴族達に限られる。ファレル、商会が所持する誓約書を提供しろ。偽の秘薬の血と、これらの者達の血判の遺臭を照合すれば、犯人を炙り出せるやもしれない」

「なるほど！　すぐに手配をいたします。ファリス、お前も来なさい」

「お、お待ちください、父上！　実は、先ほどの贄姫様の御力を見て、思い出したのです。獣気を高めたときに生じた光が、偽の秘薬を飲んだときの反応に似ていたと」

「なに……？」

ファリス曰く、彼はあの秘薬を飲んだ後、不思議な光に身体が包まれたのだという。しかし、急激に獣気が高まり過ぎたために気を失い、夢でも見たのだろうと思っていたそうだ。

「不思議な光……ねぇ、ヴォルガ。一度、私の持つ〝贄姫の力〟について調べてみない？　偽の秘薬の効力が私の力に似ているのなら、手がかりが見つかるかもしれないわ」

「それはそうだが、ニーナをウルズガンドに迎えるにあたり、国中の文献は調べ尽くしてある。伝承を教えたときにも言っただろう？　そもそも、獣人の獣気を高める力のことは、一切伝えられていないと。――フレキア、まだ調べられそうな文献はあるか？」

王の叡智たる蒼賢狼フレキアは、少し躊躇った後、はっきりと首肯した。

「未確認の文献は、ただ一冊のみ……。王墓の最深部……初代白狼王とその王妃の墓所に封じられた、〝王家の禁書〟にございます……。禁書は、千年前に貢がれた贄姫伝承の原本。しかし、王墓内に入ることが許されるのは王と王妃のみであり……禁書の持ち出しについても、固く禁じられているのでございます……」

「王家の禁書か……調べてみる価値はありそうだな。すぐに王墓への出立の手配をしよう。──ニーナも、俺と一緒に来てくれるか？」

「いいの⁉ 中に入れるのは王様と王妃様だけなんでしょう？」

「禁書になにが書かれていたとしても、ニーナとともに見届けたい。それに、ニーナはこの国の王女の命のみならず、王の命をも救ってくれた恩人だ。歴代の王と王妃も、きっと許してくださるだろう」

「……ありがとう！ 勿論、私も一緒に行くわ！」

（驚いた……出会った頃のヴォルガなら、絶対に駄目だと言うところなのに）

こちらを見つめるヴォルガの瞳に、かつての冷たさは微塵もない。その眼差しがあまりに優しげなものだから、なんだか恥ずかしくなって、つい顔を背けてしまった。

ひとりでに鼓動が速まる。

逸らした頬が、火照るほどに熱かった。

＊

「ねぇ、ヴォルガ。今さらなんだけど、王墓ってお墓なのよね……？」

王宮の地下牢を思わせる、石造りの通路を二人で進んでいる。

おずおずと切り出したニーナに対し、先を行くヴォルガは灯火を入れたカンテラを手に振り返った。

「本当に今さらだな？　ここは王家代々の墓所だ。古いものほど地下にあり、初代白狼王の柩は最下層に安置されている。正真正銘の墓だぞ」

「そうよね……ま、まさか、ここまで暗い所だなんて思わなかったのよ。王宮は、どこもかしこも一枚硝子の大窓や硝子天蓋で囲まれていて、すごく明るいでしょう？　だから、王墓もそんな所なのかと思ってたの……」

実際、王家の森の奥に聳え立つ礼拝殿――墓所の地上部分は、そういった造りになっていた。しかし、いざ王墓そのものに入ると、暗い上にとにかく寒い。風邪をひかないようにと用意された、小熊のような防寒具を見たときは大袈裟だと思ったが、モコモコになってなお、足元から冷気が這い上がってくる。

これほどまでに凍てついた場所を選ぶのは、硝子の柩に納めて氷漬けにする〝氷葬〟という、独自の埋葬方法をとっているためだというが、墓所が地下にあるせいで一切光が入らず、少しでもヴォルガから離れると、洋墨のような闇の中に溺れてしまう。

ここへの入り口は石碑で密閉されているため、中になにがいるわけでもないのだが、深く濃密な闇を見つめていると、恐ろしげな想像ばかりが湧いてくる。

（だ、大丈夫よ……！　本を取って戻って来るだけなんだから。本を取って——）

「ニーナ……お前、まさか怖いのか？」

「な、なな、なに言ってるのっ⁉　怖くなんか——っひゃあああああっ⁉」

——ピチョン、と素晴らしいタイミングで、天井から氷のような雫が首筋に滴り落ちた。

悲鳴を上げ、思わず目の前にあるモフモフに、力のあまりギュッと抱きつく。

「……ニーナ。尻尾を放してくれ」

「怖いわよっ‼　だって、おばけに弓は効かないじゃないっ‼」

すまない……と込み上げる笑いを堪えるあまりプルプルと震えつつ、ヴォルガ。

言った途端に噴き出され、ますます不機嫌になる。

「しかし、お前……！　深夜の森も、羆も、獣化した俺にさえ怯えもしないくせに、おばけが怖いのか……⁉」

「なによ‼　悪い⁉　おばけは世界中にいて悪さをするんだって師匠が——大体、ヴォルガだって、一人でここに来るのが怖かったから、私を誘ったんじゃないの⁉」

「はははは、はっ‼」

ついには足を止め、腰を折って笑い始めるヴォルガである。たっぷりと笑った後で、不貞腐れるあまり、頬袋がぱんぱんになったリスのようなニーナにそっと手を差し伸べる。

「そうだな、その通りだ。ニーナ、怖いから手を繋いでくれ。そうすれば、きっと安心できる」

「……いいわよ？」

抱きしめていた尻尾を放して、繋いだ手の温かさに不覚にも安心してしまった。

それからさらに半刻ほど歩き、墓所の最深部に辿り着く。

石の階段を下りた先に聳える巨大な鏡の扉は、初代白狼王と王妃の柩が納められて以来、千年近く封じられてきたのだという。

どうやって開くのかと尋ねると、ヴォルガは扉に刻まれた国章――菫花の花輪に囲まれた有角の狼の彫刻を扉に埋めるように押しこんだ。

途端に、ガコン、となにかが外れる音が響き、鏡の扉が左右に開く。

「すごい……！」

「話には聞いていたが、実際に開いてみると壮観だな。――さあ、中に入るぞ」

初代白狼王の墓室の中には、二つの柩が納められていた。ひとつは白狼王。もう一つは、彼が生涯愛した番、初代王妃のものだ。

そして、二つの柩を見下ろす位置に、王家の禁書が置かれている。

そのはずだったのだが――

「馬鹿な、禁書がないだと……!?」

「ヴォルガ、下を見て！　霜の張った床の上に、足跡が残ってるわよ！」

カンテラの光に、何者かの足跡がくっきりと照らし出された。足跡は、扉には向かわずに反対の方向へと逸れていく。辿った先は行き止まりで、壁には国章が刻まれていた。

「ヴォルガ、これって……」

「隠し扉だな。しかも、賊は特殊な香で体臭を消している。香の残り具合からして、忍びこんだのは、ごく最近のようだ」

注意して見ると、扉の方へ続く足跡もあった。

誰かが、この隠し通路の先でなにかをした後に立ち去ったということだ。

「ニーナ。念のため、俺の後ろに下がっておけ」

ニーナが頷くのを確認し、ヴォルガの手がレリーフを深く押し込む。弓を持ってこなかったことが悔やまれた。王墓への武器の持ち込みは禁じられているため、やむなく諦めたのだ。

扉の向こうは地下へと続く階段だった。注意深く下り、ひらけた場所に辿り着く。

本来は宝物庫であるはずの場所だとヴォルガは言う。

しかし、宝物台にあるはずの宝物は見当たらない。代わりにおびただしい数の硝子瓶や器具が並び、乾燥させた植物が散乱していた。

「まるでなにかの実験室ね……こんな物語を読んだことがあるわ。娘の美しさに嫉妬した継母が魔女で、こういう場所で毒の林檎を作って娘に食べさせるの」

「作っていたのは、毒林檎ではなく毒薬のようだがな。飲むと獣気が異常に高まり、暴走して、怪物のような姿になる薬――」

　言いながら、ヴォルガは厳しい表情で台の上に並べられた瓶の一つを手に取った。

　中には見覚えのある、真紅の液体が揺らめいている。

「偽の秘薬がここで作られていたのね⁉　なるほど、考えたわね……ここなら絶対に、誰にも見つからない」

「ああ。儀式の際に扉の前までは立ち入るが、中に入ることはまずない。――だが、よりにもよってこの場所を悪事に利用するとは。毒薬に秘薬を利用したことといい、犯人は王家や賢狼三家に対して、よほどの怨みを抱いているらしい」

　真紅の液体の匂いを嗅いでいたヴォルガの獣耳が、ビクッ、と跳ねた。

「――っ、今、奥の通路から呻き声がした。少し見てくる。ニーナはここで待て」

「無理ぃっ‼　こんな不気味な場所で、一人で待てるはずないじゃない……っ‼」

「……だな。離れないようについてこい。もしものときは、すぐに後退しろ」

　宝物庫は複数あり、細い通路で繋がっている。

　ヴォルガに続いて通路を進むにつれ、彼の言う呻き声がニーナにもはっきりと聞こえた。

　通路に並んだ石室の扉の前で、ヴォルガが立ち止まる。

「――ここか！」

　扉を蹴破り中に入る。

ヴォルガがかざしたカンテラの明かりに照らし出されたのは、狭い石室に隙間なく閉じこめられた、おびただしい数の獣人達だった。皆、骨が浮くほどに痩せ細り、手足に枷をつけられて、力なく床に座り込んでいる。

憔悴しきっているためか、呼びかけても反応はない。

「これは、まさか行方不明になっていた獣人達か……!?」

「酷いわ……!! こんなになるまで捕らえておくなんて……っ!」

他の部屋も調べよう、とヴォルガと二人で部屋という部屋を調べて回った。

見つけ出した獣人達は百人以上にのぼる。いずれも、立ち上がる気力すら残っていない。

(どうしよう……贄姫の力で獣気を回復して助けてあげたいけど、ここにいる全員を回復させるほどの力なんて、私には——)

「ニーナ、持ち出された禁書があったぞ!」

「本当!?」

ヴォルガの元へ駆けつけると、禁書はひときわ大きな石室の中心に置かれていた。

この部屋も、最初の部屋のように研究室化しているが、宝物台は黒ずみ、四隅に頑丈な枷が取りつけられている。偽の秘薬の製造や、囚われた獣人達を併せて考えると、この場でおぞましいなにかが行われていたことは容易に想像ができた。

ヴォルガは、開かれた禁書の頁を凝視している。ニーナには読むことのできない文字だが、大きく描かれた絵画が的確に意味を伝えてくれた。

「角のある白狼神……その前にいるのって、白狼王と贄姫よね？　贄姫は喰い殺されたはずじゃなかったの？　でも、この絵はまるで二人の──」

「ああ……まるで、愛し合う二人の婚姻式を、獣神が祝福しているかのようだ」

記されている文字は、ウルズガンドの古代語だという。これまでも幾つか教えてもらったが、ヴォルガは難解そうなそれを、一文字ずつゆっくりと読み解いていく。

「初代白狼王の王妃は、千年前に彼に嫁いだアルカンディアの王女だった。両国が争いに明け暮れていた最中、傷ついた白狼王の命を彼女が助けた。二人は恋に落ちたが、人間と獣人との恋など許されるはずがなかった。──だが、北の獣神が王女と白狼王が番になることを許し、祝福の印として自らの力を分け与えた。すると、彼女の銀灰の髪と瞳の色は美しい暁色に変わり、人間でありながら獣気を得たのだという。さらに、王女には獣神同様、自らの獣気を他者に与え、力を高めることができた。その力は、他者への愛によって生まれ、白狼王とともに祈りを捧げることで、より強大になる。ウルズガンドの王妃となった彼女は《暁の聖女》と讃えられ、それまで種族の違いでいがみ合っていた両国の橋渡しとなることで和解に導き、ウルズガンドに大いなる平和と繁栄をもたらした──とあるな」

「暁の聖女……⁉　ウルズガンドに伝わっている贄姫の伝承と、全然違うじゃないの！　違うどころじゃないわ、贄姫という言葉すら記されていないだなんて。どうして伝承を変えてしまったのかしら……！」

「……ふむ。これは、あくまで俺の推測だが」

ヴォルガは、続きの文字を読み進めながら言った。

「おそらく、この文献が〝王家の禁書〟であることが答えだ。こうして墓に封じてしまうほど、王家に関して都合の悪いことが書かれてある。――ここに、〝王と王妃は多くの子をもうけた〟とある。つまり、王家には暁の聖女の血が受け継がれていることになるが、二人の死後、両国の関係が悪化してふたたび争いが起きた。暁の聖女は人間で、しかも敵国の王女だ。その血が王家に流れているという事実を隠蔽するため、真実の伝承を禁書として王墓に封じ、偽りの伝承――《白狼王》に貢がれ、万能薬として喰い殺された《贄姫》を創り上げた。……アルカンディア側の《救国の聖女》も似たようなものだろう」

「つまり、贄姫なんて本当はいなかったってこと!? 酷いわ、こっちの伝承がきちんと残されていたら、命を狙われることもなかったのに！　――あれ？　でも、それならどうして、私には暁の聖女と同じ力が使えるのかしら？　私は獣神様に会ったことなんてないんだけど」

「そうだな……俺は、両国間の長い争いを見かねた獣神が、お前を遣わしてくださったのだと信じている。だからこそ、ニーナはその美しい暁色の髪と瞳を持って生まれてきた」

「あ……」

ヴォルガの指が、ニーナの髪に触れ、愛しむように梳いていく。髪に感覚があるわけでもないのに、指先が触れるたびに身体が震えた。

綺麗に、短く整えられた爪。

ニーナを傷つけまいと、変えられた彼の指先。

「ニーナが力を使うとき、手のひらから溢れ出していた光の正体は、獣気そのものだったのだな。禁書に書かれていることが本当なら、俺がともに祈ることにより、力が増すはずだ。――なるほど。俺は獣気を高めることが得意だ。あの光が獣気なら、二人でともに祈る時、獣化をするときのイメージで獣気を増幅すればいいわけか」

「そうすれば、ここに囚われていた獣人達を助けられるかしら!?」

「おそらくな。――やってみるか」

ニーナは頷き、ヴォルガとともに石室に戻った。

「ニーナ、彼等に向かって手をかざせ。手のひらから白い光が溢れたら、俺がそれを増幅させる。ここにいる全員を包み込むようにイメージするんだ」

「わかったわ！」

頷いて、力なく床にうずくまった獣人達に手をかざし、強く祈った。

〝その力は、他者への愛によって生まれる。〟

思えば、確かにそうだった。ヴォルガが深手を負い、獣気を暴走させたとき。瀕死の状態が一瞬で回復するような大きな力が使えた。

あの瞬間、ニーナはヴォルガのことを――

「お願い、元気になって……!!」

かざした手に、ヴォルガの手のひらが重なる。溢れた光はどんどん大きく広がって、石室の隅々までを眩く照らし出した。

まるで、夜明けの陽光を思わせるような、明るく、眩しく、温かなその光が、獣人達の身体を一人残らず、あまさず包み込む。

「う、上手くいった……？」

見上げた先で、ああ、とヴォルガが微笑んだ。

光が収まっていくとともに、床に倒れていた獣人達が身じろいだ。ゆっくりと、眠りから覚めるように次々と立ち上がる。

そして、彼等はニーナとヴォルガの姿を見るなり、一斉に歓喜の声を上げた。

「ヴォルガ様……っ!! ああ……王自ら助けに来てくださるだなんて……っ!!」

「ありがとう……!! 本当に、ありがとうございます……っ!!」

喜びに咽び泣く彼等に、ヴォルガは少し戸惑いながら応えていたが、その顔はとても嬉しそうだとニーナはほくそ笑んだ。

ようやく、彼に与えられるべき感謝の言葉が贈られたのだ。

「皆、よく耐えてくれた。助けが遅くなって、本当にすまない。——誰か、状況を説明できる者はいるか？ お前達をここに攫った者の名を知る者は？」

ヴォルガがそう尋ねた瞬間、獣人達の表情が硬直した。凄惨な記憶を思い出してか、嗚咽や啜り泣きが反響する中、ある者が口に出したその名前に、心臓が凍りついた。

「……ス、コルド、殿下が……あの方が、私達を、ここへ……!!」

（なんてことなの……そんなの、なにかの間違いだと思いたいけど、でも……）

ニーナとヴォルガは、ひとまず囚われていた獣人達を残らず回復させた後、彼等を率いて地上へ戻り、待機していたファルーシャや、灼賢狼達に状況を伝えることにした。

落ち着いて現状を整理するほどに、黒幕の正体がスコルドだという確信は強まっていく。

彼は父王と王妃を弔うために定期的にここを訪れていた。囚われていた獣人達の中にはスコルドの支持派も多く、彼等は口をそろえて彼の仕業であることを証言したのだ。

「間違いございません……！　スコルド殿下は、自らの腕から採取した血液を用い、怪しげな薬を作っては、私どもに飲ませて実験を繰り返しておりました。あの薬は、獣人から理性を奪い、怪物に変えてしまう。急激な獣気の増加に耐えられるよう、獣気量の多い者を選んだのだと……しかし、その反動に耐えきれず、死亡したものも多数おります」

「そうか……」

心配なのは、それを知ったヴォルガの様子があまりにも落ち着いていることだった。

「ヴォルガ……大丈夫？」

「――ああ」

地下で見つけた秘薬の小瓶を嗅いだときから、察しはついていたのだと彼は呟いた。

「血の匂いに覚えなどあるはずがない。なのに、妙に記憶に引っかかるので、嫌な予感がしていた。……合点がいったよ。あの日、兄上の腕に嚙みついたときと、同じ匂いがしたんだ」

その後のヴォルガの記憶は、不自然に途切れている。王宮に運び込まれるまでの間に起きたことを知るのはスコルドだけだが、もしかしたら、彼はそのときに自らの血が持つ力に気がついたのかもしれない。

「ゲーリウス」と、ヴォルガは、先ほどから一言も発することなく、鈍色の隻眼を見定めるように光らせる賢狼に声をかけた。

「言いたいことはわかっている。父上が不慮の死を遂げたとき、俺はその真相を突き止めることで、兄上を失うことを恐れた。両親を失い、幼い妹は生まれながらに死の淵にいる。兄上は悲しみに暮れる俺を支え、唯一愛情を注いでくれた肉親だ。疑うことは、裏切りであると信じてしまった……」

「…………」

「あのとき、お前達の進言を退けたのは、過ちであるとわかっていた。――俺を、見限るか？」

「……いいえ。しかし、陛下。王位を譲ることなくその責を負う覚悟をお持ちになった今、もはや真実から目を逸らすことはできませぬ。スコルド殿下と対峙され、罪を裁かれませ」

「ああ。相手を大切に想うからこそ、道を誤っているなら止めなければならないのだと今ならわかる。ニーナが、俺にそうしてくれたように」

月色の瞳が揺れている。震えを帯びたヴォルガの手を、ニーナは強く握りしめた。

「大丈夫……傷ついても、裏切られても、私が側にいるから」

冬の終わりの越冬祭。

ウルズガンドでは、晩冬で最も美しい満月の夜を選び、冬明けと春の訪れを祝う盛大な祝賀祭が開かれる。

王都は祭の灯火と音楽に満ち、王宮では王家主催の華やかな舞踏会が幕を開けるのだ。

その開催直前――ヴォルガは玉座の間にて、三賢狼からスコルドの捜索についての報告を受けていた。

恐れながら、と切り出したゲーリウスの表情は、いつにも増して厳しい。

「捜索を始めて二ヶ月近く経ちまするが、スコルド殿下の足取りは未だ掴めませぬ。また、支持派であった者達の多くは、当時、殿下の領地である炎の庭に滞在しておりましたが、同じく姿を晦ませております。殿下の居城に従事していた者達もすべて行方知れず。その数は、数百人を超えまする」

「状況は変わらずか。炎の庭は広大な火山地帯。捜索が難航するのは仕方がないが……それだけの数を率いているにもかかわらず、遺臭も痕跡もなく跡を追えないとは、不気味だな」

あの夜と結果は同じか、とヴォルガは表情を陰らせる。

ニーナとともに王墓に赴いたあの日、ヴォルガ達は真実を知ったその足で、南方にあるスコルドの領地に急行した。しかし、先触れなく押し入ったにもかかわらず、居城は既にもぬけの殻だった。衛兵どころか従者の姿すら見当たらない。不気味な静寂に包まれた城内は廃墟さながら。居城に隣接する大庭園の硝子天蓋は割れ落ち、かつて庭園中を美しく彩っていた花々は残らず朽ちて、枯れた花弁が風雪に舞っていた。

その後、ヴォルガの指揮の下、夜を徹しての捜索が続けられたが、捜索の範囲をいくら広げても、スコルドの行方を摑むことは敵わなかった。

金賢狼より申し上げます、とファレル。

「王墓に囚われていた支持派達の証言により、父王陛下の殺害時にも、今回の偽の秘薬と同様の薬が使用されたことがわかりました。あの場に捕らえられていたのは、人体実験の反対者でしたが、以前には、父王陛下の殺害を告発しようとした者達もいたようです。残念ながら、その者達は既に――」

「蒼賢狼からも……ご報告申し上げます。偽の秘薬に使用された血液と……スコルド殿下の血判の遺臭が一致いたしました……。王墓に残されていた書面の筆跡も……殿下のものに間違いございません……」

「そうか……皆、すまない。此度の一件は、過去に兄上の罪を裁けなかった俺の失態が招いたことだ。必ず兄上を見つけ出し、罪を償わせる」

賢狼達からの報告を、ヴォルガは自分でも驚くほど素直に受け止めていた。

王の助言機関とは名ばかりで、彼等は治世の主権を奪い合う政敵だった。言葉の裏には必ず打算や他意が潜んでおり、ヴォルガにとってそのすべてが嘘と同義だった。信頼など欠片も抱いていなかった。常に騙されるまいと身構え、心を凍らせ、相手を威圧してきた。

だが——今は違う。

ニーナをこの国に迎えて以降、彼等との関係が確実に変わった。

彼等は敵ではない。ともに国を守り、平和を支える仲間だと、彼女が気づかせてくれたのだ。今度こそ、信じる相手を間違えはしないと、ヴォルガは真っ直ぐに前を向く。

「——さて、せっかくの祝いの夜に、心苦しい報告をさせてしまったな。今宵は大いに楽しむといい」

なにを仰います、と三賢狼。

「王家に仇をなす者から、王を護るのが我等の役目。遠慮なくこき使われるが宜しい」

「それに、ここだけの話、父王陛下はもっと人使いが荒うございましたからねぇ」

「……左様に」

玉座の間に、和やかな笑い声が響いた。父がここに座していたときには当たり前だった光景に、ようやく自分も辿り着くことができたのだ——そんな感慨に浸る中、正装姿のファルーシが現れ、恭しく一礼する。

「陛下、ニーナ様の御支度が整いました。どうぞ、お迎えを」

ヴォルガに手を引かれるままに、大広間に足を踏み入れる。こんなに本格的なドレスを着るのも、踵の高い靴を履くのも初めてだ。緊張にすくみそうになる心を、しかし、ウルズガンドの獣人達の温かい拍手が出迎えてくれた。

「ヴォルガ陛下、万歳――っ!!」

「ニーナ様、なんとお美しい御姿か!!」

華やかに着飾った人々、輝くシャンデリア、広々とした王宮の広間――目の前に広がるのは、かつて物語を読んで思い描いていた通りの、舞踏会の光景だった。

側に立つヴォルガの装いに、視線が吸いこまれる。王の証である白銀の毛皮をあしらった外套。立襟の縁まで金糸の千花模様と宝石で彩られた、白銀の騎士服。ふわり、と毛足の長い尾が嬉しそうに揺れ、ニーナを映した月色の瞳が甘やかに細まった。

「そのドレス、とても似合っている。ニーナの鮮やかな瞳と髪色は、清らかな菫花色によく映える。春の訪れを告げる、暁の天のようだな」

「あ、ありがとう……!」

詩を唄うように褒められて、とくんと鼓動が飛び跳ねた。

今宵、ニーナが纏うのは、暁の天を織り上げたような、清らに煌めく菫花色のドレスだ。花々を編み上げた繊細なレース。銀糸を織り込んだ艶やかな絹が、歩くたびに輝きながら足元へと流れ落ちる。

頬や唇は淡い紅で彩られ、美しく結い上げられた髪には、菫花の花輪をかたどった硝子の髪飾りが咲き誇っている。

この日のために、ヴォルガが贈ってくれたものだ。

「なんだか自分じゃないみたい。贄姫じゃなくて、本物のお姫様になった気分よ」

「ニーナは本物のお姫様だぞ？　それに、もう贄姫じゃない。過酷な運命を乗り越え、この国に真の平和をもたらしてくれた救世主、《暁の聖女》だ」

王墓で知った真実の伝承を、ヴォルガはすみやかに国中に触れを出して伝え広めた。もう二度と、贄姫の運命に苦しむ少女を生み出さないために。そして、ニーナは《暁の聖女》としてヴォルガとともに街や村々を巡り、獣気の減少に苦しむ獣人達を回復させていった。おかげで、今では《白狼王》と《暁の聖女》の名は、救世主として定着しつつある。

「──アルカンディア神聖王国のニーナ王女殿下」

ヴォルガはスッと背筋を正し、右手を胸に、真っ直ぐにニーナに向き合った。

それまで拍手と喝采に溢れていた広間が、厳かな静寂に包まれる。

「此度の貴女の栄えある功績に対し、ウルズガンド国王ヴォルガ・フェンルズ・ウルズガンドより、最上の感謝を申し上げる。──どうか、貴女と最初に踊る栄誉を私に」

　差し伸べられた手に、真っ赤になって狼狽えた。混乱する頭に、ふとある記憶が過ぎる。

　王がダンスに誘う相手には、特別な意味合いがあったのではなかっただろうか……？

「ま、待って、ヴォルガ！　お誘いは嬉しいけど、ダンスなんて踊ったことがないのよ！　舞踏の儀のときにも言ったじゃない……！」

　小声で告げると、月色の瞳が悪戯っぽく微笑んだ。

「大丈夫だ、俺がリードする。さあ、御手を」

　恐るおそる、差し伸べられた手を握りしめると、周囲の喝采とともにワルツが始まった。

軽やかなヴォルガの足取りに合わせて、見様見真似でステップを踏んでいく。

（あ、あれ？　思ったより簡単かも……）

　力強い腕がしっかりと背中を支えてくれているおかげで、慣れない動きにもふらつくことなく足を運んでいける。

　誘われるままに音楽に乗っていると、「上手だ」と耳元に優しい声が降り落ちてきた。

「思った通りだ。ニーナは身が軽いから、筋がいい」

「ヴォルガが支えてくれているからよ。でも、どうして私をダンスに誘ってくれたの？」

「舞踏の儀が始まったとき、本当は踊りたそうにしていただろう？　あのとき邪険に扱ってしまったことが、ずっと気にかかっていたんだ。それに、ニーナの初めて踊る相手になりたかった。そうすれば、この国を離れても、きっと、俺のことを忘れない」

「え……っ」

「先の会議で、ニーナのアルカンディアへの帰還が正式に認められた。直に山道の雪も溶ける。和平条約締結の申し出についても、アルカンディアの合意が得られた。正式な日取りが決まり次第、国賓として彼の国に送り届けよう。ニーナの幸せを、心から願っている」

「……っ！」

――どうしてだろう。

心からの祝福の言葉を、わずかも喜べない。

贄姫という、呪われた運命を知らされてから、ずっと望んでいた願い――ヴォルガととともに力を尽くして、ようやく叶えられた願いなのに。

彼の笑顔を、まともに見ることすらできないだなんて。

「ヴォルガ……私――」

手を握る指先に、力がこもる。

どこにも行きたくない。

ずっとヴォルガの側にいたい。

――きっと自分は、ヴォルガのことが好きなのだ。

今になって、呆れるほど素直にそう思える。ニーナが彼を想うように、ヴォルガにも、愛されることができたなら――そんな、耳を塞ぎたくなるような、幼稚で、浅はかで、救いようもない我儘が、胸の中をかき乱した。

ヴォルガがニーナに対して、深い愛情を抱いてくれているのは確かだ。

でも、その愛情は肉親に対して抱く庇護愛に近いのだろう。もし、そうでなかったとしても、ヴォルガがニーナへの気持ちを言葉にしないのは、彼がウルズガンドの王であり、そうあり続ける道を選んだからだ。

王が愛情を注ぐべき相手は、彼の隣に立ち、力を合わせて国を治める王妃でなければならない。

だからこそ、ヴォルガはこうして、ただ真摯にニーナの願いを叶えてくれたのだ。

その気持ちを無視して、手前勝手な恋愛感情をぶつけることは、彼に対して、どれほどの裏切りになるだろうか。

「ニーナ……どうした？」

黙りこんだまま、ステップを踏むつま先を見つめていると、心配げに顔を覗き込まれた。

なんでもない、と深く息を吐き、真っ直ぐに、月色に輝く双眸を見上げる。

「——そんなことしなくても、私、絶対にヴォルガのことを忘れないわ。ヴォルガに出会えたからこそ知ることのできた、大切な気持ちがたくさんあるの」

——だから、この胸を焦がす身勝手な想いを、押し殺して微笑むのだ。

ヴォルガと踊る幸福な時間を、笑顔で終わらせるために。

「ありがとう、ヴォルガ。私、貴方のことがずっと大好きよ！」

「……っ！」

ヴォルガの瞳が、こぼれ落ちそうなほどに丸くなる。

美しいその眼色が、ほんの一瞬、水面に映る月のように揺らいだ。

「ニーナ……」

音楽が終わり、繋いでいた手を離すと、それまで身を焼くようだった熱もゆっくりと冷めていく。

(これでいいのよ……なにも、間違っていないわ)

そう、自分自身に言い聞かせた——そのときだ。

それまで背を支えてくれていた腕に、グッと抱き寄せられた。

(え……っ!?)

絹糸のような白銀の髪が、サラリと頬にかかる。ダンスをしていたときの気恥ずかしさなど、塵のごとく吹き飛んでしまうほどの衝撃だった。頬に触れる吐息が熱い。鍛え上げられた逞しい筋肉が、互いの服越しにもはっきりとわかるほどに身体が密着する。経験したことのないほどの羞恥心に、指一本動かせなくなった。

ヴォルガの胸から、早鐘のような鼓動が伝わってくる。

鼓動の速さも、体温も、触れ合ううちに一つに重なっていく。

交わる視線は、もう逸らせはしない。

ゆっくりと近づいてくる唇を、ニーナは拒まなかった。

(……知りたいわ。ヴォルガの気持ちを、ちゃんと知りたい)

ヴォルガのことを、こんなにも愛おしく感じてしまうのは、同じ想いをヴォルガも抱いてくれているからなのだろうか。

——ヴォルガの気持ちが知りたい。それがどんなものでも、たとえ、死ぬほど傷ついても、受け止めたい。そう、覚悟を決めるとともに、瞼を閉じた。

しかし、次の瞬間。

ガシャアアア————————ンッッ!!

広間を囲む硝子の大窓が、一枚残らず砕け散った。

「なにごとだ!?」

「ヴォルガ、見て！　あの怪物……!!」

大量の硝子の破片を浴びてもなお、無傷で広間に雪崩れ込んで来るそれらの群に戦慄する。巨大な身体を覆う、黒ずんだ毛並み。縦横に引き裂いたような口腔に、野放図に生えた牙——間違いない。王家の森でニーナを襲った怪物だ。それらが数え切れないほどの群を成して大広間に詰め寄せ、集まった獣人達に襲いかかる。

悪夢のような光景だった。

「怪物化した獣人達……!?　祭の夜を狙われたか！　ニーナ、皆に獣化の命を下す！　俺とともに獣気を高めてくれ!!」

「任せて!!」

ヴォルガとともに、手のひらを天にかざす。これは、万一のために講じていた策だった。

もし、スコルドとともに行方を晦ませている獣人達が——数百人を超える獣人達が、怪物と化して襲撃してきた場合の対抗策だ。

「ご婦人方は速やかに退避を！　ともに戦う者は、暁の聖女より力を賜れ‼」

ニーナの手のひらから、夜明けの陽光のような光が溢れる。それを、ヴォルガが高め増やしていく。ファルーシに三賢狼、狼牙兵師団の兵士達がいち早く大狼と化し、黒い波のごとく押し寄せる怪物達に飛びかかった。我もと奮い立つ獣人達が、次々と彼等の勇姿に続く。

そのとき、ニーナの傍でひときわ眩い光が放たれた。白銀の巨狼と化したヴォルガだった。

『ニーナ、背中に乗れ！　俺の側を離れるな‼』

「わかったわ、ヴォルガ……っ‼」

彼の背に飛び乗ろうと、ドレスの裾を持ち上げて跳躍する――はずだった。

「え……っ？」

しかし、その直前、何者かの手に腕を摑まれた。すべらかな、黒絹に包まれた手のひら。

（スコルド……ッ⁉）

喧騒の陰に潜み、冷笑を浮かべる彼がいた。夜闇そのものを固めたような、漆黒のローブに身を包んだスコルドは、体勢を崩したニーナを抱き抱えざま、もう片方の手で口を塞いでくる。途端に、布に含まれた薬の匂いが鼻を刺した。

「――っぐ……！」

頭の芯まで焼き切れてしまいそうな熱を感じるままに、抗う間もなく意識が薄れる。

『ニーナ……ッ!!』

咆哮にも似たヴォルガの声が、深い闇の向こうに遠ざかっていく——。

——闇の奥から声がする。

『……運命は、旅路のようなものだと君は言っていたね。病に侵され歩くことが敵わない者は、ハティシアのように心で旅をすればいいのかもしれない。——だが、心を病んでしまった者はどうすればいい？　どこにも行けず、どこにも逃れられず、ただ死に絶えるまで、あの日の悪夢に囚われ続ける。僕が絶望の闇から逃れるには、もう、この道を歩むしかないのだよ』

（……ここ、は）

「——おや。気がついたのかい？　子リスちゃん」

瞼を開くと、漆黒のローブの下、スコルドが柔らかな微笑を浮かべていた。

意識は戻っても、舌が痺れて声が出せない。抱き上げられている身体も指一本動かせない。夜闇に凍る三日月のような銀の瞳を見つめるうちに、舞踏会で起きた惨劇が蘇った。数多の怪物が押し寄せて、手当たり次第に獣人達に襲いかかり、蹂躙し、その鋭い爪と牙で彼等の身体を貫いた——

王墓から助け出した獣人達の口からスコルドの名前が出たとき、悪い夢だと思いたかった。

何かの間違いだと。

しかし、今、スコルドはこうして硬直したニーナの身体を抱いて怪物の背に乗り、針葉の森を悠然と進んでいく。

「せっかくの宴を邪魔して、すまなかったね。アルカンディアへの君の帰還が、こうもすんなりと決まるとは思っていなかったのだよ。おかげで、必要な薬を用意するのに苦労した。だが、その甲斐はあったよ。君を攫ったときの、ヴォルガの顔といったら……！」

身を切るような極寒の夜風と、くすくすと頭の上から降る愉しげな笑い声に、この状況が紛れもなく現実なのだと思い知らされる。彼と初めてこの森で出会ったとき。自身が敵国の虜囚となった話をしていたときと同じだ。

口調も態度もあまりに普段通りで、その異常さに震えが走る。

「あ……なた、は……なにが、したいの……どうして、こんな……！」

「簡単なことだ。僕はただ、滅ぼしたいのだよ。ウルズガンドも、アルカンディアもね」

「な、ん、ですって……？」

　動かない舌を必死に動かそうとするニーナを見つめ、スコルドはにっこりと微笑んだ。

「ずっとこのときを夢見て、君が貢がれるのを心待ちにしていた。だが、憐れだとは思うよ。贄姫などという運命にさえ生まれなければ、僕に血肉を狙われることもなかったのに」

「——っ!? ほ、ろぼす……な、て……そ、なこと、させるもんですか!!」

　視線を巡らせ、感覚を研ぎ澄ませる。舌の痺れの治まりで、わずかだが、身体に自由が戻っていることに気がついた。脚に当たる鞘の感触を頼りに、スコルドが腰に携えた短刀に手を伸ばし、引き抜きざまに切りかかる。

　ニーナには、毒性のある物に耐性がある。

　森で散々、様々な物を食べ、薬草の効果を自身で試し続けた賜物だ。

「おや、これは盲点……」

　突然の抵抗に不意を突かれたスコルドは、しかし、すんでのところで身を躱した。短刀は怪物の背に突き刺さり、黒々とした血が噴き出す。

『ゴオオオオオオオオオ……ッッ!!』

　怪物が叫び、大きく身をよじった拍子に、ニーナはスコルドともども雪の地面へ投げ出される。素早く受け身を取るや、踵の高い靴を脱ぎ捨てて、手近な木の幹を裸足で駆け上がる。本調子ではないが、大丈夫だ、動ける。

「素晴らしいね。もう毒が抜けてしまったのか。流石は呪われた血肉を持つ贄姫だ」

「呪われてなんかいないわ！　私を捕らえられるのはヴォルガだけよ！　貴方になんか、

絶対に捕まらない……!!」

スコルドは脚が不自由だ。獣気に乏しく獣化もできない。だから、絶対に逃げ切れる。

——そう思った瞬間、ニーナの頬を矢羽根が掠めた。

(まさか、——ッ!?)

眼下に目を凝らすと、スコルドはあの漆黒の大弓を構え、既に次の矢をつがえていた。

(まずい……!!)

恐ろしく正確な狙いで、漆黒の矢がニーナの頭部に向かって放たれる。夜目が利くのだ。

それはこちらも同じだが、スコルドの弓の腕は本物だった。

(この闇の中で、ここまで正確に動きを予測して狙い射ってくるなんて……っ!?)

矢が尽きてくれることを祈りながら、ドレスの裾を動きやすい丈に裂き、虚空に放り投げた。ヴォルガがニーナのために選んでくれた、初めてのドレスだった。

(ごめんなさい、ヴォルガ……!)

菫花色の絹が、瞬時に矢の餌食になる。その隙を突き、一気に樹上を駆け抜けた。飛んで来る矢を避けながら、枝葉を飛び渡り、方向を様々に変えて逃げ回る——

息が切れてきた頃、ようやく矢が尽きたのか、矢羽根の音が止んだ。同時に、目前で森の木々が途切れた。飛び渡る枝を失い、地面に着地して愕然とする。

「ここは……!」

大地を引き裂く巨大な闇——〝奈落谷〟。

ニーナが初めてこの国に連れて来られたとき、転落を装った谷だ。垂直に切り立った断崖は、深すぎて底が見えない。

「――しまった、追いこまれた……!?」

「気づくのが遅いよ、子リスちゃん」

振り向くと、スコルドが矢尻の先端をこちらに向けて微笑んでいた。

「子リスじゃないわ。私の名前はニーナよ。スコルドは一度も呼んでくれなかったわね」

「穢らわしい人間の名など、口にしたくないのだよ。死にゆく者の名ならなおさらだ」

酷い人間嫌いだと聞かされていた。憎むのに相応の理由があるのも知っていた。

しかし、それでも、これまで彼がニーナへの敵意を表したことはなかった。

なさすぎたのだ。

彼から向けられる好意を、もっと怪しむべきだった。心の底から後悔が溢れだすほどに、対峙するスコルドの全身からは、得体の知れない殺気が迸っている。

「私の血肉を奪っても、なんの力もないのよ!?　食べたって万能薬にはならないわ！　スコルドだって、王家の禁書を読んで真実の伝承を知ったんでしょう……!?」

「見くびるな！　卑しい人間を喰らうなど、考えただけで反吐が出るッ!!」

穏やかな口調から一変し、血を吐くような咆哮に背筋が震えた。いつでも優しく微笑んで、柔らかな声音で語りかけてくれたスコルドは、もう、どこにもいない。

「禁書か……記されていない力が存在しないとは限らない。そのことは、君もよく知っているだろう？　特に、都合の悪いことは、闇に葬られてしまうものなのだよ。真実の伝承もその一つだ。——勿論、内容はよく知っているよ。なにしろ、一番最初にあの禁書を読み解いて、この身に宿る力の正体を知ったのは、僕なのだからね」

「なんですって……？」

「君の血肉には力がある。それこそ、喰らった獣人を、獣神に近しい存在に高めるほどの凄まじい力がね。おそらく、禁書にそのことが記されていないのは、千年前の贄姫を番とした白狼王の仕業だろう。記せば、愛しい番や、その血を引く子ども達の血肉が狙われてしまうかもしれないからね？」

「……っ!?　——あ、貴方は、私の血肉を使って、何をしようっていうの!?　ウルズガンドを滅ぼして、自分の国でも創るつもり!?」

返事の代わりに矢が飛んだ。躱した位置をさらに狙われ、崖の際まで追い詰められる。

踵が踏んだ雪が奈落へと消えていく。「落ちないでくれよ」とスコルド。

「この断罪の渓谷に落ちたら最後、死体も取りに行けないからね。それに、君の血肉は貴重だ。できれば生かして捕らえたい」

ギリッ……！

張り詰めた弦が鳴ったとき。凍てついた森の空気を、凄まじい怒気が咆哮となり貫いた。

反射的に視線を向けた針葉の森に、白く大きな影が浮かび上がる。

雪氷を蹴散らして、一直線に近づいてくる力強い足音を、聴き間違えるはずもない。

「ヴォルガ!!」

『ニーナ！　無事か……っ!?』

白狼と化したヴォルガは、森を抜けると同時に跳躍し、ニーナの前に庇い立った。

牙を剝き、全身の毛を逆立てて唸りを上げるヴォルガに対し、スコルドの笑みは崩れない。

「おやおや、ヴォルガ。仲間を見捨てて来たのかい？　お前がいなければ戦えないだろうに。僕の可愛い犬達に、皆が食べられてしまっても知らないよ？」

『俺の仲間達を見くびられては困る。ニーナに与えられた獣気のおかげで、獣化を遂げた彼等は強い。あんな理性のない怪物どもに、けっして負けはしない……！』

「では、僕とお前の犬達、どちらが強いか勝負をしよう。ああ、心配しなくても、彼等には殺さずに捕らえよと命じてある。完成させた秘薬の実験台に使いたいからね。――今の薬は未完成なのだよ。僕の血は所詮、紛い物だ。時間が経つと、元の姿に戻ってしまう」

その言葉にある確信が生まれる。偽の秘薬に使われていたスコルドの血。普通の獣人の血には、怪物化させる力などない。だが、王家の血を引く彼は、きっと――

「スコルド！　貴方は、千年前の贄姫の力を受け継いでいるのね!?　貴方の血には獣気を異常に高め、獣人を怪物化させる力があるんだわ。だから、獣気に乏しいのよ。そのせいで、白狼王の力を受け継がなかったから！」

「――驚いた。正解だよ」

ゆるりと浮かべた微笑をそのままに、スコルドはローブの下から腕を伸ばした。肘まである黒絹の手袋が抜き取られ、現れた腕に、思わず悲鳴が漏れる。そこには肉を抉るほどの古傷とともに、おびただしい数の切創が刻まれていた。真新しい傷跡から、足元の雪へと血が滴り落ちる。やはりか、とその傷を睨みつけ、ヴォルガは牙を噛みしめた。

『その古傷は、かつて俺が負わせてしまったもの。あのとき、腕に噛みつき血を飲んだことで、俺は理性を失い怪物と化した。そして、血の効力が切れ、獣人の姿に戻った俺を、貴方が王宮に連れ帰ったんだ……！』

「ようやく気がついたのだね。あの事件の後、僕は、自分の血に何故そんな力があるのか知りたくなってね。あらゆる文献を調べた結果、王家の禁書に辿り着いたのだ」

そして、禁書を読み解き、自分の身に千年前の贄姫——暁の聖女の血が流れている真実を知ったのだ。スコルドは、ヴォルガの獣気を異常に高め、姿を変貌させたそれが、彼女の力であることに気がついた。

「しかし、僕は本物の贄姫ではない。愛や祈りによって力が生じることはなく、相手に血肉を与える必要があった。——ヴォルガ。僕がこのことを確信したのはね、あの忌まわしい運命の日……戦場で不意を突かれ、アルカンディアに連れ去られたときのことだ」

『な、に……!?』

お前は、あの国のおぞましさを知らないのだ、と形の良い唇の端が吊り上がる。

「攫われた僕が意識を取り戻したとき、脚は既に無惨に切り裂かれ、檻の中に閉じ込められていた。そこには、数え切れないほどの獣人達が捕らえられていたよ。皆、僕と同じように身体の自由を奪われ、肉も水もろくに与えられず苦しんでいた。なんとしても彼等を救い出したい。そう願ったとき、脚から流れていた血が、光を帯びて輝いたのだ。お前に噛みつかれたときもそうだった……思い出した僕は、彼等に血を飲ませた。すると、弱り切っていた彼等は見る間に獣気に満ち、巨大な怪物と化して、その場にいた人間共を残らず喰い尽くしたのだ……!!」

『――っ!』

「痛快だったよ!!　僕達を家畜のように扱う人間共が、物言わぬ肉片と化していくのは!!　混乱に乗じて、ウルズガンドに帰還した僕は、父上にアルカンディアへの報復を申し出た。しかし、父上はあろうことか、贄姫の譲渡をきっかけに、あの国と停戦を結ぼうとなさっていた。そして、僕の訴えを退けたばかりか、こう仰ったのだ!」

――『同胞を、怪物と成す血肉を持つ者など、ウルズガンドの王には相応しくない』

『まさか……兄上が、王位継承権を剝奪されたのは――』

「そのまさかだよ!　愚かな父上は贄姫欲しさに、囚われた同胞達の存在を知っても、救いの手を差し伸べようとしなかった!　それどころか、僕の力も、あの場の惨劇も、すべてを隠蔽し闇に葬ったのだ!!　何が平和のためだ!!　己が身の可愛さに、苦しむ者を見殺しにしただけではないかッ!!　そのような者、王に相応しいはずがない……ッ!!」

だから殺してやったのだ。穏やかな微笑みを崩し、スコルドは天を仰いで、喉を裂くような耳障りな声で嘲笑した。これが、あの見惚れるほど優美で、温厚だったスコルドなのか。

そう疑いたくなるほど醜悪な姿を、ただ、茫然と見つめるしかない。

「王位継承権を奪われた後、僕は自身の血を使った薬の研究に明け暮れた。父上には、その実験台になっていただいたのだ！　急激に増幅する獣気に耐えきれず、苦しみもがく姿は実に愉快だったよ!!　その後も、使用する血の量を調節し、各国から集めた薬草を調合して改良を重ねていった。……幸い、王になる見込みのなくなった僕を見捨てる者や、裏切る者はたくさんいてね。実験台には困らなかった。おかげで、色々な薬が作れたよ。怪物化させた獣人を従順な犬のように操る薬。自らの限界を超えて、獣気を高める薬──」

『──っ兄上！　よせっ!!』

スコルドの手から弓矢が落ちる。スルリ、と代わりに懐から取り出されたのは、真紅の液体が揺らめく小瓶だった。止める間もなく、瓶の封は切られ、一息に飲み干されてしまう。

瞬間、彼の身体を真っ黒な炎が包みこんだ。

銀灰の獣耳や尾、長く艶やかな銀糸の髪が、瞬く間に闇色に沈んでいく。禍々しく逆巻く炎は漆黒の毛並みと化し、スコルドの姿を闇色の巨狼へと変貌させた。

『薬を完成させるには、本物の贄姫の血肉が必要なのだ!!　ウルズガンドの獣人を残らず怪物化し、和平条約締結の場を襲撃する！　僕の犬達は生きた獲物が大好物だ。腹が満ちるまでアルカンディアの人間達を喰らい尽(つ)くすだろう。——僕は奪(うば)ってやりたい。僕からすべてを奪ったものから、すべてを奪ってやりたいのだッ!!』

銀の双眸(そうぼう)は血走り、刃物(はもの)のような牙(きば)が並んだ口腔(こうこう)が真横に裂ける。ヴォルガはニーナの襟首を素早く咥え、楽しげな哄笑(こうしょう)を漏らす漆黒の巨狼から距離を取ろうとした。

——しかし。

『気づいているかい、ヴォルガ……？　胎(はら)の子を残して逝(い)った母上も、父上と同じ死に様だったことに』

『な……っ!?』

その言葉に、ヴォルガの退避が一瞬、遅れた。

（ま、さか、王妃様も……それだけじゃないわ、ハティちゃんが生まれつき獣気を持たず、動けなくなってしまったのだって——）

ブツッ、とニーナの頭の中で何かが切れた。

ハティシアが彼に何をしたというのか。絶対に越(こ)えてはいけない一線を、スコルドは越えたのだ。

「許さないわ、スコルド……！　貴方(あなた)だけは、絶対に許さないっ!!」

力ずくで身をよじり、ヴォルガの拘束から逃れたニーナはスコルドに向かって疾走した。

勢いのまま、雪上に身を滑(すべ)らせて、その足元に落ちていた大弓を摑(つか)み取る。矢筒(やづつ)から散らばった矢の一本をつがえ、渾身(こんしん)の力で引き絞(しぼ)った。狙うは、心臓——放った矢は、寸分違(たが)

わず狙いを射貫いたが、その瞬間、愕然とした。

(浅い……っ⁉)

『アハハハッ‼　小さな君では、その大弓は扱えないよ！　愚かな贄姫！　生け捕るのが無理なら仕方がない。君の愛する、ヴォルガの目の前で殺してあげよう』

罠だった。この狡猾なけだものは、獲物を誘き寄せるためにハティシアの秘密を明かしたのだ。致命傷にならないとわかっていたから、弓を奪われるのも見逃した。

――すべては、ニーナを仕留めるために。

『逃げろ、ニーナッ‼』

視界の端で、ヴォルガがこちらに向かって突進するのが見えた。

しかし、それよりも早く、スコルドが動いた。

ドンッ――、重い力に胸を圧されると同時に、その牙がニーナの肩口を貫く。

(――熱い)

牙の先が骨に当たって、ギシリと軋む。

まるで、身体が破裂するかのような熱と痛み。流れる血潮が、菫花色のドレスを真紅に染めていく。

『ニーナッ‼』

ヴォルガの巨軀がスコルドに飛びかかり、力任せに弾き飛ばす。ニーナの身体はその牙を外れ、雪上に放り出された。

「あ、ぐぅ……っ！　うあああぁぁあ……っっ!!」

肌に触れる雪が焼けるように熱い。痛みが感覚という感覚をくるわせているのだ。激痛のあまり手放しそうになる意識の中で、突如として、天を揺るがすような絶叫が響き渡った。スコルドの声だ。朦朧とした視界の果てで、漆黒の巨狼が叫び声を上げながら雪上をのたうち回っているのが見えた。それを背に、白銀の狼が駆けてくる。

　ヴォルガはニーナの下まで辿り着くと獣化を解き、血に濡れた身体を抱き起こした。

『ニーナ、しっかりしろ!!』

「……ォ、ルガ……」

すぐ近くにあるはずの顔が、酷く霞んで見えなくなる。喋ろうとするのに息ができず、言葉の代わりに、コポッと水音がした。

「喋るな！　大丈夫だ、すぐに止血する!!」

布が裂かれる音を聞きながら、ニーナは声を頼りに手を伸ばした。震えて、冷たくなっていく指先が、温かく濡れた頬に触れる。

　ほのかな光が、手のひらから溢れ出した。

「ニー、ナ……？　駄目だ……なにをしている!?」

「ヴォ……ルガ……貴方を、殺されたく……ない」

「……っ！」

「奪われ、たくない……ほ、とは、わたし……ず、と……ヴォルガの側に、いたかっ、た……あ、なたのことが、好きだから……力に、なりたか、た……」

「――っ、ニーナ……！」

視界が、一瞬だけ鮮明になる。

目の前に、泣き出しそうなヴォルガの顔があった。

唇に、そっと、柔らかなものが触れる。

失血のためか頭がぼうっとして、もう、何をされているのかもわからないけれど、ヴォルガがとても近くにいてくれているようで安心した。

心の中が、温かなもので満たされていく。

――ヴォルガが好きだ。

だから、この身に残る力のすべてを捧げて、ヴォルガの命を救いたい。

（――私の、旅の終わりはここがいい）

「ヴォ、ルガ……だいすき、よ……」

夜明けの朝陽の、最初の一筋を思わせる閃光が、ニーナの手のひらから放たれた。光はヴォルガの身体を飲み込んで、白銀の毛並みの巨狼へと変貌させていく――しかし、変化はそこで止まらず、巨狼の身体はさらに大きさを増していった。

光り輝く白銀の角を掲げ、二本の脚で立ち上がったその姿は、かつてウルズガンドの獣人に自らの力を分け与えたという北の獣神。

有角の白狼神の現し身だった。

（これは……ニーナの、力なのか……？）

自分の姿を自覚した瞬間、ヴォルガの背後で黒い影が立ち上がった。

『ゴアアアアアアアアアアアアアア――ッ!!』

天を仰いで咆哮したそれは、頭に湾曲した角を持つ、漆黒の怪物だった。

双眸は鮮血のような真紅。二本の脚で立ち上がり、口腔から飛び出した牙を剝いて叫び続けるその姿は、もはや、狼とも、獣人とも呼べるものではない。

――人喰いの化け物だ。

血色の双眸を爛々と光らせたスコルドは、その瞳にヴォルガの姿を映すや、ふたたび雄叫びを上げて喰らいかかった。

『兄上!!　もう、おやめください……っ!!』

切に訴えながら、ヴォルガは腕に抱えたニーナの身体を、そっと雪上に横たえた。

その背に庇い、彼を迎え撃つ。

おそらく、ニーナの血肉を口にしたことで、限度を超える獣気に意識を蝕まれているのだろう。スコルドは、完全に自我を失っていた。必死に名を呼んでも、耳をつんざくような叫びが返ってくるだけだ。無茶苦茶に爪を振り回し、目の前にあるものに牙を突き立てるだけの、その姿は、手に入らない物を欲しがって、駄々をこねている子どものようでもあった。

かつて、ヴォルガを愛し、護り、慈しんでくれた兄の姿は微塵も残されていない。

（——兄上）

ある日、突然、いなくなってしまった彼の代わりに、戦場に立ち続けてきた。

疎外され、皆に恐れられ、たった一人で数多の敵を屠ってきた。そんなヴォルガにとって、ただ力に任せただけの、隙だらけの攻撃を躱すことは容易かった。

『ヴォルガ、ヴォル、ガアアアアアアアアアア……ッ!!』

咆哮とともに、無防備に晒されたその喉元に、深くまで牙を突き立てることも。

（兄上……すまない……！）

ヴォルガはヴォルガが知る中で、最も苦しまずに済む方法を、兄のために選んだ。

顎に力を込めるたび、巨軀は痙攣し、次第に力が失われていく。やがて、動かなくなった身体から牙を抜き取ると、漆黒の血飛沫が噴き出し、ヴォルガの毛並みを濡らした。

それは、スコルドの血液であるとともに、その身から放出される獣気そのものだった。

彼が心の内に抱えていたものの凄惨さを示すように、黒々とした血液が雪を染め、谷の際から底へと滴り落ちていく。

やがて、スコルドの獣化が解けるとともに、漆黒のそれが真紅に変わった。

雪を溶かすほどの血溜まりの上に、獣人の姿に戻った彼が膝をつき、倒れ込む。

ヴォルガは獣化を解き、その痩せた身体を抱き起した。

「……可愛い、僕の、ヴォルガ——」

「…………」

「あの日……僕が、アルカンディアに攫われさえ、しなければ……あの国さえ、存在しなければ……父も、母も、死ぬことはなかった……ハティシアが苦しむことも……お前が、嫌いな獣化をして、戦場に立ち……人食い王と、罵られることも……」

スコルドの目が、戦慄きながらヴォルガを見上げた。青白く震える手が、頬に伸ばされる。

「あの国が、憎いだろう……？　偽りの伝承を、お前の手で、真実にするがいい……贄姫の血肉を喰らい……真の、白狼王となれ。僕とともに……すべてを、壊しに行こう……」

「——いいえ。俺は、なにも憎みません。アルカンディアも、兄上のことも……憎しみよりも、はるかに愛しさが勝るから……！　だから、なにも憎みません。なによりも、ニーナが幸せに生きられるように、どれだけ苦しもうとも、わかり合う道を選びたい」

銀の双眸が、驚きを示すようにわずかに見張られる。ヴォルガ、と呟いたスコルドが浮かべた、その柔らかな微笑みは、ヴォルガのよく知る兄の顔だった。

「お前は、優しいね……その優しさが……いつも、残酷だった。……運命を、受け入れられない弱さを……浮き彫りに、されるようで……」

残る力を振り絞るように立ち上がったスコルドの身体が、突然、谷に向かって大きく傾いた。彼の意思を察したヴォルガは、その身体に手を伸ばす。

切れ切れになった黒衣の端を、確かに摑んだ。

　――しかし。

「兄上ッッ――――!!」

絹の裂ける音――それに続く慟哭が、奈落に響いた。

伸ばした手のひらが届かない先に。底の見えない闇の底へと、スコルドの身体が吸いこまれていくのを、ヴォルガはただ見送った。

「…………ニー、ナ」

時が止まったような静寂の中で、無意識に口に出したその名前。

彼女の存在が、すべてを見失いそうな喪失感から意識を引き戻す。

振り向いた雪原の向こうに、鮮やかな血色が滲んで見えた。

「ニーナ……!!」

心に突き動かされるままに駆け寄っていく。

柔らかな雪に身を預け、ニーナは眠るように目を閉じている。

祈るままに触れ、腕の中にかき抱いた。身体は硬く、氷と錯覚するほど冷え切っている。

だが、その胸からは、確かな鼓動が響いていた。

――生きている。

ヴォルガの心に、喜びの光が満ちた。

「ニーナ……お前の願いを必ず叶えてみせる！　俺の側にいたいと言うのなら、絶対に死ぬな……!!」

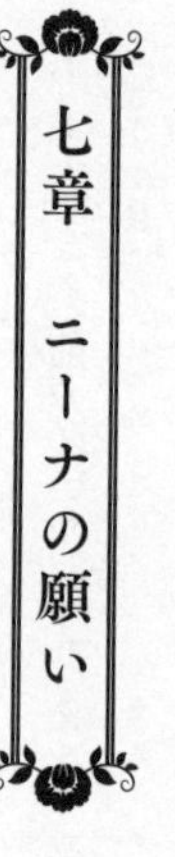

七章　ニーナの願い

暖かい、陽だまりの匂いがする。

瞼に当たる陽光が眩しい。

うっすらと目を開くと、積もったばかりの新雪を思わせる、白銀の毛並みに包まれていた。

(ヴォル、ガ……？)

フワフワと身を包む、柔らかな感触が気持ちよくて、自然と頬が緩んでしまう。

ヴォルガも眠っているのか、ゆっくりとした呼吸のリズムが毛並みから伝わってくる。

どうして二人で眠っているのかはわからないが、ただひたすらに心地が良かった。

(日向ぼっこでもしているうちに、寝てしまったのかしら……？)

微睡みながらすり寄ると、淡い菫花の香りが鼻腔をくすぐった。

「……いい匂い」

『――ニーナ、目が覚めたのか……!?』

呟いた途端、ぬっ、と息のかかる距離に巨大な白狼の貌が現れ、眠気を忘れて飛び起きた。瞬間、右肩から腕の先まで、痺れるような激痛が走る。

「い……ったあ……ッ!?」

気がつけば、身体中が包帯だらけだ。火照るようなひりつきから察するに、手足に軽い凍傷を負っているのだろうが、右肩の痛みが桁はずれに酷い。

悶絶するうちに、ぼんやりとしていた記憶が鮮明になっていく。

「──っ、そうだ！　私、獣化したスコルドに嚙みつかれて、それから……ど、どうして、助かったの？」

右肩の痛みはスコルドの牙が残したものだ。菫花色のドレスが真紅に染まるほど血を流し、最期を悟った自分は、ヴォルガを助けるために残された力のすべてを捧げて祈った。

彼を助けたい。死んでも構わないと、そう思ったのに。

シーツの上に座りこみ、惚けた頭でヴォルガを見つめるニーナを、ヴォルガは月色の双眸を輝かせ、見つめ返してくる。

朝陽に照らされた寝室は、自分にあてがわれていた王宮の一室だ。獣化したヴォルガが寝台を占領しているのは、寒さと失血で冷え切ってしまった身体を、その豊かな毛並みで包み込み、温めてくれていたからだろう。

さらによく見ると、寝台の周りには数えきれないほどの贈り物が置かれている。

(これは……もしかしなくても、ものすごく心配をかけてしまったのね)

かつての吹雪の夜のように、またヴォルガに怒られてしまうと身を縮めたとき、ぎゅっと、大きな腕に包まれた。

いつの間にか、ヴォルガが獣化を解いている。

「本当に良かった……!!　今回ばかりは、お前を失ったかと……!!」

「ご、ごめんなさい……心配、させたわよね。怒ってる？」

「当たり前だ！　——だが、それ以上に嬉しい。ニーナ、生きていてくれてありがとう」

ヴォルガが泣きそうな顔で微笑んで、頬に触れてくる。その手のひらの温かさに、生きているのだと痛感した。せっかくまた会えたのに、すぐに涙で見えなくなってしまうのが嫌だった。だが、拭おうとした手はやんわりと制され、柔らかな唇が眦に触れる。

「ひゃああっ!?　そ、それ、獣化してないときはしないでってば……！」

「わかった。しているときはいいんだな？」

月色の瞳をちょっと意地悪そうに細め、ヴォルガは喉の奥で楽しげに笑った。

彼が言うには、あれほどの深手を負わされたにもかかわらず、ニーナをここに運びこんだときには、既に傷口が塞がりかけていたそうだ。

スコルドに瀕死の傷を負わされたとき、ニーナは命をかけてヴォルガのために祈りを捧げた。あの瞬間、ヴォルガもまた、ニーナのために祈りを捧げていた。

二人がともに祈ったことで、ニーナの獣気量も回復し、そのおかげで、自己治癒力が飛躍的に向上したのだろうというのが、ヴォルガの見立てだった。

「ヴォルガ……スコルドは、どうなったの？」

その名前を口にした途端、ヴォルガの顔色が沈んだ。頬に触れたままの手のひらから、小さな震えが伝わってくる。

「――断罪の渓谷に身を投げた。あの谷に落ちたら、助からない」

ニーナが生死の境を彷徨っていた間に、スコルドの葬儀は粛々と執り行われたのだという。彼の死の真相を、ヴォルガは偽らなかった。同時に、父王がこれまで闇に葬ってきた事実についても、公表を許したのだ。

「父上は兄上や人間に隷属させられていた同胞達の命と、ウルズガンドに生きるすべての者達の命を天秤にかけ、この国の王として、争いを起こさず後者を守ることを選んだのだろう。その選択に正誤はない。今ある平和は、間違いなくその選択のおかげだ。だが、兄上が受けた仕打ちや、捕らえられている同胞達の存在を、闇に葬るべきではなかった。解決すべき手段を皆で話し合い、ともに考えるべきだった。そのために、仲間がいる」

頬を離れた手のひらが、優しく頭に置かれ、髪を梳いていく。ヴォルガは慈しむように、ニーナの髪を何度も撫でた。

「不安そうな顔をしているな。どうした……？」

「アルカンディアに捕らえられている獣人達……その存在を知った人達が、和平に反対し始めたらどうしよう。また、争いの原因になったりしたら――」

「心配するな。和平条約の目的は、両国間の国交を回復させることにある。いずれは両国の間を隔てる国境壁を取り払い、人や物が自由に行き来できる関係を築くつもりだ。時間がかかってもいい。人間と獣人がともに理解を深め、互いに信頼を抱けるように力を尽くしたい。――その上で、捕らえられている同胞達を正当な手段で取り戻す」

「それは名案ね……！　ヴォルガと私になら、絶対にできるわよ！」

それは心強いなと微笑んで、ヴォルガはひたとニーナを見つめた。

「お前が目覚めたら、尋ねたかった。――ニーナの本当の願いは、ずっと俺の側にいることなのか？」

「え……っ？」

「死の間際に口にしたあの言葉は、ニーナが本心から望んでいることではないのか？　俺のことを好いてくれていると、自惚れてもいいのだろうか？」

「う、自惚れ……⁉　ち、違うのよ、ヴォルガ……！　私、本当はあんな気持ち、伝えるつもりなんてなかったの……っ‼」

「なんだと？」

「だ、だって、迷惑でしょう⁉　ヴォルガはウルズガンドの王様なんだから。番になるのは、この国の王妃様になるひとじゃないと駄目でしょう⁉」

「ニーナは、王妃になるのは嫌なのか？」

「嫌なんじゃなくて、無理だもの……‼　私は生まれてずっと、森の中で暮らしてきたのよ？　礼儀作法や社交儀礼なんかろくに知らないし、ヴォルガに支えてもらわないとダンスだって踊れない。賢くもないし、美人でもないし……だ、第一、人間だしっ‼」

「安心しろ。この国の初代王妃は人間だ」

のしっ、と寝台に乗り上げ、ヴォルガはニーナの頭の横に両手をつき、覆い被さった。

「ニーナ、よく聞け。上品で社交的で、ダンスが上手い令嬢など山のようにいる。だが、豊富な薬草学の知識でハティシアを癒し、国と仲間を救うために、命を犠牲にする覚悟で戦うことができるのはお前だけだ。それに、ニーナは美人だ。普段は春に咲く花のように可憐で可愛らしく、森にいるときは優美な獣のようにしなやかで美しい。きめ細かで柔らかな肌は淡雪のようで、暁色の髪と瞳は百万の宝石にも勝ろう。凛と前を向いたときの横顔は、一日中側に置いて愛でていたいくらいだ。獣人とは異なる貝殻のような小さな耳が、髪の間に覗く様がどれほど愛らしいか――」

「わわわかったから!! そんな、無理して盛大に褒めなくてもいいから……っ!!」

真っ赤になるニーナに、無理などしていないとヴォルガは月色の双眸を細めた。

「嘘をつけ。まだ、なにもわかっていないだろう。一番大切なことを伝えていないからな」

おとがいを取られ、見開いた視界に映るヴォルガは、出会ってからこれまで目にしてきたどんな彼よりも、幸せそうに笑っていた。

「俺はニーナを愛している。これからもずっと、俺の側にいてくれ」

終章　旅の終わり

〝親愛なる師匠様へ。

私の旅の、終着点を見つけたわ。ずっと眺めていたい景色も、美味しいものもたくさんあって、なにより、師匠に会わせたい人がいるの。

今日、この手紙を書き終えたら、私はその人と結婚して番になるつもり。

師匠が旅の終着点に、私を選んでくれた理由が今ならわかるわ。

私が選んだこの場所で、いつか師匠と巡り会えることを願ってる。

人間も、獣人も、みんなが自由に旅ができて、お互いの旅路を語り合えるような、そんな平和な国を皆で力を合わせて築いていくから、楽しみに待っていてね。

追申——今度こそ、師匠の課題を全部達成したわよ！

貴方を愛する娘より。〟

「——これでよしっと！」

婚姻式直前。師匠への手紙を書き上げたニーナは、丁寧に折り畳んだそれを小さな天色の布袋――かつて、師匠から贈られた旅の御守りの中に、大切にしまい入れた。

壁際の姿見に映るのは、首元まで美しいレースで飾られた、純白のウェディングドレスに、身を包んだ自分だ。

師匠への手紙にしたためた通り、いよいよ今日、ヴォルガとの婚姻式が執り行われる。

まだ実感なんてちっとも湧かないけれど……と、ニーナは晴れた窓辺に視線を移した。

窓の向こうでは、純白の白木蓮の花が満開を迎えている。雲ひとつ見あたらない快晴の蒼天に、雲雀の聲が高く響く。

北の大山嶺から、ひときわ鋭く天を貫く神峰〝氷晶の牙〟の山肌に、白い残雪が照り映えている。春の間だけ現れるそれが、角の生えた白狼の姿に見えることから、北の獣神は有角の白狼神であると信じられているのだ――と、教えてくれたのはヴォルガだった。

ウルズガンドの春は、神峰で眠りにつく獣神が見る、美しい夢なのだ。

(今日の獣神様は、気持ちよさそうに日向ぼっこでもしているみたいね)

そうほくそ笑んだとき、ノックとともにハティシアとファルーシが部屋を訪れた。

「ニーナお姉様、とってもお綺麗ですわ！」

「本当におめでとう、ニーナ！」

「ありがとう、二人とも！　――ファルーシ、師匠に宛てて手紙を書いたの。この御守りに入れて渡せば、私からの手紙だときっと信じてくれるわ」

「わかった。アルカンディアに渡ったときには、必ず、君のお師匠様を探して手渡すよ」

ニーナは嬉しそうに微笑んだが、式の時間が近づいていることを告げられると、途端に表情を曇らせた。

気分が落ち込むのは緊張のためだけではない。ここ数日、ヴォルガの様子がおかしいのだ。

しかし、ニーナを見るたびに、何故か悲しげな顔をする。態度も妙によそよそしい。

しかし、どうしたのか尋ねても、なんでもないの一点張りだ。こうなると意地でも話してくれないので、余計に気にかかっている。彼がなにかを悩んでいるのは確かだが、打ち明けてくれないのは、悩みの原因がニーナ自身に関わることだからだろう。

「……やっぱり、人間の私を番に迎えることを、後悔しているのかしら」

「なにを言い出すんだ！　そんなことは絶対にないよ！」

「そうですわ！　そんなことは万に一つも、絶っっ対にございませんっ！」

「本当に……？　だとしたら、ヴォルガ自身は望んでくれていても、反対する勢力と裏で戦っているのかもしれないわね。もしかしたら、彼には婚約者がいて、彼女に婚約破棄を言い渡したところ、隣国の王子なり魔王なりと恋仲になって、報復を仕掛けてきた可能性も──」

「……ニーナ？」

「ニーナお姉様、ロマンス小説の読みすぎですわ」

二人はニーナの不安を完全否定した上で、困り顔を見合わせた。

躊躇いがちに、ハティシアが口を開く。

「……実は、ヴォルガお兄様から口止めをされていたのですけれど、今日のためのドレスを仕立てる際に仰っていたのです。くれぐれも、首元は厳重に隠すようにと。スコルドお兄様が、ニーナお姉様に負わせた傷を、深く悩まれているのですわ」

「スコルドに負わされた傷……って、あんなのもうすっかり治ってるわよ？　痕すら残ってないのに、どうして気にするの？」

スコルドによる牙痕を、あれだけ丁寧に治療したのはそのせいかとニーナは嘆息する。

だが、妙だ。春が訪れてからというもの、連日のようにヴォルガと狩りに赴いているが、擦り傷を負ったり、矢羽根の痕を頬に残したりしても、大して叱られはしない。

なのに、痕すら残っていない怪我に対して、わざわざ首元まで厳重に護るようなドレスを仕立てさせるのはどうしてだろう。

「そんなに気にするほどのことなの？　私にはよくわからないけど」

「ウルズガンドには、番になった者同士は証として、頸を噛み合って牙痕を残すという古い習わしがあるのです」

「もとは狼の習性でね。昔は頸の牙痕や、それを隠すための対の首飾りが既婚者の証だった。傷痕が残ることを嫌がる若者も増えたから、今ではほとんど行われないけどね」

「なんだ、そうだったの！　なら、ヴォルガも遠慮なく噛みついてくれればいいのに」

「無理を言わないの。あれほどの怪我を負わせてしまったんだ。自分の身勝手な独占欲を理由に、痛い思いをさせるわけにはいかないと思い悩んでいるんだよ」

その不器用な優しさがなんともヴォルガらしい、と三人で顔を見合わせて苦笑する。

「——ともあれ、ヴォルガが悩んでいるのはそういうわけだから、気にしなくていいよ。彼は誰よりも今日の式を心待ちにしてきたし、国中の獣人達が祝福している。安心して、胸を張って行っておいで」

「ありがとう！　……そうだ、いいことを思いついたわ。せっかくのドレスだけど——ハティちゃん、式の前に一仕事頼めるかしら？」

「一仕事、ですか？」

こてんと可愛らしく小首をかしげるハティシアに、ニーナはにんまりと微笑んだ。

尖塔の鐘が高らかに鳴り響く。

王宮内に設けられた大聖堂からは、北の獣神がおわす神峰がくっきりと見渡せる。

厳かな雰囲気の中、婚姻式はつつがなく進められていった。たくさんの参列者に見守られる中、ヴォルガとともに、祭壇の前に進み出る。向かい合い、深く被った花嫁のベールをヴォルガが持ち上げたとき、ハッと、短く息をのんだのがわかった。

首元を覆っているはずのレースが取り払われ、白い頸が剥き出しになっていたからだ。

目を見張るヴォルガの顔を、ニーナは見上げて悪戯っぽく微笑んだ。

「ヴォルガ、ちょっと屈んでくれない？」

「屈む……？」

訝しげな顔を引き寄せて、間近に迫ったその首筋にガブッと歯を立てる。

「なあっ!?　い、いきなりなにをするんだ、お前はっ!?」

「ウルズガンドの習わしのことを、ハティちゃんとファルーシから聞いたのよ。ヴォルガは私の番でしょう？　だったら悩んでないで、遠慮なく噛み付いてくれればいいの！」

「……本当に、構わないのか？　獣人の牙は尖っているから、お前が思っているよりも痛いかもしれないぞ」

「嫌ならいいけど？」

「嫌ではない!!　——わかった。少し、俯け」

言われた通りに下を向くと、ヴォルガの大きな影が被さってきた。

「……っ」

チクン、と頸の後ろに小さな痛み。

その途端、参列者達から割れんばかりの大歓声が沸き起こり、聖堂を満たした。

鳴り止まない拍手に包まれながら、ヴォルガと二人で赤らんだ顔を見合わせる。

月色の双眸が甘やかに笑む。幸せそうなヴォルガの表情を見ているうちに、その澄んだ金色が、ゆっくりと近づいてきた。

そっと、鼻先同士が触れ合う。

「愛している、ニーナ。いつまでも、俺の側にいてくれ」

「——私もよ、ヴォルガ。ずっと、貴方と一緒にいるわ」

微笑まれ、優しく吐息を奪われて。

ニーナはこれまでの旅路に想いを馳せた。

もし、それがこの瞬間のために歩んできた道のりなら。

巡り合い、重なって、大切な人とともに歩んでいくこの運命を、心から愛しいと思える。

あとがき

『貢がれ姫と冷厳の白狼王　獣人の万能薬になるのは嫌なので全力で逃亡します』をお手に取ってくださり、本当にありがとうございます。

私が作家として初めて世に出す本の、初めての読者になってくださった皆様へ。

一番最初に伝えたかった言葉を、あとがきの冒頭に添えさせていただきます。

今から約一年前、受賞のお電話をいただいてからずっと、楽しい夢を見ているような心地です。

二年前の夏、第十九回ビーンズ小説大賞の最終選考の落選通知をいただいたとき、「諦めないでくださいね！　書くの、やめないでくださいね！」と電話口で励ましてくださった編集者様のお言葉をきっかけに、本作品の主人公――なにがあっても絶対に諦めない、少年漫画の主人公のようなヒロイン――〝ニーナ〟が生まれました。

過酷な運命に立ち向かうため、育て親の師匠により、森の中で強くたくましく育てられる……当時、第一子を出産したばかりだった私にとって、子育てをきっかけに物語が動き出す、という設定は身近なものであると同時に、今までの私には思いつかなかった斬新なもの。今の私にしか書けない、特別なもののように感じました。

その直感に従い、「なんか面白そうやからそれ読みたい」と中学時代からの親友兼先輩に背中を押されるままに、紆余曲折、波瀾万丈を経てでき上がったのが本作です。

受賞が決まったとき、第二子を授かっていたことは非常に良い思い出です。

日々、元気でわんぱくな娘の成長と、天衣無縫なニーナの旅の行く末を見守りながら、ぐいぐいと導かれるままにここまで来ました。旅の終わりで彼女と別れ、最果ての地、あとがきにまで辿り着いた私は、次に書きたい物語――旅立ちたい場所を求めて気の向くままに歩いて行きますので、またお会いする機会がございましたら、長い冒険譚に是非耳を傾けていただければと思います。

最後に、右も左もわからない私を導き、「初稿より三倍面白くなった！」と太鼓判を押してくださった担当のN様。本作を素敵なイラストで彩ってくださったイラストレーターの駒田ハチ様。そして、私の夢を温かく見守ってくれた家族と、元美術部の親友達に。

心からの感謝を込めて。

惺月いづみ

「貢がれ姫と冷厳の白狼王 獣人の万能薬になるのは嫌なので全力で逃亡します」の感想をお寄せください。
おたよりのあて先
〒102-8177 東京都千代田区富士見2-13-3
株式会社KADOKAWA 角川ビーンズ文庫編集部気付
「惺月いづみ」先生・「駒田ハチ」先生
また、編集部へのご意見ご希望は、同じ住所で「ビーンズ文庫編集部」
までお寄せください。

貢がれ姫と冷厳の白狼王
獣人の万能薬になるのは嫌なので全力で逃亡します

惺月いづみ

角川ビーンズ文庫 23452

令和4年12月1日 初版発行

発行者――――山下直久
発 行――――株式会社KADOKAWA
〒102-8177 東京都千代田区富士見2-13-3
電話 0570-002-301(ナビダイヤル)
印刷所――――株式会社暁印刷
製本所――――本間製本株式会社
装幀者――――micro fish

本書の無断複製(コピー、スキャン、デジタル化等)並びに無断複製物の譲渡および配信は、著作権法上での例外を除き禁じられています。また、本書を代行業者等の第三者に依頼して複製する行為は、たとえ個人や家庭内での利用であっても一切認められておりません。
●お問い合わせ
https://www.kadokawa.co.jp/ (「お問い合わせ」へお進みください)
※内容によっては、お答えできない場合があります。
※サポートは日本国内のみとさせていただきます。
※Japanese text only

ISBN978-4-04-113129-9C0193 定価はカバーに表示してあります。
◇◇◇

©Idumi Shiduki 2022 Printed in Japan

角川ビーンズ小説大賞
原稿募集中！

君の"物語"がここから始まる！

角川ビーンズ
小説大賞が
パワーアップ！

【一般部門】&【WEBテーマ部門】

賞金 大賞100万円 優秀賞30万円 他副賞

締切 3月31日

イラスト／紫　真依